Edda Helmke
Am Anfang war die Windel

SERIE PIPER

Zu diesem Buch

Joe und Dany sind ganz anders als diese hysterischen Jungeltern aus der Schwangerschaftsvorbereitung, denn sie haben ihre »Brutpflegeführer« gründlich gelesen und können dem freudigen Ereignis gelassen entgegensehen. Bewaffnet mit einem streng riechenden Schaffell, hautpflegendem Olivenöl und der Fernbedienung für die geruhsamen Abende zu Hause in ihrer neu bezogenen Ost-Berliner Altbauwohnung kann eigentlich gar nichts schiefgehen – oder? Aber Klein-Lottchen sieht das ganz anders und bringt ihre Mutter ganz schön auf Trab. Gott sei Dank ist da noch Dany, ihr Angetrauter, Petti, die Nachbarin mit dem Putzfimmel, und einsatzfähig sind auch die Großeltern, wenn auch etwas aufgedreht. Spannend und witzig schildert Edda Helmke das erste Jahr mit einem Baby – wie es wirklich ist. Man lacht Tränen und schwört sich, daß man alles ganz ruhig angehen wird…

Edda Helmke, geboren 1964, ist in Süddeutschland aufgewachsen und lebt seit zwölf Jahren in Berlin. Sie hat Germanistik und Anglistik studiert und war danach im wissenschaftlichen Buchhandel tätig. 1995 kam Tochter Sophie zur Welt. Ihr erster Roman, »Bitte keine Umstände! Roman über vierzig Wochen« (1998) wurde sofort zu einem Erfolg. Edda Helmke erhielt 1997 den Walter-Serner-Preis.

Edda Helmke
Am Anfang war die Windel

Roman über zweiundfünfzig Wochen

Piper München Zürich

Von Edda Helmke liegt in der Serie Piper außerdem vor:
Bitte keine Umstände! (2531)

Originalausgabe
1. Auflage Dezember 1998
2. Auflage April 1999

Umschlag: Büro Hamburg
Foto Umschlagvorderseite: Andrew Olney/Tony Stone
Foto Umschlagrückseite: Bettina Keller
Gesamtherstellung: Clausen & Bosse, Leck
Printed in Germany ISBN 3-492-22532-2

Inhalt

Für die »Frechen Früchtchen«
vom
Prenzlauer Berg

Heultage

»Sie ist eine Schönheit«, flüsterte Dany ergriffen. »Sieh den Schwung der Oberlippe, die feinen Brauen, exakt symmetrisch, und diese Nase! Ich habe noch nie so eine Nase fotografiert!«

»Claudia Schiffer ist ein Dreck dagegen«, sagte ich nach einem flüchtigen Blick auf das Schwarzweißfoto, »und Nadja Auermann auch und Linda Evangelista und Kate Moss und Shirley Temple ...«

Dany, der Starfotograf, nahm ein zweites Foto und betrachtete es mit kritisch gerunzelter Stirn.

»Sie schlägt eher in Naomi Campbells Richtung«, behauptete er.

Ich setzte mich in den Kissen auf und hielt das Bild gegen das Licht.

»Sie schlägt in Resis Richtung. Hier, die Stirnfalte. Die hast du auch!«

Er hatte sie, genau in diesem Moment.

»Na, hör mal!« Empört riß er mir das Foto aus der Hand und studierte es mit entrücktem Gesichtsausdruck. Resi, seine apfelbäckige, schwäbische Mutter, hatte er garantiert noch nie so angesehen. Der Gegenstand seiner Ekstase war unsere Tochter Lotta-Paulina, vier Tage alt. Dany hatte gerade die Papierabzüge ihrer ersten Porträts aus dem Fixierbad gezogen. Vater- und Künstlerstolz verschmolzen zum erhabensten Moment seiner Fotografenkarriere. Schließlich hatte er sowohl das Motiv als auch die künstlerische Interpretation geschaffen. Das Motiv schlummerte auf dem Schaffell neben meiner Wöchnerinnenbrust. Das rosenknospenartige Mündchen war leicht geöffnet. Sie atmete lautlos. Die langen, perfekt geformten Wimpernkränze zauberten verführerische Schatten auf die seidigen Bäckchen. Neben der rechten Wange lag das herzzerreißende Zitat einer geballten Faust. Lotta P., wie ich sie nannte, war schwarzhaarig wie meine Schwiegermutter Resi in ihrer Jugend. Mit behutsamen Bewegungen öffnete Dany die Fototasche, die neben dem Futon in Bereitschaft stand. Er nahm eine Kamera heraus und schraubte das Teleobjektiv auf. Dann streckte er sich der Länge nach auf dem Parkett aus und robbte, Sucher vor dem Gesicht, um den Futon herum. Er visierte Lotta P.s Faust an. Die Vaterschaft befreite in ihm den Künstler, der seit Jahren in überheizten Fotostudios zwischen banalen Motiven wie Konservengemüse oder Gartenmöbel schmachtete.

»Rück mal nach links«, zischte er mir zu.

Meine profane Mutterbrust verdarb das Bild. Ich beschloß, die Gelegenheit zu einem Ausflug ins Badezimmer zu nutzen, um den Pegel des Wochenflusses zu prüfen und eine neue Eispackung für die Hämorrhoiden, die ich mir beim Pressen geholt hatte, aus dem Kühlschrank zu nehmen. Als ich mich breitbeinig auf den Badezimmerspiegel zuwatscheln sah, mit ungewaschenem Haar und fettigen Nasenflügeln, in einem mit albernen Teddybären bedruckten Nachthemd, unter dem sich ein leerer Schwabbelbauch und ein monströser, wenn auch größtenteils hohler Still-BH abzeichneten, konnte ich verstehen, daß ich seit Lotta P.s Geburt kein einziges Mal fotografiert worden war. Ich sollte ihn zu einer Großaufnahme meiner Hämorrhoiden überreden, dachte ich grimmig, während ich die stinkenden, blutgetränkten Vlieseinlagen hygienisch sicher in einem dazu bereitgelegten blauen Müllbeutel entsorgte. Vielleicht konnte Danys raffgieriger Chef das Bild als Werbeaufnahme für Hämorrhoidencreme vermarkten. Autsch, der Damm! Wie hieß es in meinem Lieblingsbuch zur Säuglingspflege: *Die Freude über Ihr Kind läßt Sie die kleinen Blessuren der Geburt schnell vergessen?*

Als ich mich wieder neben Lotta P. auf dem Futon ausgestreckt hatte und diskret unter der Bettdecke versuchte, die Eispackung an die richtige Stelle zu schieben, sagte Dany: »Ich muß los, neue Filme besorgen.«

Ich nickte resigniert. »Bei der Gelegenheit kannst du den Kinderwagen bei *Baby Sonntag* abholen.«

Zwei Wochen vor der Geburt hatte ich einen Kinderwagen

für Lotta P. gekauft, der noch im Babyfachgeschäft auf seine Abholung wartete.

Zuerst zog er gewohnheitsmäßig einen Flunsch. Er nahm ungern Befehle von mir entgegen und wollte nur so kurz wie möglich von der Seite seiner Tochter weichen, aber dann stimmte er zu: »Natürlich. Die Prinzessin braucht ihre Kutsche.«

Er hauchte mir sogar ein Küßchen auf die Stirn, bevor er die Wohnung verließ. Ich hörte ihn im Treppenhaus pfeifen. Eine Angewohnheit, die mein Herz seit Jahren höher schlagen ließ und mich prompt veranlaßte, mich erneut stöhnend vom Wochenlager zu hieven und auf den Balkon zu treten, von dem ich ihm die Straße entlang nachsehen konnte. Dany war auf dem besten Weg, ein wunderbarer Vater zu werden, und natürlich liebte er mich. Wahrscheinlich war ich ein bißchen wochenbettdepressiv, oder der Milcheinschuß kündigte sich an. Automatisch griff ich an den Still-BH. Immer noch hohl. Unten trat Dany auf den Gehsteig und breitete beschwingt die Arme aus. Es war ein wunderschöner Tag – Mitte September – kühl, aber sonnig. Die Hausfassade gegenüber war von Weinranken bedeckt, die in berauschenden Orange- und Rottönen schillerten. Der Himmel über Berlin war knallblau. Dany hatte seine alte Ente vor dem Nachbarhaus geparkt. Nachdem er die Tür auf der Fahrerseite aufgeschlossen hatte, sah er kurz zu mir herauf und winkte. Ich warf ihm eine Kußhand zu.

Dany und ich hatten sieben Jahre zusammengelebt, bevor ich überraschend schwanger wurde. Der Tatbestand hatte uns beide vorübergehend verwirrt. Unser Leben war nicht auf Nachwuchs eingerichtet. Wir hausten in einer winzigen Zwei-Zimmer-Wohnung in Berlin-Wedding ohne Heizung und Bad, einem Relikt aus unseren längst vergangenen Studententagen. Inzwischen waren wir beruflich gut eingespannt, auch wenn wir das Wort »Karriere« nicht mehr in den Mund nahmen. Dany fristete trotz eines glänzenden Abschlusses an der Hochschule der Künste ein bescheidenes Dasein als Werbefotograf. Ich war als ambitionierte Jungbuchhändlerin nach Berlin gekommen, um Literaturwissenschaft zu studieren. Kurz vor der Magisterprüfung hatte ich das Studium abgebrochen, um acht Stunden täglich den kulturellen Odem von *Belle et Triste*, einer der renommiertesten Buchhandlungen der Stadt, in mich einzusaugen. Nach vier Jahren verkaufte ich mit zunehmender Resignation Taschenbuchkrimis und Berlinbildbände an Touristen. Viermal im Jahr ließ meine Chefin anläßlich einer Lesung lokaler Literaturgrößen die Sektgläser klirren, die ich später in der Teeküche abspülen mußte. Die Highlights des Jahres waren, abgesehen vom Weihnachtsgeschäft, die gemeinsamen Urlaube mit Dany in der griechischen Ägäis. Wir waren nicht unzufrieden gewesen mit diesem mal mehr, mal weniger friedlich dahinplätschernden Leben. Bis die Hormone uns Beine machten. Vier Wochen vor Lotta P.s Geburt zogen wir um in die Hallandstraße an der Grenze zwischen Prenzlauer Berg und Pankow. Die neue Wohnung hatte ein abendsonnendurchflutetes Kinderzimmer, einen Abstellraum, der sich als Dunkelkammer nutzen ließ, eine Gasetagenheizung und genug Platz für Danys Fotoausrüstung und meine Bücher. Das glänzende Parkett im Wohnzimmer, die weißen Fliesen im Bad und die moosgrünen in der rudimentären, aber immerhin vorhandenen Küchenzeile verliehen unserer inzwischen standesamtlich besiegelten Beziehung eine Aura von Idylle und Bürgerlichkeit, die mir je nach Stimmung wohlige oder eisige Schauer den Rücken hinunterjagte. Sie symbolisierten einen neuen Lebensabschnitt von Johanna Seidel-Krollmann, Mutter von Lotta-Paulina Krollmann, Ehefrau von Daniel Krollmann. Heute wechselten die Schauer im Zwanzig-Minuten-Rhythmus.

Ich trat zurück ins Wohnzimmer, das wir in den vergangenen drei Tagen mit Umsicht und im Geburtsvorbereitungskurs erworbenen Sachverstand in ein Wöchnerinnenzimmer verwandelt hatten. Das Futongestell, das bisher als Couchersatz gedient hatte, bildete auseinandergeklappt die Grundlage für ein geräumiges Mutter-Tochter-Lager. Neben Lotta P.s Seite standen eine Packung Pampers Newborn und eine Flasche kretisches Olivenöl extra virgin zur sanften Entfernung von Mekonium. Das natürlich gegerbte Schaffell, dessen etwas strenger Geruch Lotta P. stundenlang narkotisierte, teilte sie mit einem Steiffteddy, den Oma Resi drei Tage vor der Geburt per Eilpost geschickt hatte. Auf meiner Seite standen eine Thermoskanne mit modrig riechendem Milchbildungstee, ein paar benutzte Tassen mit grünen Rändern und nützliche Kleinigkeiten aus Anita Banges Hebammenkoffer, wie Lebertrancreme zur Pflege der Brustwarzen, hormonhaltiges Nasenspray, das die Milchbildung anregen sollte, und homöopathische Hämorrhoidentropfen. Vom Kopfende des Futons aus hatte ich Zugriff auf die Fernbedienung des Fernsehgeräts, das Telefon und zwölf Standardwerke zur Säuglingspflege, die meine Kolleginnen von *Belle et Triste* für mich zusammengestellt hatten. »Brutpflegeführer«, nannte Dany sie spöttisch. Bisher hatten wir alles so gemacht, wie es in den Büchern stand: Dany hatte nach Lotta P.s Geburt zwei Wochen Urlaub genommen, *um ein Maximum an Nestwärme für das Kleine zu gewährleisten und die frisch Entbundene weitestgehend zu entlasten.* Wir hatten die Türklingel so leise gestellt, daß man sie nur noch heiser schnarren hörte, wenn man direkt darunter stand. Wir ließen den Anrufbeantworter den ganzen Tag laufen und wählten abends sorgfältig aus, welche Anrufer einen Rückruf verdient hatten und welche sich noch ein wenig gedulden mußten, *da die junge Familie vor allem mit sich selbst beschäftigt war.* Wir hatten uns jede Art von Überraschungsbesuchen verboten. Logierbesuche kamen sowieso nicht in Frage, bevor Lotta P. vier Wochen alt und mein Dammschnitt verheilt war. Die Großeltern tobten! Dany und ich waren Wahlberliner. Seine Eltern wohnten in Stuttgart, meine in Bremen. Für beide Parteien war Lotta P. das erste Enkelkind, und seit der ersten Polaroidaufnahme, die Dany geschickt hatte, waren sie kopflos vor Stolz und Glück. Oma Resi wollte nur noch ihr Enkelkind sehen und sterben. Dreimal täglich kommunizierte sie mit dem Abrufbeantworter, und ihre abendlichen Gespräche mit Dany endeten mit der Bemerkung: »Hoffentlich ist die Johanna bald so weit, daß ich mein Enkele in die Arme schließen kann.« Meine hanseatische Mutter versuchte, das Besuchsverbot mit List und Tücke zu unterlaufen. Gestern hatte sie dem Anrufbeantworter mitgeteilt, daß sie auf dem Flohmarkt der Kirchengemeinde einen Naturholzlaufstall und ein Flaschendesinfektionsgerät erstanden habe, die sie und Vater gern schnell mal vorbeibringen würden, da die Sachen in Bremen im Weg stünden. Meine Eltern bewohnten ein Eigenheim an der Weser, in dem sie bequem zwanzig Laufställe unterbringen konnten! Außerdem hielt ich nichts von Laufställen, von Flaschendesinfektionsgeräten ganz zu schweigen. Ich würde Lotta P. sechs Monate voll stillen. Meine Schwester Marianne und ich waren natürlich Flaschenkinder gewesen und hatten in unserem ersten Lebensjahr zehn Stunden täglich hinter Gittern verbracht. Da ich keine Lust hatte, mit Mama zu diskutieren, rief ich sie nicht zurück. Unsere Mutter-Tochter-Beziehung basierte auf Mißverständnissen. Inzwischen wußte ich, daß das daher kam, daß wir als junge Familie nie Zeit und Ruhe gehabt hatten, uns aneinander zu gewöhnen. Zwischen mir und Lotta P. würde es anders laufen. Auch in Haushaltsdingen hielten Dany und ich uns an die gedruckten Ratgeber. Wir waren bereit, jede Hilfe von außen zu akzeptieren. Bisher lag uns nur das bescheidene Angebot von Anita Bange, der Nachsorgehebamme, vor, die täglich einen Blick auf meinen Damm und Lotta P.s Nabel warf, Rückbildungsgymnastik mit mir machte und Dany bei einer Tasse Tee Gesellschaft leistete. Inzwischen stapelte sich die Schmutzwäsche im Schlafzimmer. Einmal täglich spülte Dany Geschirr und fing eine Wollmaus ein. Zum Kochen kamen wir nicht. Zum Glück hatte ich während der letzten Schwangerschaftswochen einen hervorragenden italienischen und einen guten chinesischen Lieferservice ausfindig gemacht. Der Chinese war allerdings einmal an der leise gestellten Türklingel gescheitert und wollte nicht mehr kommen. Aber irgendwann würde sowieso alles anders werden. Wann und wie? Ein kalter Schauer lief mir den Rücken hinunter. Ich griff zu meinem Lieblingsbrutpflegeführer, der in erfrischend unkonventionellem Ton geschrieben war, und suchte das Kapitel über den Heultag: *Was tue ich, wenn die Endorphine mich verlassen?* Nach dem zweiten Abschnitt überfiel mich eine bleierne Müdigkeit. Zweimal glaubte ich im Traum das heisere Schnarren der Türklingel zu hören.

Dany rüttelte mich an der Schulter wach. An seiner Brust klebte Lotta P. und formte unmißverständliche, kleine Schmatzer mit ihrem Rosenmündchen. An der Knopfleiste meines Nachthemdes nestelnd, wankte ich in den Korridor, um den Kinderwagen anzusehen. Er war das Geschenk meiner Eltern zu Lotta P.s Geburt und hatte sie 700 Mark gekostet. Ich hatte einen dunkelblauen Bezug mit winzigen weißen Pünktchen ausgewählt, dem der Matsch des Berliner Winters wenig anhaben konnte. Zwischen den Rädern befand sich ein praktischer Einkaufskorb, ausreichend für eine Doppelpackung Pampers Newborn oder zwei volle Einkaufsbeutel.

»Gute Wahl«, sagte Dany anerkennend. »Federung und Bremsen sind klasse.«

Ich lächelte ihm zu. Wir hatten nicht die geringste Ähnlichkeit mit den hohläugigen, hysterischen Erstgeboreneneltern aus der Brutpflegeliteratur, die sich so lange nervten, bis sie mit dem Küchenmesser aufeinander losgingen und nie mehr Sex miteinander haben wollten. Ich liebte ihn mit all seinen Macken, genauso wie ich es vor Lottchens Geburt getan hatte. Ich prüfte gerade die Festigkeit der Matraze im Kinderwagen, als hinter mir die Türklingel schnarrte.

»Na endlich!« Ein Typ im Blaumann ließ eine Werkzeugtasche haarscharf vor meine nackten Zehen fallen. Dann trat er an mir vorbei zum Gaszähler, drehte mit geübtem Ruck den Haupthahn zu, warf den Schlüssel in seine Tasche und verschwand grußlos im Treppenhaus. Kopfschüttelnd ging ich zurück ins Wohnzimmer und nahm Dany unsere Tochter aus dem Arm. *Die junge Mutter darf sich durch die Geschehnisse in ihrer Umwelt nicht aus der Ruhe bringen lassen.*

»Teatime.« Ich kitzelte Lottchens Nase mit der leicht entzündeten rechten Brustwarze. Sie schnappte eine Zehntelsekunde zu spät zu und hieb ihre harten Gaumen in den Warzenvorhof. Autsch! *Ihr Baby öffnet den Mund weit wie ein Vögelchen. Sein Mündchen muß den gesamten Warzenvorhof umfassen …* Bis zum fünften Anlauf standen mir Tränen in den Augen. Endlich signalisierte Lotta P.s zuckende Halsfalte Schluckbewegungen. *Keine Sorge, Ihr Baby lernt schnell.* Entspannt lehnte ich mich in die dicken Kissen, die als Stillpolster an Lotta P.s Hälfte des Kopfendes gestapelt waren, und wartete auf die Kanne frischen Milchbildungstee, die Dany zusammen mit seinem Darjeeling in der Küche zubereitete. Während ich immer Koffein bevorzugt hatte, kompensierte Dany kleinere bis mittelschwere Katastrophen des Alltags mit ausgewogenen Dosen teuren Darjeelings. Wie alle Teetrinker war er gelassen, was ihn zum Mustervater prädestinierte. Lediglich wenn man seine heilige, chinesische Teekanne mit einem Beutel Pfefferminze entweihte, provozierte man einen Wutausbruch. Vielleicht wurde er als Vater in dieser Hinsicht lockerer. Zufrieden hörte ich zartes, chinesisches Porzellan klirren. Das Service hatte er von seiner schwäbischen Oma geerbt. Früher durfte ich die kostbaren Gefäße nicht einmal berühren. Heute wurde mir Milchbildungstee darin serviert. Befriedigt registrierte ich, wie meine Gebärmutter sich im Rhythmus zu Lotta P.s Schluckbewegungen zusammenzog. Wohlige, warme Schauer liefen mir über den Rücken. Drüben klirrte es heftiger.

»Du, Joe, ich krieg den Gasherd nicht an!«

Gasherd nicht an? Gasherd nicht an! Der Kerl in Blau!

»Ich glaube, die haben das Gas abgedreht!«

Dany lief zum Haupthahn, kam kopfschüttelnd zurück und betastete die Heizkörper. Lotta P. spuckte die rechte Brust aus.

»Kühl«, konstatierte er.

Die linke Brust wollte Lottchen nicht. Ich pappte den blauen Klebepunkt, der mich daran erinnern sollte, ihr bei der nächsten Runde zuerst links anzubieten, auf die Stilleinlage und lehnte sie zum Bäuerchen an meine Schulter.

»Im Keller sind Reparaturarbeiten«, sagte Dany mit düsterer Miene. »Ich habe vorhin Monteure hinuntergehen sehen. Ich fahr mal los und kaufe einen elektrischen Wasserkocher.«

Gasreparaturen? Meine Endorphine reagierten prompt. Gasreparaturen bedeuteten kein warmes Wasser, keine Heizung. Kein warmes Wasser, keine Heizung bedeuteten ... Und der Mann dachte an seinen Tee! Mit einem Satz war ich auf den Beinen, drückte ihm die überraschte Lotta P. an die Brust und griff zu den Umstandsjeans und dem XXL-Sweatshirt, die seit drei Tagen als buntes Häufchen neben der unausgepackten Kliniktasche lagen.

»Was tust du?« fragte Dany irritiert.

»Ich sag denen, daß sie das Gas wieder anstellen sollen. Neugeborene können die Temperatur nicht halten.«

Erschrocken drückte Dany seine Tochter an sich.

»Laß mich doch erst einen Kocher für mein Teewasser besorgen«, jammerte er.

»In einem elekrischen Wasserkocher kann ich schlecht meinen Dammschnitt baden«, fauchte ich ihn an, bevor ich die Wohnungstür hinter mir ins Schloß warf. Fast wäre ich samt meiner Endorphine die Treppe hinuntergeflogen.

Aus dem Keller drang metallisches Klopfen ins Treppenhaus. Es klang, als ob das ganze Rohrsystem herausgerissen würde. Geistesgegenwärtig ging ich zuerst zu der Anschlagtafel neben den Briefkästen im Eingangsbereich. Zwischen den Sommerangeboten der Kohlenhändler und dem Menü von *Pizza Max* hing ein Schreiben:

»Sehr geehrte Mieter, aufgrund von Instandsetzungsarbeiten an den Gasleitungen wird am Montag, dem 18. September, im Vorder- und Hinterhaus das Gas abgestellt. Die Arbeiten werden voraussichtlich zwei Wochen in Anspruch nehmen. Für diese Zeit stellt Ihnen die Hausverwaltung Kochplatten zur Verfügung, die am Samstag, dem 16. September, zwischen 10 und 12 Uhr im Büro der Verwaltung (Hinterhof rechts) abgeholt werden können. Mit freundlichen Grüßen, C. Klaaßen, Hausverwaltung.«

Datiert war der Zettel an Lotta P.s Geburtstag, dem 15. September. Wir hatten ihn übersehen.

Das Büro im Hinterhaus war abgeschlossen. Durch die frischgeputzten Fensterscheiben erspähte ich einen Stapel fabrikverpackter Kochplatten. Im Keller stank es nach Gas. Die beiden Monteure, die an den Rohren im Gemäuer zerrten, ließen vor Schreck ihr Werkzeug fallen, als ich hinter sie trat.

»Nö«, meinte der eine auf meine Frage, ob sie einen Schlüssel zu dem Büro hätten.

»Vielleicht sollten Se früher uffstehn«, sagte der andere. Es war der, der uns den Gashahn zugedreht hatte. »Der Zettel mit der Ankündigung hängt seit Freitag.«

»Freitag lag ich in den Wehen. Da würden Sie auch nicht so schnell aufstehen«, erwiderte ich. »Meine Wohnung muß beheizt werden. Neugeborene können die Körpertemperatur noch nicht halten.«

Der Freche hämmerte unbekümmert weiter. Sein Kollege kratzte sich verlegen am Kopf und meinte, er könne das Gas auf keinen Fall anstellen, und ich solle den Vermieter anrufen.

Als ich wieder im Treppenhaus stand, zitterte ich am ganzen Körper vor Wut. Klaaßen, der Hauseigentümer, war ein saturierter Westberliner Geschäftsmann. Seine Villa in Lichterfelde, wo Dany und ich den Mietvertrag unterschrieben hatten, war mit Antiquitäten und Petit-point-Kissen vollgestopft. Eine zweite besaß er wahrscheinlich in der Toskana. Im Osten riß er sich Altbauten unter den Nagel, in denen er notdürftig die Wände übertapezierte und eine Etagenheizung einbaute, um die dreifache Miete zu kassieren. Bei der erstbesten Gelegenheit den Gashahn abzudrehen, war der Gipfel der Unverschämtheit. Aber Herr Klaaßen hatte nicht mit mir und meiner Tochter gerechnet. Ich nahm die Treppe im Sturm. Auf dem Podest im ersten Stock wurde mir flau im Magen und meine Knie weich wie Pudding. Gerade noch rechtzeitig konnte ich mich auf die Stufen sinken lassen, genau in Augenhöhe mit einem verschnörkelten Messingtürschild, auf dem in schwungvollen Lettern »Petra Miemic & Enrico Wauer« stand. Es wurde schwarz vor meinen Augen, und die Welt brach unter einer Tränenflut zusammen. Lotta P. konnte die Temperatur nicht halten, mein Dammschnitt juckte, mein Rücken schmerzte. Mein Bauch war leer und schwabbelig, und meine Brust funktionierte nicht. Ich heulte.

»Kann ich irgendwie helfen?« Eine helle Stimme drang von weit her an mein Ohr.

Ich heulte.

»Ich wohne unter Ihnen.«

Ich heulte weiter.

»Nach der Geburt von meinem Henry habe ich drei Tage lang geheult.«

Drei Tage! Erschrocken nahm ich die Hände vom Gesicht. Durch Rotz und Wasser blickte ich in ein Augenpaar von so hellem Blau, daß man die Ränder der Kontaktlinsen darin erkennen konnte. Die Frau war vielleicht fünfundzwanzig, zierlich, mit einem zarten Gesicht, das in eine voluminöse, blonde Dauerwelle gebettet war. Hinter ihr stand die Tür mit der Aufschrift

»Petra Miemic & Enrico Wauer« einen Spalt offen.

Sie reichte mir die Hand.

»Petra Miemic. Petti, wenn du willst!«

Nachbarn! Ich hatte Nachbarn. Außerdem war sie eine Mutter, die Mutter von Henry. Dankbar schüttelte ich die dargebotene Hand.

»Johanna Seidel-Krollmann. Wie alt ist dein Henry?«

Vorsichtig ließ sie sich neben mir auf der Treppenstufe nieder. Die Treppe war nicht besonders sauber, und sie trug einen weiß-rosa Jogginganzug.

»Zwei. Wenn du irgendwelche Probleme hast, kannst du mich gern fragen.«

»Warum hat das Arschloch von Vermieter das Gas abgestellt?«

»Im Hinterhaus ist ein Gasrohr gebrochen. Jetzt muß er es wohl mal machen lassen – das Arschloch,« wiederholte sie mit hörbarer Genugtung. Sie schien Klaaßen auch nicht zu mögen.

»Ich weiß nicht, wie ich ohne Heizung und warmes Wasser mit dem Baby zurechtkommen soll«, gestand ich.

»Sind doch nur vierzehn Tage«, sagte sie gleichmütig und tätschelte mein Knie.

Vierzehn Tage, in denen Lotta P. sich eine Lungenentzündung holen konnte, vierzehn Tage ohne Dusche und Sitzbad, vierzehn Tage italienischer Lieferservice, vierzehn Tage Wollsocken und Skipullover wie in der guten alten Zeit mit Ofenheizung. Ein neuer Tränenstrom schickte erste Vorboten. Ich versuchte, mich aufzurichten, wobei ich mich an Pettis Schulter und dem Treppengeländer abstützen mußte. »Ich ruf ihn sofort an. Vierzehn Tage ohne Heizung und warmes Wasser sind nicht zumutbar.«

»Der ist aber in Urlaub!« rief Petti, und es schwang ein Hauch von Schadenfreude in ihrer glockenhellen Stimme. »Gleich nach der Kochplattenvergabe ist er mit seiner Frau nach Italien gefahren. Die haben da ein Haus.«

Ich mußte mehrere Stunden geschlafen haben. Das Zimmer war in sanftes Dämmerlicht gehüllt. Der Fernseher lief ohne Ton. Das rote Lämpchen des Anrufbeantworters blinkte aufgeregt. Der herbe Geruch des Schaffells stach mir in die Nase. Es war leer. Ruckartig richtete ich mich auf. Wo war meine Tochter? Aus der Küche drang gedämpftes Stimmengemurmel herüber.

Es war ein idyllisches Bild. Dany montierte in der moosgrün gekachelten Küchenzeile an einer Art Grill herum. Am Tisch hockte unsere neue Nachbarin vor einer Tasse Kaffee und wiegte eine engelsgleich schlummernde Lotta P. in den Armen. Ein eisiger Schauer lief mir den Rücken hinunter.

»Was ist das denn?«

»Das ist eine Mikrowelle«, erklärte Petti Miemic mit Begeisterung in der Stimme.

»Sie wird uns in den Zeiten des Notstands eine tägliche warme Mahlzeit bescheren«, sagte Dany salbungsvoll und deutete auf den Tisch. Neben Pettis Kaffeetasse lagen drei in Aluminium verschweißte Fertiggerichte, deren Inhaltstoffe auf den bunten Pappbanderolen abgelichtet waren: Hühnerfrikassee mit Reis, Putenschnitzel in Rahmsauce mit Erbsen, Rinderrouladen mit Kartoffelbrei. Die Fotos hätten aus Danys Agentur stammen können.

»Die hat er kostenlos dazubekommen«, rief Petti enthusiastisch, »und zwanzig Prozent Rabatt auf all die anderen Sachen.«

Jetzt erst entdeckte ich die Kartons, die sich unter dem Fenster stapelten: ein Radiator, ein Elektrokocher mit zwei Platten und ein elektrischer Wasserkocher, der offenbar schon für die Zubereitung von feinstem Darjeeling und einer Tasse Pulverkaffee in Betrieb genommen worden war. Benommen ließ ich mich auf den zweiten Küchenstuhl sinken und rieb mir die Augen.

»Das hat er alles innerhalb einer Dreiviertelstunde bei *Superelektro* besorgt«, erzählte Petti und strahlte Dany an wie Superman, »und zwar zu einem Wahnsinnspreis.«

»Du hast das alles gekauft?« fragte ich Dany. »Du hast wirklich so eine bescheuerte Mikrowelle gekauft? So was wollten wir doch nie haben!«

»Aber jetzt ist alles anders«, verteidigte er sich.

»Es gibt nichts Praktischeres, wenn man ein Kind hat. Damit kannst du Flaschen desinfizieren und später die Gläschen warm machen. Ich wünschte, ›er‹ würde *mir* eine Mikrowelle kaufen«, stand Petti Dany bei. Ich warf ihr einen giftigen Blick zu und nahm ihr Lotta P. weg. Eine Mikrowelle war der Inbegriff des Spießertums und gesundheitsschädigend. Meine Tochter bekam keine mikrowellenverstrahlte Gläschenkost. Ich knöpfte die Teddybären auf und versuchte Lotta P. mit der linken Brustwarze zu reizen. Sie blinzelte verschlafen und drehte den Kopf zur Seite.

»Ich habe ihr ein bißchen Fencheltee mit Traubenzucker gegeben, während du geschlafen hast«, plapperte Petti fröhlich weiter. »Die ist ja so lieb und ruhig, wenn ich da an meinen Henry denke ...«

Ich knöpfte das Nachthemd wieder zu. Das konnte ja nicht klappen mit meiner Milchbildung, wenn die dem Baby gesüßten Tee gab.

»Kannst du das Ding umtauschen?« fragte ich Dany.

»Auf keinen Fall«, sagte er entschieden und schwenkte die Packung mit dem Hühnerfrikassee in Pettis Richtung. »Lust, zum Abendessen zu bleiben?«

Aber sie hatte keine Zeit, zum Abendessen zu bleiben, weil sie Henry aus der Kindertagesstätte abholen mußte und dann für »ihn« das Abendessen bereiten, alles frisch, weil »er« gegen Mikrowelle war.

Während Dany sich an die Zubereitung von Putenschnitzeln mit Erbsen per Mikrowelle machte, hörte ich den Anrufbeantworter ab. Das Übliche: Resi bat um einen Rückruf vor 18 Uhr, meine Mutter drohte, den Laufstall zu entsorgen, wenn ich mich nicht meldete, meine Exkollegin Birte hatte ein neues Buch über Pekip hereinbekommen und fragte, ob sie es mir zurücklegen sollte, eine ominöse Frauenstimme bat Dany mit flehendem Unterton, seine Firma anzurufen, und dreimal Hanna. Ich beschloß, nur Hanna zurückzurufen. Hanna und ich hatten uns im Geburtsvorbereitungskurs für Paare kennengelernt, in dem das unmögliche Benehmen von Dany und Hannas Mann Ede uns schon in der ersten Sitzung zu Outlaws gemacht hatte. Nachdem wir außerdem festgestellt hatten, daß wir beide Johanna hießen und unsere Babys den gleichen Geburtstermin hatten, war uns nichts anderes übrig geblieben, als Freundinnen zu werden. Hanna und Ede wohnten im Prenzlauer Berg. Während unserer letzten Schwangerschaftswochen hatten Hanna und ich uns fast täglich getroffen. Wir hatten auf dem Futon gelümmelt, Brutpflegeführer gewälzt, Kräutertee getrunken und Pläne für den Secondhand-Kinderladen geschmiedet, den Hanna nach der Geburt aufmachen wollte. Gestern vormittag hatte sie auf untadelig natürliche Weise im Geburtshaus ihre Tochter Milena zur Welt gebracht.

»Jaaa?« flüsterte sie.

»Ich bin's«, wisperte ich.

»Pst«, machte sie, »sie schläft!«

»Sie auch! Wie geht's dir?«

»So wie es einem geht, wenn man die schönste Tochter der Welt geboren hat!«

»Die zweitschönste«, korrigierte ich sie sanft.

»Ach ja, verstehe«, sagte sie heuchlerisch. »Aber es ist herrlich, nicht wahr? Die Geburt war die tollste Erfahrung meines Lebens.«

»Na ja«, sagte ich zweifelnd. Da ich nicht wußte, was das Leben noch mit mir vorhatte, hatte ich unmittelbar vor den Preßwehen beschlossen, keine weiteren Kinder mehr zu kriegen.

»Ich lag in Edes Armen, als Milena auf die Welt kam. Er war wundervoll. Wie hat Dany sich gehalten?«

»Er hat in Leipzig fotografiert und das Handy im Auto vergessen.«

Da Lotta P. drei Tage früher als erwartet auf die Welt gekommen war, war Dany beruflich unterwegs gewesen, als die Geburt einsetzte. Wäre meine Schwester Marianne nicht überraschend aufgetaucht, hätte ich glatt zu den diskriminierten Frauen gehört, die ohne Eskorte im Kreißsaal antreten müssen.

»Oje, dann ist das Vater-Tochter-Verhältnis für immer gestört!« rief Hanna.

»Quatsch«, sagte ich, »das Vater-Tochter-Verhältnis ist hervorragend. Bist du sicher, daß Ede kein Geburtstrauma erlitten hat? Ich habe gelesen, daß manche Männer danach über Jahre hinweg nicht in der Lage sind, mit der Mutter ihres Kindes ...«

»Du und deine Bücher«, sagte Hanna respektlos. »Ede geht es prima. Er schichtet gerade eine Lasagne.«

Eine Lasagne! Ich fragte mich, was Dany gerade mit dieser bescheuerten Mikrowelle anstellte. Wahrscheinlich hing mein Putenschnitzel verkohlt an der Decke. Wieso hatten die die Muße, sich einen Tag nach der Geburt Lasagne zu kochen?

»... seine Mutter kommt jeden Nachmittag zum Putzen und Bügeln«, plauderte Hanna weiter. »Ich liege in duftender Bettwäsche mit hellblauen Blümchen wie eine Prinzessin ...«

Ich roch an meinem Bettzeug. Es müffelte. Schnell verdrängte ich den Gedanken an die übrige Schmutzwäsche im Schlafzimmer. Irgendwann würde jemand kommen und uns überschwenglich seine Hilfe anbieten, so wie es in meinen Büchern stand.

»Milena ist ein Engel. Sie schreit überhaupt nicht, ein glückliches, ausgeglichenes Kind, wie man es nach einer natürlichen Geburt erwartet«, schwärmte Hanna.

»Lotti schreit beim Windeln«, gab ich widerstrebend zu. Dany und ich pflegten sie in rasendem Tempo mit Hilfe von Warmluft aus dem Fön und Oropax zu wickeln, denn Lotta P. haßte frische Zimmerluft an ihren Waden. Sie wand sich auf dem Wickeltisch wie ein wildgewordener Engerling und kreischte zum Steinerweichen.

»Benutzt du Wegwerfwindeln?«

»Was sonst?«

»Milena trägt ungebleichte Zwirnköperwindeln.«

Ich seufzte in den Hörer. Ich schaffte ja nicht einmal das Pamperswechseln ohne Danys Assistenz. Wie sollte ich mit den unzähligen Zipfeln einer ungebleichten Zwirnköperdingsda zurechtkommen?

»Man nennt es ›pucken‹: Zusammengefaltete Zwirnköperwindel, darüber eine Windelhose aus Schafswolle, dann wird das Kind in ein Moltontuch gewickelt. Sobald ich wieder auf den Beinen bin, zeige ich dir, wie es geht«, bot sie an.

Ich war mir nicht sicher, ob ich das lernen wollte, aber ich hatte große Lust, alle blutigen Details der Geburt mit Hanna durchzuhecheln. Ich hatte sie gestern mit meiner Kollegin Iris und vorgestern mit meiner Mutter am Telefon in einer Ausführlichkeit durchgehechelt, daß Dany beim Zuhören schlecht geworden war. Mit Hanna mußte es noch viel besser sein.

»Wann bist du wieder auf den Beinen?« fragte ich sehnsuchtsvoll.

»Spätestens übermorgen«, versicherte sie. »Dann veranstalten wir ein Wettstillen.«

Automatisch tastete meine Hand über die eingedellten Körbchen des Still-BHs. Schlechte Startbedingungen.

»Waaas? Ich habe jede Menge Kolostrum.«

Kolostrum! Und wie sie aus meinen Büchern gelernt hatte!

»Wir können ja erst ein bißchen stillen und dann mit unseren neuen Kinderwagen um die Häuser ziehen«, schlug ich kompromißbereit vor.

»Kinderwagen!« schrie sie entsetzt. »Das erste halbe Jahr werde ich Milena nur am Körper tragen.«

»Und die Einkaufstüten?« rief ich.

Da Ede die Einkäufe erledigte und Milena Kolostrum verlangte, mußten wir die Diskussion abbrechen. Ermattet sank ich in die Kissen. Als Dany mir einen Teller mit bläulich verstrahltem Putenfleisch und grauer Sauce, in der vereinzelte Erbsen schwammen, unter die Nase hielt, rollte ich mich angewidert auf die Seite und heulte mich in den Schlaf.

Am nächsten Tag, es war Dienstag und Lotta P.s fünfter Lebenstag, kam die Gratulationspost an. Nachdem der Briefträger seit Samstag unverrichteter Dinge hatte gehen müssen, weil wir unsere Türklingel nicht hörten, hatte er kurzentschlossen alles bei Petti abgegeben. Lotta P. schlief seit zwei Stunden wie ein Engel. Sie war ein sanftes, ruhiges Baby. Ich trug zwei Paar Socken und Danys Skipullover, um die stetig fallende Temperatur in unserer Wohnung auszugleichen, und war glücklich. Rund um den Futon raschelte rosagrundiges Geschenkpapier. Die meisten Sendungen enthielten einen Strampelanzug in einem geschlechtsneutralen Pastellton, d.h. einer bläßlichen Farbe, die weder rosa noch hellblau war. Lotta P. brauchte keine Strampelanzüge, da meine Mutter mich schon im sechsten Schwangerschaftsmonat mit einer kompletten Babyausstattung in geschlechtsneutralen Pastelltönen beglückt hatte. Aber die Sachen eigneten sich für Hannas Laden. Das schönste Geschenk war – neben der Flasche Piper-Heidsieck von Danys Kollegen Jens – eine weiß-gelb-gestreifte Oshkosh-Latzhose in Größe 68, an deren rechtem Träger das Schild von *Mary Poppins*, einer teuren Kinderboutique am Ku'damm, baumelte. Ich stellte mir vor, wie Lottchen sie zu einer knallroten Schaufel in der Buddelkiste trug, während ich mit einem spannenden Krimi auf dem Rand saß. Wohlige Schauer liefen mir den Rücken hinunter. Die Hose war von Iris, meiner Lieblingskollegin bei *Belle et Triste* und dreifachen Mutter. Im Juli hatte sie ihre Zwillinge Max und Moritz bekommen. Außerdem hatte sie einen zweieinhalbjährigen Sohn namens Dorian. Auf der beiliegenden Karte aus handgeschöpftem Papier mit einer lächelnden Sonne vorne drauf lud sie mich zu der Krabbelgruppe ein, die am ersten Mittwoch jeden Monats in ihrer Wohnung tagte. Ich beschloß, gleich im Oktober daran teilzunehmen.

Biancas Päckchen hatte ich mir bis zum Schluß aufgehoben. Lila Nickiplüsch, verziert mit einem giftgrünen Elefanten, dem ein goldgesticktes Kleeblatt aus dem Rüssel wuchs, kroch aus dem mit Vergißmeinnicht bedruckten Geschenkpapier. Meine gute, alte Bianca hatte einen so rührend schlechten Geschmack! Sie war meine einzige verbliebene Jugendfreundin, wohnte immer noch in Bremen und hatte auch vor kurzem entbunden. Jennifer war drei Wochen alt, ihre ältere Tochter Anne drei Jahre. In dem Nickiplüsch steckten zwei naturbelassene Schafwollunterhemden von überraschender Schlichtheit und ein Brief:

Bremen, 17. September

Liebe Joe,

Ich war ja so erleichtert, als Dany anrief und erzählte, daß alles glatt gegangen ist, obwohl du das Baby vaginal auf die Welt gebracht hast. Du weißt hoffentlich, daß das bei Steißlagen sehr gefährlich für das Kind ist. Laß es sofort von einem Ultraschallspezialisten untersuchen! Die meisten Steißlagen haben was an der Hüfte. Ich sehe täglich eine Dreijährige mit Hüftschaden über unseren Spielplatz krauchen und weiß, wovon ich rede. Außerdem braucht Lotta-Paulina unbedingt ein Spreizhöschen. Bis Du das hast, mußt Du breit wickeln. (Aber wie ich Dich kenne, nimmst Du sowieso Höschenwindeln, die sind breit genug.) Geh zu einem Kinderarzt, der mit Hüftschadenkindern Erfahrung hat. Eventuell werden bis zur Pubertät mehrere Operationen fällig. Hier in Bremen könnte ich Dir eine gute Adresse nennen, aber in *Ost*berlin ...?

Die Schafwollhemdchen hat Kais Mutter gekauft. Jennifer kriegt einen Ausschlag davon. Du kannst sie ja mal an Lotta-Paulina ausprobieren. Der Nicki-Strampler ist auch von Kais Mutter. Es ist eine wirklich teure Marke.

Bei uns läuft es bestens, abgesehen von meiner beidseitigen Brustentzündung. Kai hilft kräftig im Haushalt, und seine Mutter kommt abends zum Kochen. Anne ist stolz auf ihr Schwesterchen.

Ich wünsche Dir gute Nerven für das Mutterdasein und drücke beide Daumen wegen der Hüfte.

Halt die Ohren steif! Bianca

Erschrocken starrte ich auf den Brief in meiner Hand. Meine Tochter hatte einen Hüftschaden? Über den Spielplatz »krauchen«? Schlummernd lag sie neben mir, fast unerträglich schön. Etwas wie ein Lächeln huschte über ihr Gesicht. Sie hatte einen ausgeprägten Hinterkopf, wie die meisten Beckenendlagen, und zarte regelmäßige Gesichtszüge. Ein winziger Anflug von Gelbsucht, den Anita Bange als unbedenklich eingestuft hatte, gab ihr eine dezente Sommerbräune. Von einem Spreizhöschen war nie die Rede gewesen. Was war ein Spreizhöschen? Ich begann laut zu weinen. Es war so laut, daß Dany, der sich seit dem Morgen in der Dunkelkammer verschanzt hatte, erschrocken seinen Kopf hereinstreckte. Schluchzend reichte ich ihm Biancas Brief.

»Ihr hättet es mir sagen sollen«, wimmerte ich.

Dany schüttelte verständnislos den Kopf.

»Man braucht mich nicht zu schonen. Ich liebe Lotta P. auch, wenn sie behindert ist«, erklärte ich trotzig und wischte mir die Tränen aus den Augen.

»Lotta P. geht es hervorragend«, sagte er. »Sie hatte ausgezeichnete Apgarwerte. Wenn mit der Hüfte was nicht stimmt, wird der Kinderarzt das bei der U2 feststellen.«

Er redete wie der Co-Autor meines Lieblingsbrutpflegeführers.

»Wieso höre ich heute zum ersten Mal von dieser Hüftgeschichte?« weinte ich.

»War bisher noch kein Thema. Die U2 ist übermorgen«, sagte Dany achselzuckend.

Ich musterte ihn prüfend. Wenn man mir etwas verschwiegen hatte, dann auch ihm. Es war unmöglich, daß er im Fall einer Behinderung von Lottchen so cool reagierte. Schon wieder auf dem Rückweg in die Dunkelkammer, hielt er in der Tür inne und fragte: »Hat eigentlich jemand aus der Agentur angerufen?«

Ich schüttelte den Kopf. Die anonyme Frauenstimme von gestern abend ließ ich unter den Tisch fallen. »Warum sollten die anrufen? Du hast Urlaub.«

»Man kann nie wissen.«

»Du kannst mich jetzt nicht allein lassen«, sagte ich drohend. »Mit dieser Hüftsache schon gar nicht.«

Dany rang die Hände.

»Laß dich doch von Bianca nicht verrückt machen! Am Donnerstag haben wir den U2-Termin.«

»Es macht mich aber verrückt. Können wir nicht schon heute oder morgen zum Arzt?« bat ich.

Dany stöhnte vernehmlich in seinen Bauch hinein, wie wir es im Geburtsvorbereitungskurs gelernt hatten. »Weißt du was, ruf Hanna an, die ist immer so positiv«, riet er und verschwand endgültig in der Dunkelkammer.

Ich hatte keine Lust, mit Hanna zu telefonieren, die in gebügelter Bettwäsche residierte, Lasagne aß und ganz nebenbei ihr Kind stillte und puckte. Resigniert kuschelte ich mich neben Lotta P. in die Kissen. War es möglich, daß sie einen Hüftschaden hatte, während sie so friedlich schlief?

In der Nacht von Dienstag auf Mittwoch, Lotta P.s sechstem Lebenstag, ging die Schreierei los. Erst hielten wir es für eine

Aversion gegen das Schaffell. Wir versteckten es unter einer Baumwollplüschdecke, ersetzten es durch Danys Rheumalind-Oberbett und legten das kreischende Bündel versuchsweise in die Babywiege, die wir für später vorgesehen hatten. Nichts fruchtete. Sie hatte den Zustand des friedlichen Dauerdämmerns ein für allemal beendet. Ohne Rücksicht auf die Tageszeit teilte sie ihr Leben in unberechenbare Intervalle aus Herumgetragenwerden, Schlafen und Trinken ein. Nach kurzem Zögern spielten wir mit, denn die Alternative war ein akustischer Terror, dem wir nicht gewachsen waren. Er begann mit leisem, klagendem Wimmern, steigerte sich innerhalb weniger Minuten in wütende, fordernde Schreie und mündete in herzerreißendes Weinen. Also trugen wir sie stundenlang in der gewünschten aufrechten Haltung, so, daß sie ihr kleines Köpfchen in die Kuhle zwischen Schlüsselbein und Halsansatz kuscheln konnte, herum. Die gemütliche, neue Wohnung verwandelte sich in endlose Zimmerfluchten: Wohnzimmer, Schlafzimmer, Küche, Dunkelkammer, Badezimmer, Flur, Wohnzimmer, Schlafzimmer ... Es bedurfte Feingefühls, um den Zeitpunkt festzustellen, an dem sie so tief eingeschlafen war, daß man sie hinlegen konnte. In der kurzen Schlummerphase entwickelten wir fieberhafte Aktivitäten zur Selbsterhaltung. Dany brühte in Windeseile eine Kanne Darjeeling auf, die er in der Dunkelkammer hinunterstürzte. Ich goß heißes Wasser in die Wanne und versuchte, mehrere Kapitel über das frühkindliche Schreiverhalten zu lesen, während mein Damm von heilendem Eichenrindenextrakt umspült wurde. Ich versuchte, Rückbildungsübungen mit Wäscheaufhängen zu verbinden oder ein wenig zu schlafen, während die Rotlichtlampe meine rechte Brustwarze bestrahlte. In der Regel waren Lotta P.s Schlafphasen jedoch so knapp bemessen, daß wir nicht genug Zeit hatten, zwei Fertiggerichte in der Mikrowelle zu erhitzen und gleich anschließend zu essen. Am Mittwoch brachte unsere verständnisvolle Nachbarin Petti, der das Gebrüll nicht entgangen war, einen großen Topf Gulasch vorbei, den wir auf der elektrischen Kochplatte warm hielten, um uns bei Bedarf zu bedienen. Parallel zu dem neuen Schlaf-Wach-Rhythmus entwickelte Lotta P. einen Bärenhunger, aber nach wie vor wollte sie nur die rechte Brust. Ich schmierte die rechte Warze mit Anita Banges übel riechender Lebertransalbe ein und bestäubte die linke mit Traubenzucker. Lotta P. durchschaute den Trick. Meine rechte Brustwarze sah aus wie ein ausgespuckter Kaugummi und produzierte mehr Blut als Milch. Die linke Brust produzierte gar nichts. Am Mittwochabend erweiterte Lotta P. ihr Stimmrepertoire um kurze, schrille Schreie, zu denen sie sich wie eine Schlange aufbäumte. Kurz vor Mitternacht rief Dany Anita Bange an. Nach ihrer Spätschicht in der Klinik, gegen zwei Uhr nachts, kam sie bei uns vorbei. Sie diagnostizierte den Schlangentanz als Blähungen, die auf Pettis gutgewürztes Gulasch zurückzuführen waren. Ich hätte Petti umbringen können und Anita Bange dazu, als sie sich mit einem fröhlichen »Machen Sie sich mal nicht verrückt, sie beide, Sie kriegen das doch ganz prima hin«, von uns verabschiedete. Wir kriegten es gar nicht hin. Unsere Kommunikation beschränkte sich auf kurze Befehle, die wir uns über Lottchens Gebrüll und das wachsende Chaos in der Wohnung hinweg zuwarfen. Während Dany stets ein fröhliches Summen auf den Lippen trug, wenn er mit Lotta P. durch die Zimmer wanderte, erntete ich schon ein mißbilligendes Stirnrunzeln, wenn ich nur um ein außerplanmäßiges Auffüllen meiner Modertasse oder eine frische Eispackung bat. Wenn ich sagte, daß das Umherlaufen mit Lotta P. mir unerträgliche Rückenschmerzen verursachte, riß er mir das Kind wortlos aus den Armen. Meine Aufschreie beim Anlegen quittierte er mit frustriertem Schulterzucken. Ich war froh, daß unsere Küchenmesser tief in dem Geschirrberg auf dem Spültisch verschwunden waren. Immerhin hatte er mir einmal übers Haar gestrichen, als ich versucht hatte, mich in den Schlaf zu heulen.

Am Donnerstag war Lotta P. sieben Tage alt. Gerädert von der Nacht, begann ich morgens um sechs mit den Vorbereitungen für die U2, der wichtigen zweiten Vorsorgeuntersuchung, der Stunde der Wahrheit. Wenn ich daran dachte, schwitzte ich vor Angst, und meine Hände zitterten. Die Hüfte! Wochen vor Lotta P.s Geburt hatte Anita Bange mir eine Liste von Kinderärzten in der Umgebung gegeben. Mit der untrügerischen Intuition der Schwangeren hatte ich mich für Dr. Annerose Fink entschieden, weil sie so einen niedlichen Namen hatte. Ob sie auf Hüftgelenksschäden spezialisiert war, wußte ich nicht.

Bleich und übernächtigt karrten wir unsere Tochter zu der Praxis, die glücklicherweise nur zwei Häuserblocks von der Hallandstraße entfernt lag. Man erreichte sie über eine finstere Durchfahrt zum Hinterhof. An der Wand der Durchfahrt war eine Eisenstange angebracht, an der Kinderwagen und Buggys aller Preislagen Spalier standen. Die teuren Modelle waren mit Kabelschlössern befestigt. Dany quetschte unser weißgetupftes Luxusgefährt in eine Parklücke, und ich hängte mir den Rucksack mit Ersatzpampers, Olivenöl und einer Flasche Fencheltee über die Schulter. Unser Termin für die U2 hatte vor sieben Minuten begonnen.

In dem zwölf Quadratmeter großen Wartezimmer tummelten sich dreißig Kinder zwischen Plastiktonnen voll Bauklötzen, Rutschautos und Schaukelpferden. Die dazugehörigen Eltern saßen dichtgedrängt auf einer einzigen Stuhlreihe an der Rückseite des Raumes. Die keinen Platz mehr bekommen hatten, lehnten mit resignierten Gesichtern an den Wänden, die mit Werbeplakaten für Windeln und Popocreme dekoriert waren. Hinter dem Rezeptionstresen kauerte eine Sprechstundenhilfe, die laut Namensschild an ihrem rosa Nylonkittel Schwester Karin hieß. Dany schob ihr Lotta P.s Untersuchungsheft zu, während ich mich mit dem schlafenden Baby im Arm an die Wand stellte. Nach zehn Minuten nahm Dany Lotta P., damit ich meinen Rücken entspannen konnte. Ich wäre gern auf- und abgegangen, aber das war in dem Tohuwabohu unmöglich. Nach weiteren zwanzig Minuten, in denen sich an der Personenkonstellation im Wartezimmer nichts geändert hatte, nahm ich wieder Lotta P., damit Dany nach unserem Kinderwagen in der zwielichtigen Durchfahrt sehen konnte. Nach weiteren zehn Minuten hatte ich den Glauben an schwangerschaftliche Intuition verloren und versuchte, im Stehen zu schlafen. Nach weiteren zehn Minuten teilte Dany Schwester Karin mit, daß wir uns im Treppenhaus auf die Stufen setzen würden. Sie solle uns holen, wenn wir dran wären. Mit gehetztem Blick fuhr Schwester Karin hinter ihrem Computer hoch und verschwand hinter der Tür zum Behandlungsraum. Als sie zurückkam, sagte sie: »Eine Minute noch«. Es dauerte nicht mal eine Minute, bis sich ein Kopf durch den Türspalt schob und eine helle Stimme rief: »Wo ist die kleine Mutti mit den weichen Knien?« Dany schubste mich ins Sprechzimmer. Die anderen Eltern murrten unwillig.

Mit ihren dicken, blitzenden Brillengläsern erinnerte die Ärztin eher an einen Uhu als an einen Fink. Lottchen hatte beide Augen aufgeschlagen und starrte sie mit unverhohlenem Staunen an.

»Na, du bist ja ein Mäuschen«, kiekste Frau Dr. Fink mit hoher Stimme. »So was Winziges hatte ich lange nicht mehr. Und so'n kleines Köppchen. Haste das denn überhaupt gemerkt, Mutti?«

»Sie kam nicht mit dem Kopf. Sie war eine Beckenendlage«, sagte Dany steif.

»Ach so, na dann zur Sache«, sagte sie in normalem Tonfall. »Mutti packt das Mäuschen jetzt mal aus, während ich nebenan einem gaaanz großen Jungen in den Hals gucke.«

Auf flinken Absätzen klapperte sie ins Nebenzimmer. Ich begann, an den Knöpfen von Lotta P.s Ausfahrjäckchen zu nesteln, was sie mit leise gurrendem Protest quittierte. Als ich ihr den Strampelanzug von den Waden zog, kreischte sie aus vollem Hals, obwohl der Untersuchungsraum temperiert war wie eine Backstube. Frau Dr. Fink kam herbeigeklappert.

»Still, Mäuschen! Uuuhu!«

Augenblicklich war Mäuschen still, starrte hypnotisiert in die blitzenden Brillengläser und ließ die vorgeschriebenen U2-Handgriffe lammfromm über sich ergehen. Ich wollte gerade wegen der Hüfte fragen, als der Uhu lauthals nach Schwester Kaaariiin rief. Schwester Karin war blitzartig zur Stelle, drückte meine nackte Tochter an ihren Perlonkittel und rannte mit ihr ins Nebenzimmer. Bevor ich die Verfolgung aufnehmen konnte, hatte mich Dr. Fink an der Schulter auf einen Stuhl gedrückt und die Tür hinter sich ins Schloß gezogen. Nach einer halben Minute erscholl Geschrei höchster Alarmstufe.

»Was tun die?« flüsterte Dany.

»Guthrie-Test. Blutabnahme«, stieß ich hervor, bevor ein Tränenschwall mir die Kehle zudrückte. Dany wollte gerade nach meiner Hand greifen, als Dr. Fink sich, Lotta P. durch die Luft schwenkend, zwischen uns stürzte und »einpacken, anlegen«, keifte.

Lottchen war ein einziger blauroter Schrei. Die Pampers klebte nicht mehr. Pipi rann über den mit rotem Wachstuch überzogenen Untersuchungstisch. Ich drehte mich nach meinem Rucksack um, um eine neue Windel herauszuholen.

»Kind festhalten«, keifte Dr. Fink.

Die zweite Pampers klebte auch nicht. Ich kriegte das Band des Flügelhemdchens nicht zu und versuchte, den Strampler über die wild rotierenden Beinchen und die derangierte Wäsche zu zerren. Das Satinhäschen war auf dem Rücken ...

»Ich mach schon«, sagte Dany sanft und schob mich zur Seite. Ich sank auf den Stuhl neben dem Schreibtisch. Dr. Fink musterte mich mit vernichtenden Blicken.

»Aller Anfang ist schwer, Mutti. Wie trinkt sie?«

Ich zuckte mit den Schultern. »Geht so.«

»Legen Sie mal an.«

Vor ihren Augen mußte ich mein XXL hochschieben und die kaputte rechte Brust aus dem verschwitzten Still-BH zerren. Dany reichte mir Lotta P. Nach dem dritten Versuch schnappte sie zu. Bildete ich mir ein. Dr. Fink sprang auf ihre Absätze, kantete Lotta P. die Kiefer auseinander, griff nach meiner Brust wie nach einem widerspenstigen Fisch und rammte sie meiner Tochter mit zielsicherer Bewegung tief in den Schlund. Ein Schmerz wie ein Schwerthieb durchzuckte mich.

»So geht das, Mutti!« rief sie triumphierend. »Wir wollen Mäuschen doch satt kriegen, oder?«

Ich nickte unter Tränen.

Dr. Fink nahm einen Kugelschreiber zur Hand und klopfte damit energisch auf ihre Schreibunterlage: »Jede Mutter kann stillen, wenn sie will. Es gibt nichts Besseres für ein Kind als Muttermilch, und Sie wollen doch das beste für Mäuschen, oder?«

Ich nickte und schluckte. Lottchen schluckte nicht.

»Wußte ich doch«, sagte Dr. Fink zufrieden. Bevor ich sie nach der Hüfte fragen konnte, schob sie mir zwei kleine Zettel zu. »Das ist die Telefonnummer von einem Ultraschallspezialisten, bei dem Sie Mäuschens Hüftgelenk überprüfen lassen, bei Steißlagen Routine. Und hier ist Ihr Termin zur Gewichtskontrolle. Mäuschen muß zunehmen. Und jetzt gehe ich nach nebenan, wo ich einem gaaanz großen Jungen in den Hals gucke.«

In der Tür zum Nebenzimmer drehte sie sich noch einmal um und sagte mit unglaublich gewinnendem Lächeln: »Und nicht vergessen: Wer will, der kann – Mutti.«

Ich drückte Lotta P. an mich und stürzte mit offenem BH durch die düstere Durchfahrt hinaus auf die Straße.

Zweite Woche

Der erste Ausflug mit Lotta P. Wir saßen an unserem Lieblingstisch im italienischen Biergarten am Prenzlauer Berg. Die gelb gefärbten Blätter der Kastanie über uns filterten die Mittagssonne. Die ersten stacheligen Früchte lagen auf dem Kies. Lotta P. schlummerte in der Babyautoschale zwischen Dany und mir. Milena lag im Tragetuch vor Hannas Bauch. Über ihrem von einer gestrickten Indiomütze umhüllten Köpfchen schwebten Hannas Brüste wie zwei Melonen. Aus dem offenen Küchenfenster wehte köstlicher Knoblauchduft zu uns herüber. Hanna und ich überprüften die Speisekarte auf Stillkost, während Dany unser Kinderarztabenteuer zum besten gab. Nach Tagen der faden Mikrowellenkost schwankte ich zwischen Lasagne al Forno und Lammkoteletts mit Rosmarinkartoffeln.

»Tja, und als wir wieder draußen waren, war der Kinderwagen weg!« schloß Dany seine Erzählung.

»Weg?« echoten Hanna und Ede.

»Geklaut«, sagte Dany. »Während Joe mit Lotta P. im Arm nach Hause gerannt ist, habe ich in der Praxis Alarm geschlagen. Aber Schwester Karin sagte, erstens sei ein Schild in der Durchfahrt, auf dem steht, daß die Praxis für die Kinderwagen nicht haftet, zweitens könne man sich bei ihr ein Kabelschloß ausleihen, und drittens sei so was früher nicht vorgekommen.«

»Sie meinte vor der kriminellen Invasion aus dem Westen«, ergänzte ich.

Hanna und Ede, die am Prenzlauer Berg aufgewachsen waren, prusteten laut los.

»Früher gab es hier nicht so hübsche Kinderwagen, oder, Hanna?« fragte Ede.

»Keine Ahnung«, sagte sie. »Ich interessiere mich erst seit ein paar Wochen dafür, in begrenztem Maße jedenfalls.« Liebevoll tätschelte sie das Tragetuch vor ihrem Bauch.

Tina, die Kellnerin, kam, um unsere Bestellung aufzunehmen. Ich entschied mich spontan für die Lasagne und eine Portion Knoblauchbrot. Hanna orderte Mailänder Schnitzel mit gedünsteten Möhren anstelle von Brokkoli.

»Gedünstete Möhren? Da muß ich erst in der Küche nachfragen«, sagte Tina stirnrunzelnd.

Hanna seufzte theatralisch.

»Knoblauchbrot ist leichtsinnig«, erklärte sie mir, als Tina weg war. »Milena kriegt wahnsinnige Blähungen von Knoblauch.«

Die Männer waren noch mit dem Kinderwagenthema beschäftigt.

»Der steht jetzt in irgendeinem An- und Verkauf«, behauptete Ede. »Ihr könnt die ja mal abklappern.«

»Aber davon gibt es Unmengen!« rief Dany.

»Außerdem ist der Dieb nicht so bescheuert, ihn hier im Kiez loszuschlagen. Ihr müßtet also in Neukölln oder Wedding suchen«, gab Hanna zu bedenken.

Ich war in gewisser Weise erleichtert. Die Vorstellung, auf der Schönhauser Allee einer Mitmutter zu begegnen, die Lotta P.s Kinderwagen vor sich herschob, war ziemlich gruselig. Andererseits fühlte ich mich, stellvertretend für meine Tochter, tief verletzt. Gerade eine Woche auf dieser beschissenen Welt, und schon wurde einem das erste Auto geklaut.

»Ich habe noch zwei 70er-Jahre-Modelle zu Hause stehen«, sagte Hanna. »Die waren für den Laden bestimmt. Du kannst einen für Lotta P. haben, geschenkt natürlich.« Sie strich mir liebevoll über den Arm. »Das war doch bestimmt ein Schock für dich.«

Ihr Mitgefühl tat gut. Petti hatte uns zwar auch Henrys mickymausmäßig gestylten Kinderwagen angeboten, aber gleich hinzugefügt, daß wir ihn natürlich bezahlen müßten, wenn uns ein ähnliches Mißgeschick noch einmal zustoßen sollte.

»Das ist leider nur die Lösung des halben Problems«, sagte Dany nachdenklich. »Der Kinderwagen ist das Geburtsgeschenk von Joes Eltern. Wenn sie uns in ein paar Wochen besuchen, werden sie sich in seinem Glanze spiegeln wollen.«

Stimmte. Meine Eltern würden die Diebstahlsgeschichte nicht besonders komisch finden. Der Wagen mußte wieder her.

»Die einzige Möglichkeit wäre, eine Zeitungsanzeige aufzugeben, in der ihr einen Kinderwagen von dieser Firma und in diesem Design sucht«, sinnierte Hanna. »Vielleicht meldet sich der Dieb.«

»Wenn er doof ist«, nickte Ede.

Tina brachte das Essen. Meine Lasagne sah prächtig aus, und dem Knoblauchbrot entströmte ein himmlischer Duft. Hannas Mailänder Schnitzel war mit einem Löffel gemischtem Tiefkühlgemüse verziert.

»Gedünstete Möhren sind nicht«, sagte Tina.

»Typisch deutsch, daß Restaurants nicht auf stillende Mütter eingestellt sind. Was glaubt ihr denn, wo die kleinen Kinder herkommen?« rief Hanna entrüstet und pickte angewidert ein Stück Blumenkohl aus dem Gemüsehäufchen. »Kohl bläht!«

»Quatsch«, sagte Tina ungerührt. »Noch was zu trinken?«

Ich seufzte tief in meinen Bauch hinein, in dem schon eine Flasche San Pellegrino gluckerte.

»Sei nicht albern, bestell dir einen Rotwein«, sagte Dany streng. »Einer schadet nicht!«

»O doch«, rief Hanna dazwischen.

»Quatsch«, sagte Tina.

Während des Essens erzählte Hanna, daß sie möglichst bald ihren Babyladen aufmachen wollte. Allerdings waren ihr die Ladenräume, die sie vor Monaten im Auge gehabt hatte, durch die Lappen gegangen. Sie mußte sich also zuerst um Räumlichkeiten kümmern.

»Ich will eine Altbauladenwohnung. Das vordere Zimmer wird Verkaufsraum, das hintere Lager. In der Küche richte ich eine Schlafecke für Milena ein. Außerdem will ich einen Vorgarten.« Sie zwinkerte mir zu. »Da sitzen wir zwei dann in der Sonne, gucken zu, wie die Kinder braun werden, verkaufen ihre abgelegten Hemdchen und trinken literweise Kaffee.«

»Koffeinfreien«, sagte Dany gehässig.

Hanna und ich hatten kaum unsere Teller leer, als unsere Töchter auf die Minute gleichzeitig wach wurden. Hanna öffnete den Reißverschluß ihrer Strickjacke und zielte mit einer Melone auf Milenas Gesicht. Milena öffnete ihren Mund *weit wie ein Vögelchen*, saugte kräftig an und schloß entspannt die Augen. Hanna lächelte selig. Unschlüssig wiegte ich Lotta P. in den Armen. Sollte ich jetzt Danys dicken Skipullover über den Kopf ziehen, drei Schichten T-Shirts lüpfen, das klebrige Stillhütchen, mit dem ich nach Frau Banges Anweisung meine durchgekaute Brustwarze schützte, aus dem Rucksack kramen und in aller Öffentlichkeit den Kampf gegen Lotta P.s Gaumen verlieren? Dany, der mein Zögern bemerkte, stellte die Fenchelteeflasche auf den Tisch.

»Gegessen wird zu Hause«, verkündete er fröhlich.

Erleichtert schob ich Lotta P. den Sauger in das bebende Mündchen.

»Ich glaube, mit der Methode schaffst du dir Probleme«, sagte Hanna mutterklug.

Probleme hatte ich sowieso. Ich wollte zwanzig Minuten Frieden unter blauem Himmel. In Ruhe die Lasagne verdauen. Mehr als zwanzig Minuten waren mir nicht vergönnt. Denn als wir gingen, fragte Ede Dany, ob er Lust hätte, morgen mit ihm auf Ladensuche zu gehen. »Keine Zeit«, sagte Dany. »Morgen muß ich in meine Agentur.«

»Wieso mußt du morgen schon wieder arbeiten?« tobte ich, als wir zu Hause waren. »Du hast mir versprochen, daß du zwei Wochen Urlaub nimmst! Morgen ist erst Donnerstag.«

»Ich habe am Montag mit Jens telefoniert. In der Firma brennt die Luft.«

»Hier brennt die Luft«, rief ich. »Morgen früh hat Lotta P. ihren Termin für den Hüftultraschall!«

»Ich fahre erst mit euch zu diesem Röntgenarzt und danach in die Agentur. Das geht klar.«

Und wie klar es ging! Wenn er erst um elf in der Agentur eintrudelte, würde er vor acht Uhr abends nicht nach Hause kommen. Und ich war eine Wöchnerin. Eine Wöchnerin mit einem nimmermüden Baby und einer entzündeten Brustwarze.

»Wieso erfahre ich es erst heute, wenn du schon am Montag mit Jens telefoniert hast?«

»Anita Bange hat gesagt, ich soll alle Aufregungen von dir fernhalten, damit die Milch endlich einschießt.«

Dritte Woche

Die Milch schoß nicht ein. An Lotta P.s 15. Lebenstag war ich als Mutter durchgefallen. Auf Dr. Finks Waage fehlten immer noch fünf Gramm zum Geburtsgewicht. »Zufüttern« knurrte der Uhu und verließ den Behandlungsraum, ohne mich eines weiteren Blickes zu würdigen. Schwester Karin schrieb mir drei empfehlenswerte Produktmarken von hypoallergener Fertignahrung auf einen Notizzettel und sagte: »Nach jeder Brustmahlzeit 40 Gramm«. Schwankend zwischen Frustration und Erleichterung kaufte ich die teuerste hypoallergene Fertignahrung, die ich kriegen konnte. Als Anita Bange die noch ungeöffnete Packung in der Küche entdeckte, rastete sie aus. Zufüttern war der Anfang vom Ende. Die Kunstmilch verstärkte die Blähungen, ließ die kleinen Würmer aufgehen wie Hefeklöße, machte sie trinkfaul und träge. Außerdem brauchte der Säugling die Abwehrstoffe der Muttermilch, wenn ihn nicht die erste Grippewelle dahinraffen sollte. Nachdem Frau Bange sich beruhigt hatte, schrieb sie mir eine Apotheke auf, in der ich eine Babywaage und eine elektrische Milchpumpe ausleihen sollte. Durch das Abpumpen der Milch zwischen den Brustmahlzeiten würde ich die Milchbildung stimulieren und mir einen Muttermilchvorrat schaffen, den ich Lotta P. »zufüttern« konnte, wenn ich den Eindruck hatte, daß sie aus eigener Kraft nicht satt wurde. Ich stellte die Milchpumpe neben die Mikrowelle und die Babywaage neben den Heizlüfter und fragte mich, was wir als nächstes anschaffen würden. Vielleicht eine mobile Gummizelle?

Für den Samstagnachmittag hatte sich der erste Besuch angemeldet, meine Kollegen von *Belle et Triste*. Sie wollten um drei Uhr kommen. Um 14.15 Uhr saß ich auf meinem Höckerchen neben der Milchpumpe und beobachtete angespannt den langsam steigenden Pegel im Fläschchen. Die Pumperei war mühsam. Für 40 Milliliter brauchte ich glatte 20 Minuten. 80 Milliliter hatte ich schon. Wenn ich 120 schaffte, konnte ich den ganzen Nachmittag ohne Zwischenmelken zufüttern. Dany wandelte inzwischen mit Lotta P. durch die Zimmerfluchten, und Petti spritzte Sahne aus einer Sprühflasche in die aufgebackenen Windbeutel, in die sie vorher je ein Löffelchen rote Grütze aus dem Kühlregal gefüllt hatte. Petti war zu einer unentbehrlichen Hilfe geworden, zur Retterin aus allen häuslichen Nöten. Am Vormittag war sie mit Dany in der Ente zu *Allfrost* (gleich neben *Superelektro*) gefahren und hatte eine tiefgefrorene Partyverpflegung erstanden, die man flink und sauber in der Mikrowelle zubereiten konnte. Während sie die Windbeutel liebevoll auf einem Teller anrichtete, behielt sie die blubbernde Kaffeemaschine im Auge, die sie uns nebst einer 2½ Liter Campingthermoskanne für die »Feier« ausgeliehen hatte. Ich konnte elektrische Kaffeemaschinen nicht ausstehen. Aber da ich ohnehin nur Milchbildungstee trinken durfte, war es nicht so wichtig. Es klingelte. Erschrocken ließ Petti ihren Windbeutel fallen.

»So früh schon?«

Ich stellte die Pumpfrequenz höher. 87 Milliliter. Unter 95 würde ich nicht aufgeben, und wenn es der Papst persönlich war. Es war Moritz, mein Lieblingskollege und Freund, bewaffnet mit lachsfarbenen Teerosen, einer Flasche Prosecco und einer Spieluhr in Form eines Plüschherzens, die Schuberts Wiegenlied spielte, als er in die Küche trat. Ich weiß nicht, was er erwartet hatte, eine frischgefönte Wöchnerin, die mit rosa Rüschenkragen im Bett saß und Kreuzworträtsel löste? Jedenfalls erstarrte seine Mundpartie zu Eis, als er mich erblickte.

»Was ist das denn?« flüsterte er heiser und deutete auf meine linke Brust, die durch die Saugglocke der Milchpumpe kraftvoll gedehnt und gestaucht wurde. 91. Ich schaltete ab.

Punkt drei ließ Moritz den Korken knallen. Die Kaffeetafel war festlich gedeckt. Ihren Mittelpunkt markierte eine Taufkerze, auf der in Goldbuchstaben ›Lotta-Paulina‹ stand, ein Geschenk von Oma Resi, das Petti besonders hübsch fand. Drum herum prunkten ein gedeckter Apfelkuchen und eine Schwarzwälder Kirschtorte, denen man ihre Odyssee durch Gefrierschränke und Mikrowelle kaum ansah, und zwei Teller mit zierlichen Windbeuteln, von denen Moritz schon in der Küche genascht hatte. Außer ihm waren meine Kolleginnen Birte und Annett gekommen. Birte hatte das neue Pekipbuch und einen Stapel Leseexemplare der Herbst- und Winterthriller mitgebracht, der mich schmerzlich an Zeiten erinnerte, in denen ich Bücher gelesen hatte. Annett hatte ihren Verlobten Lutz dabei. Lutz war Danys bester Freund und ebenfalls Fotograf, allerdings ohne künstlerische Ambitionen. Er hatte eine leitende Stellung in einer Fotoladenkette namens »Foto Klick«. Annett und Lutz hatten sich auf unserer Hochzeit kennengelernt und sich, ganz zufällig, am Tag von Lotta P.s Geburt verlobt. Eigentlich hatte ich auch Iris eingeladen. Aber sie konnte nicht kommen, weil ihr Dorian Keuchhusten hatte. Moritz erhob sein Glas zum Toast.

»Auf unsere entzückende … Mutti und ihr … ihr süßes, kleines äh …«

»Mäuschen!« sprang Annett ein.

»Das habt ihr beide ja hervorragend hingekriegt«, fügte Lutz in Bangeschem Tonfall hinzu.

»Schläft sie schon durch?« krähte Birte, die Kinderlose.

»Natürlich nicht«, rief Annett. »Bis zu einem Vierteljahr brauchen Säuglinge Nachtmahlzeiten.« Annett wußte, wovon sie sprach. Sie hatte 15jährige Zwillinge.

»Oje«, sagte Moritz bekümmert und legte sich ein Stück Schwarzwälder Kirschtorte auf seinen Teller, »stellst du dir dafür den Wecker, Joe?«

Annett brach in schallendes Gelächter aus. »Das Baby ist der Wecker, Moritz. Eine Art Dauerwecker. Man ist dankbar für jede Stunde Schlaf!«

»Mehr als zwei Stunden am Stück waren bei meinem Henry in den ersten drei Monaten nicht drin«, mischte Petti sich ein, die nicht mit an der Tafel sitzen wollte, sondern wie eine Aufwartefrau mit Lotta P. im Arm den Tisch umkreiste und ihre kostbare Thermoskanne im Auge behielt. Sie machte mich nervös.

Moritz schabte an der Schwarzwälder Kirschtorte herum. Sie war innen noch gefroren. »Selbstgebacken, Mutti?« fragte er und grinste frech. Ich trat ihm unterm Tisch ans Schienbein. Inzwischen war eine Diskussion über nächtliches Schreiverhalten entbrannt.

»Die frühkindliche Prägung ist entscheidend«, behauptete Birte, die keine Ahnung hatte. »Eine Bekannte von mir hat das nächtliche Schreien ihres Kindes vom ersten Tag an konsequent ignoriert. Das Kind hat nach zehn Tagen durchgeschlafen.«

»Die Mutter ist verhaltensgestört«, sagte ich giftig. »Oder taub.«

Dany zeigte schon mehr Verständnis für die Bekannte meiner kinderlosen Kollegin. »Ein Baby schreit nicht willentlich«, erklärte er in salbungsvollem Vaterton, »sondern weil es leidet, z. B. an Blähungen. Also nimmt man es hoch, um den Schmerz zu lindern.«

»Aber dadurch gewöhnt es sich daran, herumgetragen zu werden,« beharrte Birte. »Es kann also nicht mehr einschlafen ohne dieses Herumgetragenwerden und fordert es durch Schreien ein. Fataler Kreislauf für alle Beteiligten. Um dem zu entgehen, muß man das Baby schreien lassen. Logisch, oder?« Triumphierend blickte sie in die Runde.

»Das könnte ich nicht«, sagte Dany mit zärtlichem Seitenblick auf seine Tochter, die in Pettis Armen ein Nickerchen hielt. Petti blickte zärtlich zurück.

»Ich *mußte* meine Zwillinge nachts schreien lassen, weil ich gar nicht die physische Kraft hatte, sie herumzutragen«, sagte Annett.

»Dein Exmann hätte eins der Kinder nehmen können«, schlug Dany Wunderpapa vor.

»Der hatte einen anstrengenden Job und brauchte seinen Schlaf.«

»Verständlich«, giftete ich dazwischen, »zumal du den ganzen Tag mit hochgelegten Beinen vor dem Fernseher verbracht hattest.«

»Damals hatten wir noch keinen Fernseher, Joe«, sagte Annett besänftigend.

»Ich habe ›ihn‹ auch immer schlafen lassen«, krähte Petti aus dem Hintergrund. »Wenn ein Mann den ganzen Tag ackert, um die Familie zu ernähren, hat er ein Recht auf Nachtruhe.«

Aha.

»Außerdem kann man sich als Hausfrau seine Zeit einteilen«, meinte Birte. »Man kann tagsüber mit dem Kind schlafen.«

Ich erstickte fast an einem Kirschkern, der fahrlässigerweise in der Roten Grütze steckte. Was fiel der ein, mich als Hausfrau zu titulieren, nur weil ich ein Kind hatte?

»Ich als *Mutter* kann tagsüber nicht schlafen«, sagte ich spitz. Ich wollte gerade erklären, daß jede Minute Schlaf des Kindes zur Selbsterhaltung genützt werden mußte, Haare, Körper, Wäsche waschen. Vielleicht mal was essen oder aufs Klo gehen, ein paar Liter Milch abpumpen ..., aber Annett rief schon laut:

»Das solltest du aber tun, Joe. Wenn du dir keine Ruhe gönnst, kann die Milch nicht fließen«, wobei sie einen mißbilligenden Blick auf meine bescheidene Oberweite warf. »Ich habe meine beiden Jungen fünf Monate lang voll gestillt. Es hat mich alle meine Kräfte gekostet, aber ich habe es nicht bereut!«

Alle Augen ruhten bewundernd auf Annett, die ihre strammen, fünfzehnjährigen Kerle mit eigenen Brüsten aufgezogen hatte, damit sie heute Haschisch rauchen, Wände besprühen und Schule schwänzen konnten.

»Also, ich weiß nicht«, sagte Moritz gedehnt und drehte einen besonders wohlgeformten Windbeutel zwischen den Fingern. »Ich finde diese Melkerei mit der Milchpumpe unästhetisch. Was nicht ist, ist nicht. Außerdem ist so ein Fläschchen niedlich.«

Ein Sturm der Entrüstung brach los.

»Es geht nicht um Ästhetik, sondern um die Gesundheit des Kindes«, kreischte Birte.

»Beim Stillen entsteht eine viel engere Mutter-Kind-Bindung«, rief Annett, die es am eigenen Leib erlitten hatte.

»Die Abwehrstoffe, die Abwehrstoffe«, piepste Petti.

Wieder hatte der Familienvater das letzte Wort: »Ich wünsche mir zwar auch, daß das endlich mal klappt bei Joe«, mitleidiger Blick in meine Richtung, »... aber andererseits«, freundliches

Nicken in Moritz' Richtung, »hat so ein Fläschchen schon seine Vorteile. Mit der Flasche kann ich Lotta P. auch füttern, so daß Joe mal eine Nacht durchschlafen kann.«

Rührend! Petti schossen prompt die Tränen in die Augen. Alle schwiegen andächtig, bis Lutz sagte: »Was meinst du Dany, ob wir mal ein kühles Bier aufmachen?«

Als die Lotta-Paulina-Kerze zur Hälfte abgebrannt war, hatte die Party ihren Höhepunkt erreicht. Lutz und Dany saßen mit ihren kühlen Bieren auf meinem Wöchnerinnenlager, das mit Kontaktbögen und Schwarzweißabzügen von Lotta P. bedeckt war. Im Schlafzimmer sortierte Annett Lotta P.s Wäsche, während Birte ihr Passagen aus dem Pekipbuch vorlas. In der Küche schoben Moritz und Petti tiefgefrorene Gourmetbaguettes in die Mikrowelle. Lotta P. wimmerte in meinen Armen und stieß mit der Nase fordernd gegen mein XXL. Aber das Kinderzimmer war unmöbliert bis auf die Wiege, in der Dunkelkammer gab es keinen Stuhl, und die Badewanne war zu hart. Wo konnte ich mein Kind stillen, ohne bei meinen kritischen, gesundheitsbewußten und ästhetisch anspruchsvollen Gästen Anstoß zu erregen? Kurzentschlossen steckte ich Pettis Wohnungsschlüssel, der auf dem Schuhschrank im Flur lag, in die Hosentasche, schnappte mir die Flasche mit der abgepumpten Milch und ging eine Treppe tiefer. Die Luft war rein, da Klein-Henry und »er« das Wochenende bei »seinen« Eltern verbrachten, mit denen Petti sich nicht vertrug. Im Wohnzimmer stand eine Sitzgarnitur aus schwarzem Leder. Ich polsterte mir mit zwei Paradekissen den Rücken aus, legte die Füße auf die blitzende Glasplatte des Couchtisches und lüpfte mein XXL. Das Ansaugen klappte fast problemlos. Entspannt schmiegte ich mich in die Kissen. Pettis Wohnzimmer war aufgeräumt und beruhigend unpersönlich. Alles paßte zusammen. Der Teppich war mittelgrau mit violetten und grünen Pünktchen. Die Vorhänge waren silbergrau mit roten und gelben Pünktchen, die Möbel schwarz. Auf dem Fernsehschrank waren die Familienfotos aufgebaut. Den Mittelpunkt bildete die Schwarzweißaufnahme eines sympathisch lachenden jungen Mannes mit ölig glänzendem Oberkörper. Drum herum standen eine Porträtaufnahme von Petti mit frischer Dauerwelle, ein Doppelporträt mit »ihm« und ein paar Badewannenfotos von Henry. Nach 15 Minuten rechts, zwei Minuten links und den 90 Millilitern aus der Flasche wirkte Lotta P. satt und zufrieden. Ich legte sie mir an die Schulter und begann die übliche Wanderung durch die Zimmer. Pettis Wohnung hatte den gleichen Schnitt wie unsere. Im Flur begegnete mir noch einmal der sympathisch lachende Mann, diesmal mit einem Handtuch um den Hals und Boxhandschuhen. Ob das ein Verwandter war? Die Spülmaschine in der Küche war ausgeräumt und stand einen Spalt offen. Auf der Arbeitsfläche stand keine einzige Modertasse und lag kein noch so winziger Kekskrümel. Sie bot jede Menge Platz für eine Mikrowelle. An der Wand hing ein Bildkalender mit Kochrezepten, und im Gefrierschrank lagerten vier Fertigpizzas und sechs Gourmetbaguettes. Das Bad war in Rosa und Weiß gehalten. Die Dunkelkammer war ein Putzmittelarsenal, bei dessen Anblick sogar meine Mutter vor Neid erblaßt wäre. Als wir im Schlafzimmer angelangt waren, war Lotta P. hinweggedämmert. So hatte sie nichts von dem goldgerahmten Spiegel und metallic schillernden Bildern von Paaren vor Sonnenuntergängen. Petti und »er« teilten sich ein französiches Bett mit schwarzer Lederumrandung. In das Kopfende waren eine Uhr und ein Radio eingebaut. Darüber baumelte ein Paar Boxhandschuhe, und am Fußende stand ein goldener Teewagen mit einem Fernsehgerät. In Henrys Zimmer fühlte ich mich heimischer. Der Teppichboden war fleckig. Auf der Tapete tummelten sich Mickymäuse, und in den Ecken lagen Autos, Hausschuhe und schmutzige T-Shirts. Vorsichtig ließ ich Lotta P. in die mit Mickymäusen bedruckte Flanellbettwäsche des Kinderbetts sinken und ging zurück ins Wohnzimmer. Ich nahm mir eine Handvoll Gummibärchen aus der Bonbonniere auf dem Couchtisch und streckte mich genüßlich auf dem Dreisitzer aus.

Vierte Woche

Bremen, 9. Oktober

Liebe Joe,

ich bin ja so erleichtert, daß mit Lotta-Paulinas Hüften alles in Ordnung ist! Aber wie es aussieht, hast Du ein Kolik-Kind erwischt. Kolik-Kinder sind eine echte Prüfung. Anne war auch eins. Ich habe sie drei Monate durch die Wohnung getragen. Kai ist in sein Arbeitszimmer unterm Dach gezogen. Wenn ein Mann den ganzen Tag arbeitet, hat er ein Recht auf Schlaf. Jennifer hat zum Glück keine Koliken.

Deine Stillprobleme haben psychische Ursachen. Jede Frau, die es wirklich will, kann stillen. Wahrscheinlich hast Du Probleme mit der Mutterrolle. Mach Dir klar, daß Du Deinem Kind die Muttermilch schuldig bist, oder geh in eine Stillgruppe. Stillen ist die Voraussetzung für eine harmonische Mutter-Kind-Beziehung. Kürzlich habe ich in einer Elternzeitschrift eine Reportage über eine Erstlingsmutter gelesen, die sich mit ihrem drei Wochen alten Baby aus dem zwölften Stock eines Hochhauses gestürzt hat. Keiner wußte, warum. Die Frau hatte ein geregeltes Einkommen und einen netten Mann. Die Reporterin fand jedoch heraus, daß sie vorzeitig auf die Flasche umgestiegen war. Ich finde, so was muß nicht sein! Mutterschaft ist eine Berufung, der man bedingungslos folgen muß. Dazu gehört auch das Stillen ... Ach herrje, ich muß Schluß machen, Jennifer ist aufgewacht.

Alles Liebe
Bianca

P.S. Danke für das süße Foto von Lotta-Paulina. Ich fürchte, sie hat Danys Nase.

Fünfte Woche

»So ein Quatsch!« rief meine Schwester Marianne und drückte die Lippen in den dunklen Haarschopf ihrer Nichte. »Genausogut könnte ich behaupten, daß sie Rudis Nase hat!«

»Rudi?« fragte ich.

»Mein Leithammel.«

Marianne betrieb eine Schafzucht an der Küste hinter Bremen. Sie war drei Jahre älter als ich und von klein auf die dominantere von uns beiden gewesen. Wir hatten uns ständig gestritten. Mit 24 hatte sie sich zur Politlesbe gemausert, trug bis zum ersten Schneefall Holzclogs zu ihren Latzhosen und schor sich alle vier Wochen die Locken platt, während ich mir den klassischen Germanistinnen-Pagenkopf zulegte. Als sie abgenervt vom Leben in alternativen Stadtkommunen auf die grüne Weide emigrierte, zog ich zum Studium nach Berlin. Von da an sahen wir uns nur noch einmal im Jahr, wenn sie eine alte Freudin in Berlin besuchte. Erst Lotta P.s Geburt hatte unsere schwesterliche Beziehung wieder belebt. Zufällig war Marianne genau in dem Moment zu ihrer alljährlichen Stippvisite in unsere Wohnung gepoltert, in dem meine Fruchtblase platzte. Sie begleitete mich im Feuerwehrauto zum Kreißsaal. Als sie nach 3½ Stunden schwesterlicher Wehen ihre frischgeschlüpfte Nichte im Arm hielt, sah ich sie zum ersten Mal in meinem Leben heulen.

Marianne war heute morgen nach Berlin gekommen, weil Dany für drei Tage nach Leipzig mußte, wo seine Agentur eine Zweigstelle aufbaute. Uns war sonst niemand eingefallen, der sich um mich und Lotta P. kümmern konnte. Meine beste Freundin Regula war in New York, meine Kolleginnen mußten arbeiten, Anita Bange hatte das Nachsorgefeld schon vor zwei Wochen mit einem letzten »Sie machen das doch ganz hervorragend« geräumt, und Petti ging mir mit ihrem »Sauber-und-praktisch-Tick« auf die Nerven. So kam es, daß Marianne mir gegenüber saß und eine Puddingschnecke von meinem Lieblingsbäcker verzehrte, während ich pumpte. 67 Milliliter in 30 Minuten! Es wurde täglich weniger.

»Stell doch mal das Foltergerät ab und nimm ein schönes Bad«, schlug sie vor.

Gehorsam suchte ich mein Lieblingsschaumbad, das ich zum letzten Mal in der 39. Schwangerschaftswoche benutzt hatte, und ließ die Wanne voll laufen. In der Küche bereitete Marianne das Abendessen vor. Lotta P. hatte sie sich in einem Tragetuch, das Hanna mir aus Ladenbeständen geliehen hatte, fachfraulich vor den Bauch gebunden. »Körperkontakt beruhigt«, erklärte sie auf meinen erstaunten Blick. »Ich habe schon kranke Lämmer und Katzen so mit mir herumgeschleppt und ab und zu auch ein Baby, damals in der Kommune.« Der Gasherd funktionierte wieder. Es gab frische Lammkoteletts, die Marianne von ihrer Farm mitgebracht hatte. Gemütlicher Knoblauchduft durchzog die Wohnung. Nach dem Essen köpfte sie die Flasche Piper-Heidsieck von Danys Kollegen Jens und ließ sich mit Lotta P. auf den Futon plumpsen. Im Fernsehen lief ein Krimi über eine Babyentführung. Das acht Wochen alte Baby war aus dem vor einer Boutique geparkten Kinderwagen geklaut worden, während seine Mutter, eine gertenschlanke Kunstmalerin, ein Abendkleid für ihre Vernissage aussuchte. Obwohl erst alles auf einen Politfall hinwies, war die Entführerin eine picklige und hohläugige Psychopathin. Man sah sie gerade mit dem Baby über einen Hinterhof rennen, als das Telefon klingelte. Es war Dany. Er gab sich alle Mühe, müde und gestreßt zu klingen, während im Hintergrund das Leipziger Kneipenleben tobte.

»Wie geht es meiner Prinzessin?«

»Och gut!«

Lotta P. schlief, obwohl Marianne den Fernseher ziemlich laut gestellt hatte.

»Hattest du den Milcheinschuß?« fragte er hoffnungsvoll.

»Nichts davon gemerkt. Wie ist es so in Leipzig?«

Er seufzte tief in den Hörer hinein. »Stressig. Nicht mal ein anständiges Abendessen ist zu kriegen. Soljanka aus der Mikrowelle«, fügte er in verächtlichem Ton hinzu.

»Marianne hat ein paar zarte Lammkoteletts gebraten«, erzählte ich fröhlich. »Macht es was aus, wenn ich Schluß mache? Wir sehen gerade einen Film.«

»Wieso guckt ihr einen Film?« fragte er blöde. Wir hatten seit Lotta P.s Geburt keinen Film mehr gesehen. Marianne schnitt eine wütende Grimasse in Richtung Telefon. Die Psychopathin schüttete mit fahrigen Bewegungen H-Milch in ein Fläschchen und stieß dem Baby den Nuckel in den Mund. Um Gottes willen, die Kuhmilchallergie! Trink nicht, Kind, trink nicht! Das Kind trank nicht ...

»Ihr fehlt mir«, sagte Dany kläglich. »Ist wirklich alles in Ordnung?«

»Die Psychopathin bringt das Baby gerade mit Kuhmilch um«, sagte ich.

»Was?« überbrüllte Dany den Kneipenlärm.

»Wir sehen einen Krimi über eine Babyentführung«, schrie ich in den Hörer.

»Du sollst keine beunruhigenden Filme sehen«, rief Dany. »Das ist schlecht für den Milchein ...«

»Ich muß jetzt Schluß machen«, flehte ich, denn Marianne drohte mir mit der geballten Faust. Die Kindsmutter zerriß in einem Verzweiflungsanfall die Bilder, die sie für die Vernissage gemalt hatte.

»Ich liebe euch«, rief Dany und legte auf.

Als die Psychopathin in der Gummizelle saß, konnte endlich die Vernissage stattfinden. Die gazellenhaft gebaute Erstlingsmutter schob lässig das Oberteil ihres silbernen Partyanzugs hoch und legte das wiedergefundene Baby an eine makellose gebräunte und voll funktionstüchtige Brust an, während die Ausstellungsgäste im Halbkreis um sie herumstanden und mit offenen Mündern zusahen. Ich überlegte, ob dem Regisseur nicht ein Fehler unterlaufen war, indem er die Besetzung der Psychopathin und die der Mutter vertauscht hatte. Aber wahrscheinlich war er einfach ein Kinderloser, der den vollen Durchblick hatte.

»Super Film«, sagte Marianne und räkelte sich.

Lotta P. reckte die winzige Nase aus dem Wust aus Tragetuch und Schaffell, in dem sie geschlafen hatte, und schmatzte verlangend. Ich gab ihr zehn Minuten rechts, zwei Minuten links und 40 Milliliter aus dem Pumpvorrat. Sie jammerte weiter. Ich gab ihr den restlichen Pumpvorrat von 20 Millilitern und 50 Milliliter Fencheltee. Sie jammerte immer noch. Marianne legte sie sich an die Schulter und begann auf und ab zu gehen. Sobald sie stehen blieb, stieß Lotta P. einen schrillen Klagelaut aus.

»Das kann stundenlang so gehen«, sagte ich hilflos, »sie ist ein Kolik-Kind.«

Marianne griff nach dem Tragetuch, warf es sich um die Schultern und knotete Lotta P. hinein. Dann zog sie ihren dicken Daunenanorak darüber und stieg in ihre Clogs.

»Nichts gegen nächtliche Spaziergänge«, erklärte sie mir, »aber in einer 3½-Zimmerwohnung kriege ich dabei die Krise.«

Ich ging ins Bett.

Als ich am nächsten Morgen aufwachte, dämmerte es schon. Ich tastete nach dem Wecker. Kurz nach sieben? Im Nu war ich wach. So wach, daß mir duftender Bohnenkaffee in den Sinn kam, frische Croissants und ein wachsweiches Ei zur Sonntagszeitung. Aber es war nicht Sonntag. Die Datumsanzeige auf dem Wecker sagte Donnerstag. Was war anders? Ich fühlte mich ungewohnt dynamisch, so als hätte ich plötzlich Sprungfedern anstelle eingerosteter Scharniere in den Gelenken. Ich nahm den Wecker in die Hand und studierte das Ziffernblatt. Ich hatte siebeneinhalb Stunden durchgeschlafen. Deshalb fühlte ich mich wie ein wildgewordenes Energiebällchen! Siebeneinhalb Stunden? Wo war meine Tochter? Das Laken auf der linken Hälfte des Bettes war kühl. Klar, Dany war in Leipzig. Aber Lotta P.! Ich sprang auf und stürzte ins Wohnzimmer. Leise Schnarchtöne kamen vom Futon. Vorsichtig knipste ich das Licht an. Marianne und Lotta P. lagen nebeneinander. Beide hatten von der frischen Nachtluft gerötete Wangen, zerzauste schwarze Haare und niedliche Stupsnasen. Danys Nase? Rudis Nase? Kopfschüttelnd stieg ich über Mariannes orangefarbene Latzhose, die sie achtlos aufs Parkett geworfen hatte. Mein Fuß stieß an etwas Hartes. Eine leere Nuckelflasche. Der weißliche Rand bei 90 Millilitern besagte, daß es sich um eine Milchflasche gehandelt hatte.

Ich machte das Licht wieder aus und ging in die Küche. Marianne hatte die mit dem Bangeschen Bann belegte Packung hypoallergene Fertignahrung angebrochen! Das Schicksal hatte zugeschlagen, während ich schlief.

Lotta P. war das geborene Flaschenkind. Die ersten Züge nahm sie hastig mit geballten Fäusten. Dann entspannten sich ihre Gesichtsmuskeln, und die winzigen Finger fielen sanft auseinander. Mitunter schlug sie die Augen auf und sah mir ernst ins Gesicht, als wollte sie sagen: Hast du es endlich kapiert? Manchmal lächelte sie, sofern man mit einem Sauger im Mund lächeln konnte. Nach dem Trinken schmiegte sie sich wie ein Kätzchen an meine Schulter, rülpste zweimal kräftig und schlief ein. Sogar wickeln konnte man sie nach der Kunststoffdröhnung, ohne daß sie ihre Engerlingnummer abzog. Ich durfte mir kleine erotische Spielchen erlauben, wie ihre dünnen, säbelartigen Waden zwischen den Handflächen rollen und ihren Bauchnabel küssen, ehe ich die Klebestreifen der Newborns befestigte. Durch die Flasche hatte unsere Mutter-Kind-Beziehung enormen Auftrieb bekommen. Am Nachmittag lag sie friedlich auf ihrem Schaffell und guckte in die Wipfel der Birkenfeige, während ich ein paar Yogaübungen machte und einen von Birtes mitgebrachten Thrillern las.

»Hast du ein Fensterleder?« fragte Marianne.

Sie war ein ruheloser Geist. Weil Lotta P. nicht mehr ununterbrochen brüllte und es keinen Schafstall auszumisten gab, hatte sie einen Großputz angezettelt. Auf ihre besserwisserische, schwesterliche Art vermittelte sie mir das Gefühl, in einer Kloake zu wohnen. Ich flüchtete mich in meine Mutter-Kind-Bindung und schickte sie zu Petti, um ein Fensterleder auszuleihen.

Am nächsten Morgen gingen wir zu Dr. Fink. Lotta P. lag in dem 70er-Jahre-Kinderwagen von Hanna, ein hochrädriges Modell, dessen Korb mit rotem Cordsamt bespannt war. Wir befestigten ihn mit einem Kabelschloß an der Eisenstange in der Durchfahrt. Ich hatte Lotta P. mit 120 Millilitern hypoallergenem Kunststoff gedoped. Als ich ihr im Sprechzimmer das Strampelhöschen von den Waden zog, schlug sie bloß kurz die Augen auf und lächelte matt.

»Guter AZ«, rief der Uhu und schlug die Hände vor der Brust zusammen. »Da haben wir ja mal ein ganz liebes Mäuschen.«

»Trinkt wie eine Eins«, sagte Marianne stolz.

»Das sieht man«, schnurrte der Uhu.

Als Perlonkittel Karin zur Kindsentführung ansetzte, kam ich ihr, wie ich es mit Marianne abgesprochen hatte, mit einem energischen »Vielen Dank, das mache ich selber«, zuvor. Marianne breitete flink das mitgebrachte Moltontuch über Dr. Finks Blechwaage und tarierte sie mit professionellem Gesichtsausdruck aus. Schließlich hatte sie schon bei unzähligen tierärztlichen Untersuchungen assistiert. Mit einem optimistischen »Mal sehen, wieviel du diesmal zugelegt hast«, legte ich Lotta P. auf das Molton. Sie gurgelte lustig.

»3310 Gramm«, rief Marianne.

»3310 Gramm«, wiederholte Schwester Karin ungläubig.

»3310 Gramm«, kreischte der Uhu und kam mit ausgebreiteten Armen auf uns zugestürmt. Marianne hob schnell Lotta P. von der Waage, während der Uhu mich in die Arme schloß und an seinen weißgestärkten Kittel drückte. »Ich wußte doch, daß Sie es schaffen.«

Zur Belohnung schenkte sie mir ein Poster mit Säuglingsgymnastikübungen und ein Probepäckchen Kleiebad, hielt mir zum Abschied die Tür auf und krähte: »Wo ein Wille ist, ist auch ein Weg. Man muß nur konsequent sein.«

»Man muß nur konsequent sein«, sagte Marianne und ließ den Schlüssel der Ente um ihren Zeigefinger kreisen. »Früher wußtest du genau, was du wolltest. Jetzt, wo du das Baby hast, läßt du dir dauernd von anderen erzählen, was gut für dich ist.«

»Na schön«, sagte ich matt. Ich konnte das Ding wirklich nicht mehr sehen und nicht mehr hören. Fröhlich vor sich hinsummend, stülpte Marianne den Deckel über die Melkmaschine und trug sie zum Kofferraum. Warum sollte ich mich für 60 Milliliter 45 Minuten lang quälen, wenn Lotta P. die Flasche eindeutig bevorzugte? »Und die Abwehrstoffe?« fragte mein Bangesches Über-Ich. »Und die Mutter-Kind-Bindung?« fragte Bianca aus der Ferne.

»Wenn du in zwanzig Jahren Streß mit deiner Tochter hast, darfst du es auf mich schieben«, sagte Marianne. »Wenn deine böse Tante Marianne damals nicht die hypoallergene Fertignahrung eingeführt hätte, würdest du heute keinen Haschisch rauchen.«

»Die Söhne meiner Kollegin Annett werden dauernd beim Kiffen erwischt, obwohl sie sie bis zum fünften Monat gestillt hat.«

»Schön blöd«, sagte Marianne.

Wir schnürten Lotta P. in der Babyschale fest und fuhren los. Ich hatte zwar einen Führerschein, aber in Berlin setzte ich mich nicht ans Steuer, schon gar nicht an das von Danys altersschwacher Ente. Marianne kannte keine Hemmungen. Mit quietschenden Reifen bremste sie vor der Apotheke. Während ich sie durch das Schaufenster um die Kaution für die Pumpe feilschen sah, konnte ich mir ein paar Tränen nicht verkneifen. Der erste Akt des Dramas Mutterschaft war in die Hosen gegangen. Sogar eine Meister-Proper-Mutti wie Petti hatte ihr Kind acht Monate lang gestillt. Annett hatte Zwillinge mit ihren schmächtigen Brüsten großgezogen. Hanna würde Milena bis zum Tag der Einschulung selig nuckeln lassen.

»Rudi habe ich auch mit der Flasche aufgepäppelt«, sagte meine Schwester, »und so einen prächtigen Leithammel habe ich noch nie gehabt. Geht es hier lang zu *Superelektro*?«

Im Kofferraum schmorte noch die sorgfältig gesäuberte und verpackte Mikrowelle. Aber Akt zwei der mütterlichen Emanzipation ging daneben. Mehrfach reduzierte Sonderangebote wurden nicht zurückgenommen. Marianne stampfte mit ihren Holzclogs und fluchte wie ein texanischer Cowboy.

»Die können Sie doch zum Desinfizieren von Babyflaschen verwenden«, schlug der familienfreundliche Jungverkäufer in der Haushaltswarenabteilung vor. Er duckte sich unter Mariannes Blick, der ihn traf wie ein Peitschenhieb, »... oder Sie verkoofen det Ding privat«, fügte er in heiserem Flüsterton hinzu.

Sechste Woche

Der goldene Herbst hatte seinen fiesen, grauen Höhepunkt erreicht. Das Thermometer war auf fünf Grad gerutscht, und ständig nieselte es feucht vom Himmel. Ich hatte das Schaffell in die 70er-Jahre-Limousine gepackt und hielt das Regenverdeck permanent auf Halbmast, falls irgendeine Oma oder ein rotznasiges Schulkind der Drang übermannen sollte, den Kopf in den Kinderwagen zu stecken. Die Grippewelle rockte und rollte durch Berlin, und die hypoallergene Fertignahrung schützte nicht gegen Viren und Bakterien. Auch in Bremen hatte die Grippe zugeschlagen und meinen Vater aufs Sofa geworfen. Mama, der er immer auf die Nerven ging, wenn er krank war, klebte einen Zettel mit der Mitteilung »aus familiären Gründen geschlossen« an die Tür ihres Lampenladens und bestieg den Intercity nach Berlin. Am Freitag morgen um halb zehn klingelte sie Sturm, während der Taxifahrer drei wurstfömige, pralle Nylonreisetaschen aus dem Kofferraum hob. Als sie die erste Tasche öffnete, flüchtete ich unter die Dusche. Ich hatte zwischen zwei und drei Uhr morgens einen Spaziergang zum Kollwitzplatz und zurück unternommen und war todmüde. Lotta P. strampelte putzmunter auf ihrem Schaffell und verfolgte mit großen Augen, wie Herrlichkeiten über Herrlichkeiten aus diesen Würsten quollen und sich auf das Wohnzimmerparkett ergossen: zwei komplette Wintergarderoben in den Größen 62 und 68 inclusive zwei Skianzügen, ein mit Kaninchenfell gefütterter Winterfußsack, zwei gesteppte Schlafsäcke mit Entchen und Fröschchen drauf, zwei Garnituren Kinderbettwäsche …

Während ich mir den Fön auf höchster Stufe an den Kopf hielt, inspizierte Mama mit Lotta P. an der Schulter ihrer Seidenbluse die Wohnung, die sich seit Mariannes Putzorgie in recht passablem Zustand befand – dachte ich. Als Mama nach dem ersten Rundgang wieder an der Badezimmertür angelangt war, griff sie über meine Schulter auf die Ablage unter dem Spiegel, drehte Danys Zahnbürste zwischen den Fingern und rief: »Kinder, alle drei Monate müßt ihr die ersetzen!«

Lotta P. fixierte die Zahnbürste und lächelte. Oma war lustig. Die Seide ihrer Bluse war so schön glatt. Sie roch nach Etienne Aigner statt nach Fenchel, Schweiß und halbverdauter Milch, trug blitzende, goldgerahmte Brillengläser und küßte sie dauernd auf die Stirn. Lotta P.s Stirn war altrosa verschmiert. Mit spitzen Fingern trug Mama das »Extra virgin« vom Wickeltisch in die Küche. »Da hat sich was verirrt«, kicherte sie und: »Soll ich eine Waschmaschine vollmachen?« Sie hatte unter dem Wickeltisch eine von Danys Tennissocken gefunden. Ich biß die Zähne zusammen, löffelte Kaffeepulver in die Chinakanne und hielt sie gnadenlos unter den Boiler.

»Findest du eine Kaffeemaschine nicht praktischer? Lotta Paulina muß gewickelt werden. Wo ist der Ständer mit den Säuglingspflegeartikeln?«

Ich nahm die Flasche Olivenöl, die sie auf dem Kühlschrank abgestellt hatte und drückte sie ihr wieder in die Hand.

»Oh, wie alternativ«, kicherte sie.

»Der Streifen mit den Bärchen drauf muß nach vorne«, muffelte ich hinter ihr her, denn mit Pampers hatte sie keine Erfahrung.

Ich schmierte Butter auf einen Toast und beschloß, mich nicht aus der Ruhe bringen zu lassen. Erstens blieb sie nur drei Tage, zweitens war eine Beziehung zur Großmutter wichtig für Lotta P. Meine Beziehung zu meiner Mutter war eher distanziert. Bevor ich der Muttermilch-macht's-Theorie verfallen war, hätte ich gesagt, Charaktersache. Mama war jeder Zoll Hanseatin. Sie trug am liebsten Weiß und Dunkelblau mit Goldknöpfen, und sogar wenn sie das Klo putzte, sah sie aus wie aus dem Ei gepellt. Sie war Chefin des Lampenladens meines Vaters, der zu meinen Kinderzeiten immerhin ein florierendes Elektrofachgeschäft gewesen war. Ihr Lieblingshobby war es, ihr Reihenhaus an der Weser zu wienern. Es war immer alles picobello. Das einzige Laster meiner Mutter war Einkaufen. Sie liebte es, mit Einkaufstüten durch die Bremer Innenstadt zu tigern, bis sie nicht mehr konnte, sich erschöpft in einer Teestube aufs Sofa fallen zu lassen und ihren Pharisäer aus dem Scheckbuch zu bezahlen, da sie prinzipiell kein Bargeld mit sich herumtrug. Ihre Einkauferei war mir jahrelang auf die Nerven gegangen. Zumal ich die Leidtragende war unter den marineblauen Biesen und Matrosenkrägen, den Blazern mit Goldknöpfen und satinbezogenen Haarspangen. Nie mehr hatte es Marianne getroffen, seitdem sie am Tage ihrer Einschulung ihre Lackschuhe durch die Kanalisation gejagt hatte. Ich würgte an meinem Vollkorntoast. Der erste, sperrige Bissen war in der Speiseröhre steckengeblieben und drückte auf die Brust. Im Psychoteil der Brutpflegeführer stand geschrieben, daß die Mutterschaft die Gefühle gegenüber der eigenen Mutter forcierte. Ich nahm einen großen, bitteren Schluck Kaffee, legte den durch Schlafmangel wattigen Kopf in den Nacken und ließ die Pläne für den Tag Revue passieren. Da es der größte Wunsch der frischentbundenen Großmutter sein mußte, mit ihrer Enkelin zusammen zu sein, würde ich eine Flasche hypoallergenen Kunststoff auf Vorrat machen, mit der U-Bahn zum Alex fahren und mir ein Paar Winterstiefel kaufen. Am Nachmittag würden wir uns an die Zentralheizung kuscheln und Puddingschnecken essen.

Mama rauschte mit Lotta P. auf dem Arm in die Küche. Entgeistert starrte ich meine Tochter an. Sie trug einen weißen Ausgehanzug mit Matrosenkragen und eine dunkelblaue Samthaube, auf die kleine, goldene Anker gestickt waren. Mama steckte in ihrem marineblauen Cashmeremantel mit passendem Hütchen. Das Altrosa auf ihren schmalen Lippen war aufgefrischt. »Wir gehen mal eben zum Ku'damm« verkündete sie. »Wo muß ich lang?«

Eine halbe Stunde später steuerte sie den Kinderwagen die Schönhauser Allee hinunter. Ich trottete mit drei Schritten Abstand hinter ihr her und hoffte, daß sie bei ihrem rasanten Fahrstil die Straßenbahnschienen berücksichtigte, die sich am Prenzlauer Berg nicht so nahtlos in den Asphalt einfügten wie in unserem Bremer Vorort. Mama war noch nie vorher in Berlin gewesen. Es hatte mich einige Mühen gekostet, bis sie kapiert hatte, daß der Ku'damm 18 U-Bahnstationen von der Hallandstraße entfernt lag und mit dem Kinderwagen nur auf einem Tagesausflug bewältigt werden konnte.

»Gibt es in dieser Schönhauser Allee keine Geschäfte?«

Ich nahm an, daß es welche gab, auch wenn ich nur *Baby Sonntag* kannte. Ich tätigte meine Einkäufe bei *Prima-Leben-und-Sparen* in der Hallandstraße, wo es kein kinderwagenabweisendes Drehkreuz gab, beim Puddingschneckenbäcker in der Rasputinstraße und beim einzigen Metzger im Kiez, der einen stufenlosen Eingang hatte. Bei meinem ersten Besuch mit Lotta P. in einer Drogerie in der Schönhauser Allee hatte ich mit dem Kinderwagen einen Nagellackständer umgerissen und den ganzen unprofessionellen Zorn einer übel geschminkten Kassiererin auf mich geladen. Seitdem brachte Dany die Pampers aus Kreuzberg mit.

»... und morgen vormittag, wenn Dany auf Lotta-Paulina aufpassen kann, fahren wir zwei zum Ku'damm und kaufen dir eine Winterjacke und ein Paar Stiefel«, sagte Mama mit ungebremster Einkaufslust. »Außerdem mußt du zum Friseur. Gibt es keine Friseure in diesem Stadtteil?«

»Nö«, sagte ich.

Mama musterte die renovierungsbedürftigen Fassaden, die mit Taubendreck bekleckerte Hochbahn, den grauen Himmel, seufzte und nickte. Vor der Drogerie blieb sie stehen. Ich wollte mit dem Kinderwagen draußen warten.

»Wenn die Babyartikel verkaufen, haben sie dafür zu sorgen, daß man mit einem Kinderwagen durch die Gänge kommt,« beharrte meine Mutter.

»Bestimmt ist diese geschminkte Kuh wieder da.«

»Mit der werde ich ein paar Takte reden.«

»O Mama!« Ich drehte mich von der Ladentür weg, um mich unter die nächste Straßenbahn zu stürzen. Da keine kam, hatte ich freie Sicht auf den gegenüberliegenden Bürgersteig. Ich sah einen dunkelblauen Kinderwagen mit weißen Tupfen. Er hatte einen Gitterkorb zwischen den Rädern, in dem zwei gefüllte Einkaufsbeutel lagen. Bevor ich es verhindern konnte, war ein spitzer Schrei über meine Lippen gedrungen. Irritiert versuchte Mama, dem Ziel meines ausgestreckten Armes zu folgen. Eine schmale, blonde Frau schob den Wagen in gemächlichem Anfängerstil die Straße hinunter.

»Unser Kinderwagen. Das ist er.«

»Der, der dir geklaut wurde?«

Ich nickte.

»Los!« schrie Mama, »die kriegen wir«, und raste, den schwankenden Kinderwagen vor sich herstoßend, bis zur nächsten Ampel, wo sie bei knappem Grün die Straßenseite wechselte. Ich hechelte hinterher. Für eine Großmutter hatte sie eine beachtliche Kondition. Keuchend hielt ich mir die rechte Seite, während Mama den roten Oldtimer quer in die Fahrbahn des weiß-blauen Kleinwagens schleuderte.

»Wenn es euch nichts ausmacht, unterhalten wir uns vorne am Markt. Ich wollte noch eine Chinapfanne essen, bevor Theo aufwacht«, schlug die junge Mutter vor.

Sie hieß Emma und wirkte aufrichtig, von ihrem madonnenhaft gescheitelten Flachshaar bis zu ihren Ökoschnürstiefeln.

»Gute Idee«, sagte ich. Nach dem verhinderten Toastbissen zum Frühstück hatte ich auch Hunger.

»Aber bilden Sie sich nicht ein, daß Sie wegrennen können«, sagte Mama scharf.

Emma grinste. »Keine Sorge. Zehn Zentimeter Dammschnitt.«

Ihr Sohn Theo war neun Tage alt, rosa, verschrumpelt und haarlos mit einem ausgeprägten Hinterkopf, eine Beckenendlage wie Lotta P. Emma und Theo hatten ihre Kinderarztpraxis in der Drechselerstraße. Es waren zwei homöopathisch orientierte Ärztinnen, von denen Emma begeistert war. Bei Dr. Fink war sie angeblich nie gewesen.

»Richtung Pankow kenne ich mich nicht aus«, behauptete sie und schob eine Gabel mit fettglänzenden Nudeln in den Mund. Auf dem Gemüsemarkt an der S-Bahnstation Schönhauser Allee herrschte reger Betrieb. Die Hausfrauen tätigten ihre Wochenendeinkäufe, inclusive ein paar Stangen Zigaretten von einem der Vietnamesen, die hier in Trauben herumhingen. Wir standen an dem runden Stehtisch vor dem chinesischen Imbißwagen und schaukelten unsere Kinderwagen. Emma erklärte mir die Geschmacksrichtungen der verschiedenen Saucen, mit denen man den satt-fettigen Geschmack des Nudel-Sojasprossengemischs verfeinern konnte.

»Also, wo haben Sie den Wagen her?« fragte Mama energisch.

»Vielleicht beweisen Sie mir erst mal, daß es Ihrer ist«, sagte Emma, taxierte sie kritisch von Kopf bis Fuß und spießte ein Stück Hühnerfleisch auf.

»Am Fußende ist ein handtellergroßer Fenchelteefleck«, mischte ich mich ein. »Da ist mir mal die Flasche ausgelaufen.«

Emma nickte. »Stimmt. Da hab ich mich noch drüber gewundert, weil die Frau, die ihn mir verkauft hat, behauptete, der Wagen sei gar nicht benutzt worden.«

Sie hatte in einem Berliner Anzeigenblatt nach einem gebrauchten Kinderwagen gesucht. Der unbenutzte Kombi-Sportwagen war für 400 Mark angeboten worden. Nach telefonischer Rücksprache war die hochschwangere Emma mit ihrem Freund zu einer Adresse im Bezirk Tiergarten gefahren, um den Wagen anzusehen. Er hatte etwas deplaziert gewirkt in der karg möblierten Zwei-Zimmer-Wohnung, die nicht die geringste Spur eines Kindes aufgewiesen hatte. Auf Emmas Nachfrage hatte die Inserentin gestanden, daß sie den Wagen für ihre Schwester verkaufte, die unmittelbar nach der Geburt ihr Baby verloren hatte.

»So was schreckt Schwangere natürlich ab«, sagte Emma. »Deshalb habe ich verstanden, daß sie etwas rumgedruckst hat. Dann ist sie auf dreihundertundfünfzig runtergegegangen, und wir haben ihn mitgenommen.«

»Ich habe noch einen Regenschutz und einen Sonnenschirm dazu«, sagte ich. »Das war im Neupreis inbegriffen.«

»Aber Johanna, du kriegst den Wagen selbstverständlich zurück!« rief Mama entrüstet.

Emma und ich sahen uns an.

»Ich habe mich schon so an die Karre gewöhnt«, seufzte sie.

»Ich komme mit diesem eigentlich klar«, sagte ich und schaukelte den Roten. Lotta P. war wach geworden. Wir mußten nach Hause. Sie brauchte ihre Vormittagsmilch. Ich zog die Flasche mit dem Fencheltee, die ich immer mit mir führte, aus dem Fußende des Wagens hervor und schob den Nuckel in das Rosenmündchen.

»Ich bestehe darauf, daß Lotta P. ihren Kinderwagen zurückbekommt«, schrie Mama aufgeregt, und an Emma gewandt: »Wir können immer noch die Polizei holen, wissen Sie.«

»Ach herrje«, sagte Emma und drehte die Augen gen Himmel. »Wo sind Sie denn zu Hause?«

Mama ignorierte die Bemerkung. Energisch schob sie ihren Teller mit den Chinanudeln zur Seite. »Ich gebe Ihnen zweihundertundfünfzig Mark für den Wagen. Es ist ein großzügiges Angebot. Sie haben nachweislich gestohlene Ware gekauft.«

»Ich will den Wagen gern be...«, begann Emma.

Ich trat ihr energisch auf den Ökostiefel.

»Okay, Dreihundert«, sagte sie.

»Dreihundert«, zischte Mama und zog ihr Scheckheft aus der Handtasche. »Aber nehmen Sie Ihr Kind raus. Wir haben schon eins.«

Mit vor Schreck aufgerissenen Augen starrte Emma mich an.

»Wir packen die Kinder einfach um«, flüsterte ich ihr zu, während Mama den Scheck ausfüllte. »Am Montag abend kommst du bei mir vorbei und wir tauschen die Wagen zurück. Gib mir deine Telefonnummer.«

Emma kritzelte ihre Telefonnummer und Adresse auf die Rückseite eines Kassenbons, den sie in ihrer Jackentasche gefunden hatte.

»Und lös den Scheck sofort ein«, zischte ich ihr zu.

Dann mußten Emma und Theo los, weil Theo an die Brust wollte. Mama und ich löffelten unsere abgekühlten Chinapfannen auf. Was auf den Tisch kam, wurde aufgegessen. Das war schon immer so gewesen. Aus den Augenwinkeln sah ich, daß Emma die Straßenseite wechselte und die Sparkasse betrat. Gut. Ich hatte meine Mutter schon manchen Scheck stornieren sehen. Die drei Chinapfannen mußte ich bezahlen, da der Imbißverkäufer keine Schecks nahm.

Auf dem Heimweg bog ich in die Rasputinstraße ein, um die Puddingschnecken zu kaufen. Die Rasputinstraße war meine Lieblingsstraße in der Nachbarschaft. Vor den noch nicht renovierten Häusern befanden sich kleine verwilderte Vorgärten, die zu den größtenteils leerstehenden Ladenwohnungen gehörten.

Ein paar hatten leuchtendrote Schilder »Zu vermieten« an den heruntergelassenen Rolläden. Dazwischen lagen der Puddingschneckenbäcker, ein Zeitschriftenladen und ein neu eröffneter Friseur. Weiter unten war der Rasputinplatz mit einem Spielplatz, einer Kindertagesstätte, einem Seniorenfreizeitheim und einer kleinen Kunstgalerie. Über dem Schaufenster des neuen Friseurs hing ein regenbogenfarbenes Transparent vor der grauen Hauswand, auf dem stand: »Wir bringen Farbe in den Berliner Herbst!« Das Schaufenster war phantasievoll gestaltet mit getrockneten Herbstblättern und einer Vogelscheuche, der pink- und orangefarbene Strähnchen unter dem Kopftuch hervorlugten.

»Wie originell«, freute sich meine Bremer Mutter und deutete auf das Schild »Diese Woche Sonderpreise«. »Wollen wir reingehen?«

»Wozu?« fragte ich, aber sie hatte die alte, milchglasgefüllte Ladentür schon aufgestoßen und Lotta P. hineingerollt. Der Laden kombinierte bunte Strähnen mit Altberliner Charme. Die Frisiertische und die gelbmarmorierten Glaslampen stammten aus den zwanziger Jahren. Der Ladeninhaber, der hinter dem winzigen Kassentisch Kaffee schlürfte, war noch keine Dreißig. Er hatte leuchtendrote Haare wie Pumuckl. Auf seinem gelben T-Shirt stand: *Ihr Friseur fürs Leben.*

»Meine Tochter braucht für morgen früh einen Termin«, sagte Mama.

Der Junge blätterte in einem vergilbten Terminbuch. Mit grüblerischer Miene musterte er die leere Spalte unter Samstag.

»10 Uhr?« schlug er vor.

»Früher!« rief meine Mutter, die mit mir zum Ku'damm fahren wollte.

»Wir öffnen um neun.«

»Dann um neun. Waschen, schneiden, fönen und Kurpackung. Ich zahle gleich.«

Sie zückte ihr Scheckbuch und sah den Friseur fürs Leben fragend an.

»Kinder zahlen eine Mark pro Lebensjahr«, sagte er freundlich. »Kurpackung acht Mark extra.«

Dritter Monat

Abgesehen von einem Paar überteuerter und hanseatisch eleganter maronenbrauner Schaftstiefel hatte ich Mamas Besuch unbeschadet überstanden. Einen Tag nach ihrer Abreise kreuzte Emma in der Hallandstraße auf und brachte mir die dreihundert Mark für den Scheck und den dunkelroten Oldtimer zurück. Ich händigte ihr vertragsgemäß den neuen Kinderwagen plus Regenverdeck und Sonnenschirm aus. Bei einer Tasse Milchbildungstee (Kaffee hatte sie entsetzt abgelehnt) erzählte sie mir von der homöopathisch orientierten Kinderarztpraxis in der Drechselerstraße und einem Rückbildungskurs im Geburtshaus am Prenzlauer Berg, den sie besuchte. Rückbildungsgymnastik war wichtig, um einer drohenden Inkontinenz vorzubeugen. Außerdem gab es nach jeder Kursstunde einen gemütlichen Austausch bei Tee und Haferplätzchen. Der Austausch mit anderen Frauen war ebenfalls wichtig, damit die Mutterschaft nicht zur Isolationshaft wurde. Emma schien okay zu sein. Meine gute Meinung geriet allerdings ins Wanken, als ich später die Nummer der vermeintlichen Kinderwagendiebin wählte, die Emma mir nur widerstrebend gegeben hatte. Ein älterer Mann nahm den Hörer ab. Nachdem er sich meine Geschichte angehört hatte, erklärte er freundlich, daß seine beiden Söhne seit dreißig Jahren ihren Kinderwagen entwachsen seien. Eine junge Frau habe er leider auch nicht in seiner Wohnung. Ob ich mich verwählt hätte? Ich hatte mich nicht verwählt. Die aufrichtige Emma mußte mir eine falsche Nummer untergejubelt haben. Ich würde das klären, und zwar beim gemütlichen Austausch nach der Gymnastik. Sicherheitshalber rief ich Hanna an und verabredete mich mit ihr zur nächsten Kursstunde. Von der Idee, drohender Inkontinenz vorzubeugen, war sie begeistert. Das mit der Isolationshaft ging ihr nicht so ganz in den Kopf. Sie behauptete, es sei meine Schuld, daß wir uns so selten sähen.

Das Geburtshaus lag in in der Nähe der Rasputinstraße. Ich parkte den Kinderwagen im Hausflur, unmittelbar hinter dem weißgetupften Modell von Emma und Theo. Dann betrat ich einen Vorraum mit einem großen, runden Tisch, wo ich mir mit einer Hand die unpraktisch engen Schaftstiefel von den Füßen zerrte und mit der anderen Lotta P. gegen meinen Bauch drückte. Der mit einem dicken Wollteppich ausgelegte Übungsraum durfte nur mit Socken betreten werden. Emma war nicht greifbar. Sie saß mit ein paar anderen Müttern im Halbkreis auf ihrer Gymnastikmatte. Alle hatten Flachs- oder Hennahaar, eine gesunde Gesichtsfarbe und prächtige Stillbrüste unter ihren labbrigen T-Shirts. Hanna war noch nicht da. Ich legte Lotta P. auf eine freie Matte und zog mir Jogginghosen und Pullover aus. Sie schlief selig und süß. Ich konnte mit den Sozialkontakten beginnen. Ein paar Meter neben mir saßen zwei Mütter, die in ein Gespräch über Schlafverhalten vertieft waren und ihre Babys stillten. Die Gruppe um Emma diskutierte über bewußte Ernährung während der Stillzeit und überhaupt. Emma propagierte lautstark schadstoffkontrollierte, einheimische Produkte. Sie wollte eine Food-Coop gründen. Ich überlegte, ob ich petzen sollte, daß sie sich am S-Bahnhof Schönhauser Allee Chinapfannen einpfiff, aber ich wollte mich nicht einfach einmischen. Zumal Emma mich nach einem flüchtigen Winken geflissentlich zu übersehen schien. Auf die freie Gymnastikmatte rechts neben mir knallte eine Babyautoschale. Darin lag ein winziges, milchkaffeebraunes Baby mit schwarzen Löckchen und fest zusammengekniffenen Augen. Es trug eine geschlechtsbetonende hellblaue Strickjacke und war fast so süß wie Lotta P. Seine Mutter war blond und hatte ausgeprägte, schwarze Augenringe. Ein Kolik-Kind! Darüber konnte ich mich vorzüglich austauschen. Die Frau ließ ihre weiße Zotteljacke und den Autoschlüssel neben den Babysitz fallen und zerrte an den Cowboystiefeln an ihren Füßen.

»He, du, die Schuhe werden draußen ausgezogen!« rief eines der Mädels aus Emmas Clique.

Die Frau ignorierte sie. Außer Jacke und Stiefeln trug sie nur einen Gymnastikanzug, unter dem nicht die Spur eines Bauches zu sehen war. Sie ließ sich erschöpft auf den Rücken sinken und hielt die Augen geschlossen, bis die Hebamme kam, um mit den Übungen anzufangen. Hanna war nicht erschienen. Bei der dritten Übung wurde Lotta P. wach und begann zu gurgeln. Bei der fünften Übung begann sie lauthals zu zoffen. Alle anderen Babys lagen friedlich schlafend auf dem Teppich herum. Ich versuchte, sie durch Wiegebewegungen zu beruhigen. Die Fencheltееflasche zu zücken, traute ich mich nicht.

»Leg das Kind doch an«, bellte die naseweise Freundin von Emma zu mir rüber. Ich ignorierte sie genauso wie meine Mattennachbarin vorhin und integrierte Lotta P. in die Turnübungen, was die Hebamme irritierte. Ich war froh, als die Stunde vorbei war. Als ich im Vorraum nach meinen Stiefeln suchte, war der runde Tisch der austauschwilligen Mütter schon besetzt. Vor der Hebamme, die das Gespräch leitete, lag die Teilnehmerliste des Kurses, die man nach jeder Sitzung unterschreiben mußte. Ich stellte mich hinter die weiße Zotteljacke, die gerade ihren Namen darauf setzte. Pötzlich fing das Kind in der Babyschale neben ihr aus vollem Hals an zu schreien.

»Jetzt isser wach«, sagte die Blonde. »Aber ihr habt doch bestimmt 'nen Fläschchenwärmer da?«

»Oh, ich glaube nicht«, sagte die Hebamme erschrocken.

»Wir haben unsere Brüste!« rief Fräulein Naseweis, das seinen Platz neben Emma eingenommen hatte.

»Kunstnahrung soll nicht aufgewärmt werden«, sagte Emma. »Oder hast du abgepumpte Milch mit?«

»Ach, du Scheiße«, sagte die Blonde. »Komm, Timmy, wir haun ab.« Sie nahm die Babyautoschale mit dem schreienden Kind und verließ fluchtartig den Raum. Die Mütterrunde sah ihr in stummem Entsetzen nach. Fräulein Naseweis sagte: »Das arme Kind.«

Ich haute auch ab. Lieber schob ich Lotta P. bis zum Abitur einsam durch *Prima-Leben-und-Sparen*, als mit diesen Brustmuttiseilschaften zu fraternisieren. Lieber pullerte ich mir als fröhliche Achtzigjährige die Höschen voll, als daß ich mich mit einunddreißig im Rückbildungskurs psychisch ruinierte. Ich kehrte beim Puddingschneckenbäcker ein und aß eine Puddingschnecke zu einer beruhigenden Tasse Kakao an einem Stehtisch ohne Austausch. Punkt zwölf war ich wieder in der Hallandstraße. Ich war um die Mittagszeit mit einem Interessenten für die Mikrowelle verabredet. Am Samstag war mein Inserat im Kiezanzeiger erschienen. Es hatten nur drei Leute angerufen. Vor Pettis Wohnungstür kam mir ein Mann in Lederjacke und mit pumucklroten Haaren entgegengestürmt. Erschrocken drückte ich mich an die Wand. Dann erkannte ich den Friseur fürs Leben.

»Hallo, wie geht's?« rief ich erfreut.

Der junge Mann hatte meine ausgefransten Spaghetti in eine ganz passable Form gebracht und meine Seele mit Komplimenten massiert, z. B., daß der klassische Bob die einzig wahre Frisur sei und ich genau die richtige Gesichtsform dafür hätte. Mein Haar sei fabelhaft in Schuß, Spitzenqualität sozusagen, und ob ich mich nicht mal zu einem Schaufrisieren zur Verfügung stellen würde? Er hatte mir sogar eine Walnußpflanzentönung zum Selbstkostenpreis von elf Mark spendiert. Mein Haar sah toll aus.

Ein breites Grinsen zog sich über das Gesicht des Figaros. »Steht dir gut, das Baby. Was hat es für eine Haarfarbe?«

Stolz zog ich Lotta P. das marineblaue Samthäubchen vom Kopf.

»Schwarz wie Ebenholz.«

»Und so lang«, staunte er mit großen Augen. »Oder fallen die noch aus?«

Kokett zuckte ich mit den Schultern. »Ich glaube, die bleiben. Was machst du denn hier?«

»Ich war mit einer Frau verabredet, die eine Mikrowelle zu verkaufen hat. Ist aber keiner zu Hause.«

»Das können wir ändern«, sagte ich.

Am Abend rief Hanna an, um sich dafür zu entschuldigen, daß sie nicht im Rückbildungskurs erschienen war. Die Ladensuche war ihr dazwischengekommen. Um neun Uhr morgens hatte ein Makler angerufen und sie zu einem überraschend frei gewordenen Gewerberaum in die Prenzlauer Allee gelockt. Dumpingmiete in Superlage. Hanna hatte sich Milena vor den Bauch gebunden und war losgeschossen, aber das Sonderangebot hatte sich als Flop erwiesen.

»Ein dunkler, feuchter Schlauch mit einem winzigen Fenster. Nicht mal eine Küche gab es, nur ein Außenklo ohne Waschbecken. Mensch, Joe, bei mir sollen Schwangere einkaufen. Die müssen alle halbe Stunde, weißt du noch?«

Ich wußte noch.

»Außerdem ist die Straße für Mütter mit Kleinkindern zu hektisch. Als ich dem Immobilienfritzen sagte, daß ich den Laden nicht nehmen kann, wurde er beleidigend. Er meinte, daß er mit alleinerziehenden Müttern sowieso keine Verträge mache und daß es unseriös sei, mit einem Baby vorm Bauch zur Objektbegehung zu erscheinen ...«

»Aber Hanna, du bist doch gar nicht alleinerziehend!«

»Er sagte, er wäre wegen des Tragetuches darauf gekommen. So was würden nur Alleinerziehende und Zigeuner machen.«

»Irre«, sagte ich.

Wir verabredeten uns für den nächsten Tag auf eine Runde Puddingschnecken bei mir in der Wohnung.

»Dann zeige ich dir die leeren Läden in der Rasputinstraße.«

»Rasputinstraße?« fragte sie.

»Ganz in der Nähe vom Geburtshaus. Kleine Läden mit Vorgärten, Altbau mit Ofenheizungen, aber billig. Zwischen 1000 und 1500 Mark.«

»Woher weißt du das?«

»Von meinem Friseur«, sagte ich stolz.

Im Laufe von Lotta P.s drittem Lebensmonat wurden die Nächte ruhiger und die Tage strukturierter. Wenn Dany in Leipzig übernachtete, schlief sie durch, wurde dafür allerdings schon um halb sechs Uhr morgens wach. Wenn Dany die Nächte in der Hallandstraße verbrachte, bestand sie zwischen elf und eins auf einem halbstündigen Nachtspaziergang, den Dany sehr genoß. Er sah ja so viel weniger von seiner Tochter, als ihm lieb war. Nach dem Nachtspaziergang gab er ihr ein kleines Fläschchen. Dann schliefen Vater und Tochter selig bis um acht Uhr am nächsten Morgen. Papa bereitete das Frühstücksfläschchen,

Tee und Kaffee und fuhr so gegen zehn in seine Agentur nach Kreuzberg. Allerdings tauchte er vor neun Uhr abends nicht wieder auf. Um diese Zeit lag ich mit einem Buch auf dem Futon oder guckte fern, meistens leicht angesäuert, weil ich gehofft hatte, daß er früher käme.

Es war fast halb elf, als er sich mit einer Flasche Becks und einem Salamibrötchen neben mir auf dem Futon niederließ. Meine Feierabendlaune war extrem schlecht, weil mir der Lesestoff ausgegangen war. Birtes Leseexemplare hatte ich durch. Es gab keine Buchhandlung in Laufnähe, wenn man von einem durch ein paar Taschenbuchdrehständer erweiterten Zeitungskiosk absah, der vier Eingangsstufen, eine zentnerschwere Glastür, keine Wendemöglichkeit für Kinderwagen und eine miese Auswahl hatte. Lotta P. schlief schon seit zwei Stunden. Ich knabberte an einer vertrockneten Puddingschnecke und spielte mit der Fernbedienung.

»Morgen früh muß ich wieder nach Leipzig«, seufzte Dany und biß herzhaft in die Schrippe.

»Warum können sie nicht jemanden schicken, der keine Kinder hat, Jens zum Beispiel?« meckerte ich.

»Jens ist montags und dienstags dort, ich mittwochs und donnerstags. Jens hat auch ein Privatleben.«

»Der!« schnaubte ich verächtlich. Ich kannte Danys Kollegen Jens seit Jahren. Soweit ich wußte, bestand sein Privatleben aus ständig wechselnden Frauen und Autos.

»Er hat seit ein paar Wochen eine feste Freundin und einen Hund. Wenn die Freundin sich nicht um den Hund kümmern würde, könnte er gar nicht weg.«

Ein Hund war ein echtes Argument. Was war dagegen ein Kind, das seinen Vater brauchte, und eine Frau, die darauf brannte, mit ihrem Mann zu reden, nachdem sie den ganzen Tag über nur »150 Gramm gekochten Schinken, bitte« gesagt hatte?

»Du sprichst doch abends sowieso nicht mit mir«, behauptete Dany. »Sobald ich hereinkomme, drückst du mir das Kind in die Hand und gehst mit einem Buch ins Bett. Oder haust dich vor die Glotze. Wenn ich dich aus Leipzig anrufe, sagst du wenigstens ein paar Worte.«

»Ach nee! Du reißt mir doch das Kind aus dem Arm, sobald du zur Tür reinkommst! Was würdest du denn abends gern mit mir machen?«

Ich gab der Frage einen provokanten Unterton. Wir hatten seit Lotta P.s Geburt nicht mehr miteinander geschlafen. Ich war mir sicher, daß es tadellos funktionieren würde, aber Dany machte keine Anstalten.

»Wir könnten was Nettes kochen.«

»Kochen?«

Ich mußte mich verhört haben. Nachdem ich den ganzen Tag unzählige Milch- und Teeflaschen zubereitet, zigmal die Waschmaschine ein- und ausgeräumt, stundenlang gewischt, gespült, gewienert und gesaugt hatte, sollte ich abends auch noch kochen, meinen schwer arbeitenden Ehemann bekochen?

»Zusammen kochen«, betonte Dany. »So wie wir das früher gemacht haben, Salbeihühnchen in Zitronensauce mit Wildreis, zum Beispiel.«

Aha, Salbeihühnchen in Zitronensauce, das kulinarische Vorspiel zu so manchem romantischen Abend. Ich wollte das Thema forcieren und sagte:

»Zu den Zeiten, in denen du nach Hause kommst, habe ich keine Nerven mehr für Salbeihühnchen in Zitronensauce. Komm doch früher.«

Er verstand die Bemerkung falsch.

»Wenn du abends zu müde bist, um mit mir zu kochen, warum hast du dann die Mikrowelle verkauft? Damit könnte ich mir wenigstens ein TV-Dinner heißmachen. Nicht jeder hat Lust, sich ausschließlich von Puddingschnecken zu ernähren.« Angewidert deutete er auf den Kuchenrest in meiner Hand. »Du siehst schon selber aus wie eine Puddingschnecke.«

Ich fragte mich zwar auch gerade, ob mein Körpergewicht noch auf Schwangerschaftsreserven beruhte oder ob es sich um neuangefressene Fettdepots handelte, aber deswegen hatte er noch lange kein Recht, sich abfällig über mein Figur zu äußern.

»Wenn dich meine Frustfresserei stört, solltest du vielleicht mehr Anteil an meinem Leben nehmen«, schrie ich ihn an. »Du kommst täglich aus dem Haus und hast einen interessanten Job.

Es ist todlangweilig, den ganzen Tag mit einem Baby abzuhängen. Es ist die reinste ... Isolationshaft!«

Entsetzt starrte Dany mich an.

»Für mich ist Lotta P. das Interessanteste, was ich mir im Moment vorstellen kann. Du bist selber schuld, wenn du nichts aus der Zeit machst, die du mit ihr verbringen darfst.«

»Das siehst du so als Feierabendvater«, sagte ich resigniert. Ich kämpfte mit den Tränen. Es war kein schlechtes Gefühl. Seit meinen Heultagen nach der Geburt hatte ich nicht mehr geweint. Ich kam mir ausgedörrt vor in jeder Beziehung. Leider hatten die Tränen nicht den gewünschten Effekt. Dany sprang vom Futon. Sein Gesicht war vor Wut rot angelaufen.

»Ich habe meinen Job schon immer öde gefunden«, brüllte er. »Und im Moment ist er blöder denn je. Diese Pension in Leipzig ist ekelhaft. Aber du wolltest das Erziehungsjahr nehmen, oder?«

Das war nie ein Diskussionspunkt gewesen, sondern eine finanzielle Notwendigkeit. Er verdiente mehr als ich. Außerdem wollte ich gar nicht arbeiten gehen. Ich wollte ein abwechslungsreiches, erfülltes Mutterdasein, intelligente Freundinnen, mit denen ich Matinées und Vernissagen besuchte, und einen feurigen Ehemann, der mich abends nach meiner Meinung zu den Tagesthemen befragte. Feurig, o Gott! Ich ging hinaus und knallte die Tür zu. Zur Not konnte ich auch ohne Krimi ins Bett gehen.

Als Dany gegen eins nach Moonwalk und Nachtfläschchen neben mir unter die Decke schlüpfte, war ich noch wach. Er konnte auch nicht einschlafen. Nachdem er sich eine halbe Stunde nervös hin- und hergewälzt hatte, tastete er zwischen der Bettwäsche nach meiner Hand.

»Das mit der Puddingschnecke war gemein«, flüsterte er. »Bitte verzeih mir. Ich finde dich immer noch attraktiv.«

Immer noch attraktiv! Was war ich denn? Eine abgehalfterte Fünfzigjährige mit Doppelkinn?

»Warum können die für die Dependance in Leipzig nicht einen Leipziger Fotografen einstellen?« fragte ich.

»Ein Leipziger Fotograf mehr, würde ein Berliner Fotograf weniger bedeuten«, sagte er langsam. »Jens und mir gefällt dieser Gedanke gar nicht.«

Ich beschloß, Danys Vorschlag, mehr aus meiner Zeit mit Lotta P. zu machen, in die Tat umzusetzen. Am ersten Mittwoch im Dezember tagte Iris' Schöneberger Krabbelgruppe wieder in ihrer Wohnung. Sie hatte mich schon mehrmals eingeladen vorbeizukommen. Ich hatte es weder im Oktober noch im November geschafft. Es war mühsam, sich mit einem Baby in öffentlichen Verkehrsmitteln durch halb Berlin zu schlagen. Dabei hatte ich große Lust, Iris wiederzusehen. Während unserer gemeinsamen Zeit bei *Belle et Triste* hatten wir uns prima verstanden. Sie war eine ungewöhnlich mondäne Buchhändlerin mit überzeugender Kompetenz in den Bereichen Kunst, Architektur und Theater gewesen. Inzwischen war sie eine ausgesprochen mondäne Mutter von drei kleinen Kindern mit entsprechend erweiterten Kompetenzen und keineswegs erweitertem Hüftumfang. Nicht mal die abgefeimteste Kinderärztin würde es wagen, sie »Mutti« zu nennen. Im Gegensatz zu den brustfixierten Tussis aus dem Geburtshaus hatte Iris meine Wellenlänge. Trotzdem wollte ich ihr nicht in meiner ältesten Jogginghose gegenübertreten, der einzigen, die sauber war. Vorsichtig probierte ich eine Jeans. Man hätte einen handbreiten Keil in den Bund einsetzen müssen, damit er zuging. Auch an den Oberschenkeln saß sie verdächtig stramm. Konnte man von einer Puddingschnecke am Vormittag, einer Puddingschnecke am Nachmittag und einer Puddingschnecke zum Neun-Uhr-Krimi so fett werden? Schließlich zog ich eine schwarze Gymnastikhose und einen von Danys Schlabberpullovern an, der mir bis zum Knie reichte. Das ganze wurde durch Mamas teure Schaftstiefel aufgepeppt.

»Tolle Haarfarbe« sagte Iris, als sie mir aus dem Anorak half, unter dem Lotta P. im Tragetuch schlief. Die peppigen Stiefel ließ ich im Flur, weil Iris' Wohnung mit hellem Teppichboden ausgelegt war. Die Krabbelmütter hatten es sich mit Kerzen, Plätzchen und nach Zimt duftendem indischen Tee auf der kobaltblauen Ledergarnitur im Wohnzimmer gemütlich gemacht. Iris stellte sie mir jeweils mit zugehörigem Kleinkind vor. Bibiane und Philine. Philine teilte sich mit Max und Moritz eine Patchwork-Krabbeldecke, auf der ausgesuchtes Holzspielzeug lag. Michelle und Lucca. Lucca lag auf einem Schaffell und schlief.

Mareike und Oskar. Ach herrje, Mareike! Ich hatte sie vor über einem Jahr, ganz am Anfang meiner Schwangerschaft, auf der Geburtstagsparty von Iris' älterem Sohn Dorian kennengelernt. Mareike war mit ihrem fünfjährigen Florian da gewesen. Inzwischen hatte Mareike außer Florian noch das drei Tage alte Oskarchen und ungefähr meine Figur. Vor einem Jahr war sie wesentlich dicker gewesen als ich.

»Das ist meine liebe Kollegin Joe«, erklärte Iris, die perfekte Gastgeberin. »Kurz vor Lotta-Paulinas Geburt ist Joe an den Prenzlauer Berg gezogen. Seitdem haben wir uns nicht mehr gesehen. Es wird höchste Zeit, was, Joe?«

Ich nickte und ließ mir von dem exotisch riechenden Tee eingießen. Bibiana, Michelle und Mareike lächelten wohlwollend.

»Wie hast du dich denn eingewöhnt im tiefen Osten?« fragte Iris lebhaft.

»Och, eigentlich ganz gut.«

Die drei anderen saßen stumm da und starrten mich erwartungsvoll an. Scheinbar hatte Iris mich als Special event angekündigt. Um sie nicht zu enttäuschen, erzählte ich fröhlich von dem geklauten Kinderwagen, von Emma und den jüngsten Erfahrungen im Rückbildungskurs. Michelles kunstvoll umrandete Spiegeleieraugen weiteten sich vor Entsetzen. Mareike schüttelte mißbilligend den Kopf, und Bibiana sagte aufgebracht: »Daß Ostfrauen immer so dogmatisch sein müssen.«

Bibiana hatte langes, weizenblondes Haar, ein herbes, interessantes Gesicht und eine rauchige Stimme. Sie untermalte ihre Worte mit eindrucksvoller Gestik. »Wer hat denn drüben vor der Wende gestillt? Nach acht Wochen kam Mutti wieder an die Werkbank und Mäuschen in die Krippe, wo die Erzieherin Mamapampsfläschchen verabreichte ...«

»Mamapampsfläschchen ...« kicherte Michelle.

»... die Krippen waren von fünf Uhr morgens bis sieben Uhr abends geöffnet, zum Teil sind die das ja wohl heute noch, die Eltern hatten keine Ahnung, was da abging, war ihnen auch egal, denn es gab keine Alternative. Da sie ihr Kind selten bei Tageslicht sahen, merkten sie gar nicht, wie es degenerierte. Fragt man sie heute, warum sie das mitgemacht haben, sagen sie:

›Hat doch keinem geschadet, oder?‹ Natürlich hauen die Nachwendemütter in eine ganz andere Kerbe. Aber immer alle in die gleiche, Individualismus gleich null …«

»Woher weißt du das denn so genau?« fragte ich in ihr aufgeregtes Händegewedel hinein.

Die Frage verwirrte sie einen Moment.

»Habe mich jahrelang damit beschäftigt.«

Dann sprang sie unvermittelt auf, nahm ein silbernes Zigarettenetui von der Sessellehne und rannte in das Arbeitszimmer von Iris' Mann, das als Rauchsalon diente.

»Bibiana hat in Ost-West-Beziehungen promoviert«, erklärte Iris in ehrfürchtigem Ton. »Sie hat wirklich Ahnung, eine richtige Karrierefrau. Philine ist ihr erstes Kind, dabei ist sie schon über vierzig. Sie hat während der ganzen Schwangerschaft geraucht und kann es auch jetzt nicht aufgeben. Natürlich stillt sie nicht.«

»Ganz schön abgedreht«, knurrte Mareike aus den Tiefen ihres Sessels, fügte aber schnell hinzu: »Man muß es akzeptieren. Jede Mutter-Kind-Beziehung ist anders.«

Ich hätte gerne gesagt, daß ich ihre Ausführungen über Ostmütter nicht akzeptieren konnte, aber die Anwesenden waren offensichtlich Bibiana-Fans. Außerdem war mir die Lust vergangen, Geschichten aus meiner neuen Heimat zu erzählen.

»Was machst du denn beruflich?« fragte ich statt dessen die zierliche Michelle. Sie wirkte fast so mondän wie Iris in ihrem busineßmäßig eleganten Leinenanzug.

»Ich bin Grafikdesignerin. Vor Luccas Geburt habe ich täglich mindestens zehn Stunden gearbeitet. Das verlangt die Branche. Ich liebe meinen Beruf. Aber mit Lucca ist das alles vorbei.«

Sie schüttelte fassungslos den Kopf, und ihre Augen bekamen einen feuchten Schimmer. Scheinbar hatte ich einen wunden Punkt getroffen. Iris warf mir einen bösen Blick zu und sagte mit sanfter Stimme: »Deine Karriere ist nicht zu Ende, Michelle. Du machst eine Babypause. Wie wir alle.«

»Eine Pause von vier oder fünf Jahren bedeutet in unserer Branche das sichere Aus«, erklärte Michelle mit theatralisch erhobener Stimme.

»Vielleicht solltest du dir mit so einer ›Von fünf bis sieben-Krippe‹ im Osten behelfen«, schlug ich herzlos vor.

»Das könnte ich Lucca niemals antun. Ich will ja ganz für ihn da sein, aber es fällt mir schwer, mich daran zu gewöhnen.« Sie lächelte mich halb gequält, halb mitleidig an.

»Würdest du denn Lotta-Paulina in so eine Krippe stecken?« fragte Iris entrüstet.

»Von fünf bis sieben? Nö. *Belle et Triste* macht um halb zehn auf, also müßte ich Lotta P. erst gegen halb neun abgeben. Wenn ich die Schicht bis um halb sieben habe, müßte Dany sie gegen fünf abholen, sonst ...«

»Ich meine doch nicht die Betreuungszeiten!« rief Iris. »Würdest du dein Kind allen Ernstes in so eine *Ost*krippe geben?«

»Gewiß nicht«, rief Michelle, »oder doch, Joe?«

Verblüfft sah ich von einer zur andern.

»Ja, was soll ich denn sonst machen?«

Es ergab sich keine Gelegenheit für ein vertrauliches Gespräch zwischen Iris und mir. Ich hätte ihr gern von meinen Problemen mit Dany erzählt, aber nicht vor Michelle, Bibiana & Co.

Als ich in der Küchenzeile das Fläschchen für Lotta P. fertigmachte, folgte sie mir und fragte im Flüsterton: »Hast du irgendwelche Probleme, Joe?«

»Wieso, weil ich im Osten wohne?« gab ich patzig zurück.

»Nein, hormonelle. Die Schilddrüse oder so.«

Erschrocken faßte ich mir an den Hals. »Wieso?«

»Du hast so unheimlich zugenommen.«

Nach dem Ausflug in die Schöneberger Mütterszene umfing mich eine Welle von Geborgenheit, als ich ein paar Stunden später die Tür zur Hallandstraße 6 aufschloß. Pettis helle Stimme schallte durch das warm beleuchtete Treppenhaus. Es roch süßlich nach Angebranntem.

»Mein neuer Umluftherd«, sagte Petti, als ich mit Lotta P. auf ihrem Treppenpodest anlangte. Sie verabschiedete gerade eine Freundin. Beide Frauen hatten leuchtende Augen und eine Sektfahne. Am Morgen war Pettis neuer Herd geliefert worden, den sie mit einem Quarkstollen einweihen wollten. Leider hatten sie sich mit der Backzeit vertan.

»Es wurde ein Quarkbrikett«, kicherte die Freundin.

»Morgen backen wir Weihnachtsplätzchen. Mach doch mit, Joe!« lud Petti mich ein.

Weihnachtsplätzchen. Fast hätte ich Weihnachten vergessen! In früheren Jahren hatte mich das Weihnachtsgeschäft in der Buchhandlung daran erinnert. Mütter buken zu dieser Jahreszeit Plätzchen. Warum nicht?

Petti knetete den Teig, ihre Freundin Tanja stach die Plätzchen aus, und ich hütete die Kinder. Die Kinder waren Henry und Tanjas ebenfalls zweijähriger Sohn Dennis. Die beiden waren noch grippegeschwächt und daher vom Kindergarten freigestellt. Mir kamen sie nicht geschwächt vor. Da ich die Verantwortung für den Teppich, die Couchfederung und den Vorhangstoff trug, hatte ich alle Hände voll zu tun. Henry wollte Dennis daran hindern, die Duplosteine im Topf der Yuccapalme zu vergraben, worauf Dennis einen von Indianergeheul begleiteten Tanz über die Couchgarnitur hinlegte, worauf Henry krachend eine Handvoll Duplos auf den Glastisch schmiß, wobei die Bonbonniere samt Gummibärchen auf den Boden schlitterte, worauf Dennis gegen den Fernsehschrank trat, worauf Henry und ich die Gummibärchen vom Teppich klaubten und abwechselnd in unsere Münder und die Bonbonniere warfen. Jede halbe Stunde kam Petti in einer Mehlwolke ins Wohnzimmer gestürmt, und brüllte: »Wer muß pullern?«, weil die beiden Hooligans noch nicht hundertprozentig stubenrein waren und sie Angst um den Teppichboden hatte. Aus den Lautsprecherboxen unter der Zimmerdecke dröhnten Weihnachtslieder.

Als Petti zum fünften Mal hereinstürmte und schrie: »Wer muß ...«, hielt sie mitten im Satz inne und flötete: »Kinder, wie schön! Es schneit!«

Dicke, daunengleiche Flocken schwebten langsam von dem grau verhangenen Himmel herab. Jubelnd rannten Dennis und Henry zur Balkontür. Ich nutzte die Gelegenheit zu einer Stippvisite im Kinderzimmer, wo Lotta P. in Henrys Bett ihren Mittagsschlaf hielt. Sie war der allerschönste pausbäckige und schwarzlockige Weihnachtsengel, friedlich und intelligent im

Gegensatz zu den Krawallos im Wohnzimmer. Ich hauchte ihr einen Kuß auf die verschwitzten Härchen und hoffte, daß sie keine übriggebliebenen Grippeviren aufschnappte. Sie sollte Weihnachten auf Reisen gehen. Beide Omas hatten uns schriftlich, sozusagen mit Herzblut in der Kulimine, zum Fest eingeladen. Dany hatte sich für einen Besuch bei seinen Eltern entschieden. Da Resi den Herbst mit einer gebrochenen Hüfte im Krankenhaus verbracht hatte, hatte sie ihre Enkelin noch nicht kennengelernt. Ich hätte es vorgezogen, das Fest der Liebe allein mit Dany und Lotta P. zu feiern. Damit die Liebe mal wieder zum Zug kam. Ich ging zurück ins Wohnzimmer. Pettis Freundin Tanja klopfte sich auf dem Balkon das Mehl aus der Jogginghose. Die beiden Knaben versuchten, mit zurückgelegten Köpfen und aufgerissenen Mündern Schneeflocken aufzufangen.

»Kieck die beiden Doofen an«, sagte Tanja. »Ich übernehm die mal«.

Erleichtert ging ich in die Küche. Ein paar Minuten später wurde den weihnachtlichen Kinderchören der Hals abgedreht und Michael Jackson heulte auf.

»Das muß wohl sein. Es geht ihr nicht gut«, sagte Petti bedauernd und reichte mir das Glas mit der Erdbeermarmelade. Sie und Tanja hatten drei Bleche große, mittelgroße und kleine Dreiecke gebacken, die ich mit der Marmelade zu pyramidenförmigen »Terrassen« zusammenkleben sollte. Petti bestrich Zimtsterne mit Zuckerguß. Ich fragte, warum es Tanja schlecht gehe.

»Ralfi ist mal wieder durchgebrannt. Das regt sie immer tierisch auf. Wär besser, wenn er gar nicht wiederkäme.«

»Warum?«

Petti machte eine wegwerfende Handbewegung. »Keine richtige Arbeit, großes Maul, kümmert sich nicht um das Kind.«

Hörte sich schlecht an für Tanja.

»Wohnen sie zusammen?« fragte ich neugierig.

»Offiziell nicht, wegen der Sozialknete, aber meistens hängt er bei ihr rum. Gemeldet ist er in der Wohnung von seinem Vater, in Tiergarten oder so. Vor ein paar Wochen wollte er sich von Enrico Geld leihen. Da war uns klar, was Sache ist mit dem. Aber Tanja glaubt mir ja nicht.«

Als wir mit dem Kleben und Glasieren fertig waren, schaltete Petti die Kaffeemaschine an und holte ihre 2½ Liter Campingthermoskanne aus dem Schrank. Der gemütliche Teil des Nachmittags konnte beginnen. Tanja hatte sich auf dem Sofa ausgestreckt, rauchte und erklärte, sie könne keinen Süßkram mehr sehen, worauf Petti drei Gourmet-Baguettes in den Umluftherd schob. Die Kelly-Family hatte Michael Jackson abgelöst, und die Knaben saßen gebannt vor dem tonlos flimmernden Fernsehgerät. Die Idee hätte mir kommen sollen!

»Was macht ihr Weihnachten?« fragte ich, als wir, jede einen Teller mit käseverpapptem Weißbrot auf den Knien, um den Couchtisch herum saßen. Petti und Tanja wirkten wie ungleiche Zwillinge. Offensichtlich besuchten sie denselben Friseur, der die identische Dauerwelle einmal schwarz und einmal blond färbte, und bezogen ihre Jogginganzüge aus demselben Versandhaus, wobei die eine weiß-pink, die andere schwarz-lila bestellte.

»Weihnachten? Nöscht«, murmelte Tanja und lutschte Käsefäden von ihren Fingern. Im Gegensatz zu Petti war sie ziemlich kurzangebunden.

Ich erwähnte, daß sowohl meine Eltern als auch meine Schwiegereltern uns zu den Feiertagen eingeladen hätten.

»Ich würde mit Lotta-Paulina keine so weite Reise machen«, rief Petti. »Wenn man eine Familie hat, ist Weihnachten zu Hause am schönsten.« Sie deutete auf das dichter werdende Schneegestöber vor den Fenstern. »Lade sie ein! Das erste Weihnachtsfest mit dem Enkelkind ist was Besonderes. Letztes Jahr war die ganze Verwandtschaft bei uns. Heiligabend gab es Karpfen. Am ersten Weihnachtstag, als meine Eltern da waren, habe ich Gans gemacht und am zweiten Feiertag, als seine Eltern da waren, Kaninchen mit Backpflaumen und Klößen.«

Ich murmelte, daß ich mir für das Fest der Liebe was Schöneres vorstellen könne, als meine Verwandtschaft zu bekochen.

Tanja und Petti sahen mich erstaunt an.

»Dafür ist es Weihnachten«, sagte Petti. »Denk mal dran, wie oft deine Mutter Weihnachten für dich gekocht hat. Also, ich wäre ganz schön sauer, wenn Henry mich später Weihnachten nicht bei sich haben wollte. Was meinst du, Tanja?«

Tanja nickte gleichgültig.

»Wo ist Henry eigentlich?« fragte ich.

Wie von der Tarantel gestochen sprangen die beiden Mütter auf. Die Knäblein hatten sich unbemerkt in die Küche geschlichen und das Blech mit den frischbestäubten Terrassen verwüstet. Das Backwerk war auf den Sandbagger und die Eisenbahn verladen worden. Sie bewarfen sich gerade mit Mehl, wozu Dennis »schneit, schneit« kreischte. Petti und Tanja zerrten ihre Söhne an Ohren und Haaren aus der Küche und sperrten sie ins Kinderzimmer. Ich schaffte es gerade noch, Lotta P. aus dem Bett zu retten. Dann ging es um Weihnachtsgeschenke. Tanja hatte sich von Ralfi eine Playboy-Armbanduhr gewünscht, bevor er abgehauen war.

»Wir schenken uns nichts in diesem Jahr«, sagte Petti mit vielsagendem Augenaufschlag. »›Er‹ will ein Auto kaufen.«

Begeistert hüpfte Tanja von der Couch hoch: »Was für eins?«

»Irgendeinen schweineteuren Japaner.« Petti zog einen Schmollmund. Was sollte sie mit einem Japaner? Sie wünschte sich eine Mikrowelle.

»Warum keinen Porsche?« fragte Tanja aufgeregt.

»Nee, 'ne Familienkutsche. Wenn schon die Raserei, dann soll wenigstens was in den Kofferraum passen.«

»Porsche ist super. Das Beste an Ralfi war der Porsche. Sag mal Petti, haben wir nicht vorhin einen Sekt kalt gestellt?« Sie warf mir einen auffordernden Blick zu. »Du könntest doch sicher auch ein Gläschen vertragen, oder stillst du noch?«

»Prima Idee«, sagte ich. Ich brauchte sogar dringend ein Gläschen, wenn ich nicht gleich schreiend aus der Wohnung rennen sollte.

Auf dem Höhepunkt der Stimmung – ich hatte eine Menge über Ralfi erfahren, der seinen Porsche gegen einen Baum gesetzt hatte, als er Dennis' Vater geworden war – knirschte ein Schlüssel in der Wohnungstür. Es war »er«, Enrico Wauer, der wegen der vorweihnachtlichen Wetterverhältnisse früher von der Baustelle, auf der er arbeitete, nach Hause gekommen war. Er streckte den Kopf ins Wohnzimmer. Die Luft war zum Schneiden dick, denn Tanja hatte trotz Lotta P.s Anwesenheit eine halbe Schachtel Marlboro geraucht. Nachdenklich beäugte Enrico die fast leere Sektflasche auf dem Glastisch und die ganz leere auf dem Teppich, zog wortlos den Kopf wieder zurück und schloß ganz leise die Tür. Kurz darauf hörte man die Stimmen von Henry und Dennis, die er aus dem Kinderzimmerverließ befreit hatte. Sie forderten Abendbrot. Es klapperte in der Küche. Petti rutschte nervös auf der Couch hin und her.

»Ich komme, Schatz«, rief sie schließlich.

»Dann gehn wir wohl besser«, sagte Tanja und klaubte Dennis' Stiefel und Anorak vom Teppich. Wir schlichen aus der Wohnung, während Petti in der Küche den Abendbrottisch deckte.

»Der totale Spießerarsch«, vertraute Tanja mir im Treppenhaus an. »Kein Alkohol, keine Zigaretten, kein Sex, aber Boxen! Henry-Maske-Fan, voll ätzend ...« Vom Sekt beschwingt hüpfte sie die Treppe hinunter. Endlich wußte ich, wer der sympathische junge Mann auf den Fotos war: Henrys Namensgeber!

Als wir wieder in unserer Wohnung waren, war es fast sechs Uhr. Dany war noch nicht da, obwohl er gegen fünf aus Leipzig zurück sein wollte. Was Leipzig betraf, hatte sich die Lage etwas entspannt. Zumindest war die Zeit der unwirtlichen Pensionen vorbei. Jens und Dany teilten sich seit kurzem ein WG-Zimmer bei einer gewissen Bernadette. Dort konnte ich Dany jederzeit telefonisch erreichen oder eine Nachricht hinterlassen. Ich badete und fütterte Lotta P., die nach dem langen Mittagsschlaf in Henrys Bett munter und ausgeglichen war, packte sie neben mich auf den Futon, schaltete den Fernseher ein und knabberte an ein paar Terrassen herum. Gegen sieben wurde ich nervös. Um halb acht beschloß ich, in der Berliner Agentur anzurufen. Vielleicht war Dany entgegen seiner Gewohnheit noch mal dorthin gefahren. Aber in der Agentur erreichte ich nur noch Jens, der mir riet, Bernadettes WG anzurufen. Dort nahm niemand ab. Plötzlich schlug mein Herz bis zum Hals. Die Ente hatte Sommerreifen, und es schneite wie verrückt. Dany war ein vorsichtiger Autofahrer, aber er brauchte nur Ralfi mit dem Porsche begegnen. Mir war ganz schlecht vor Sekt und Sorge. Gegen neun legte ich Lotta P. schlafen und schaltete den Krimi ein, den ich mir für diesen Abend in der Programmzeitschrift angestrichen hatte. Es wurde gerade spannend, als das Telefon klingelte.

»Leipzig ist heute nachmittag binnen drei Stunden eingeschneit. Mit der Ente hat es gar keinen Sinn. Wenn es morgen mittag nicht besser aussieht, nehme ich einen Zug«, sagte Dany.

Im Hintergrund tobte das Kneipenleben. Schrille Jazztöne, gellendes Gelächter und Gläserklirren. Ich hatte große Schwierigkeiten, ihn zu verstehen.

»Wir sind im *Monokel.* Ein Bekannter von Bernadette gibt ein Konzert!« schrie er.

»Ich habe zweimal bei Bernadette angerufen, da nimmt keiner ab«, rief ich.

»Logisch«, sagte er. »Bernadette und Stupsi sind ja hier. Also, bis morgen.«

»Wer ist Stupsi?« wollte ich wissen.

»Die Frau, die das dritte Zimmer hat. Ich muß jetzt Schluß machen.«

»Welches dritte Zimmer?«

»Paß auf, Joe, das Geld ist gleich …«

Ich guckte empört auf den piepsenden Hörer in meiner Hand. Dann schaltete ich das Fernsehgerät aus. Bernadette und Stupsi! Daneben verblaßte jeder Krimi. Um neun Uhr abends geruhte mein Kindsvater mir endlich mitzuteilen, daß er erst am nächsten Tag nach Hause käme. Warum hatte er nicht früher angerufen? Weil er sowieso vorgehabt hatte, einen drauf zu machen, und das Schneegestöber eine willkommene Ausrede war? Während ich frustriert auf dem Sofa saß und mein Kind beäugte, saß Dany biertrinkend im *Monokel* und beäugte Bernadette und Stupsi. Das mindeste, was ich tun konnte, war ihm den Abend versauen. Ich rief die Auskunft an und verlangte die Telefonnummer der Kneipe *Monokel* in Leipzig. Sie konnten nur mit einem Jazzkeller aufwarten, aber der war goldrichtig.

»Einen Daniel Krollmann wollen Sie sprechen«, fragte die Barfrau irritiert. Das Telefon mußte direkt neben dem Zapfhahn stehen. Ich konnte das Bier zischen hören, was meine Wut noch steigerte.

»Ein Notfall. Rufen Sie ihn aus«, befahl ich.

»Sie haben Nerven«, schimpfte die Frau, aber eine Minute später war Dany am Apparat.

»Wieso hast du mich nicht früher angerufen?« fragte ich. »Glaubst du, es gehört zu meiner Hausfrauen- und Mutterpflicht am Telefon zu sitzen und mir Sorgen zu machen, während du mit deinen Leipziger Stupsis einen saufen gehst?«

In der Schrecksekunde am anderen Ende der Leitung wurde ein großes Pils angezapft.

»Ich habe dich zwischen drei und sechs Uhr mehrmals angerufen. Es hat niemand abgenommen, nicht mal der Anrufbeantworter.«

Es zischte noch einmal. Dann wurde aufgelegt.

Zwischen drei und sechs hatte ich mit meinen Freundinnen Petti und Tanja Terrassen gebacken.

Vierter Monat

Nach einer langen Aussprache hatte Dany eingesehen, daß wir ein Fest der Liebe bitter nötig hatten. Wir sagten beiden Großeltern ab, mit Herzblut in der Kulimine und dem Argument, daß wir Lotta P. die Bahnfahrt nicht zumuten konnten. Die Ente war auch ohne größere Ausflüge am Zusammenbrechen. Dafür versprachen wir, Ostern und Pfingsten nach Bremen und Stuttgart zu kommen.

»Wir kochen überhaupt nicht«, sagte Dany, nachdem ich ihm Pettis Weihnachtsmenü geschildert hatte. »Wir besorgen uns ein paar Feinkostsalate aus dem KadeWe. Am Heiligabend ...«

»Salbeihühnchen in Zitronensauce!« rief ich.

Er nickte. »Genau. Am ersten Feiertag die Salate, und am zweiten Feiertag gehen wir aus.«

Ausgehen? Wir?

Ich erfuhr, daß Jens' Freundin in einem Kartenvorverkauf arbeitete und uns kurzfristig etwas reservieren würde. Ich hatte die Wahl zwischen Oper, Jazz und Theater. Danach würde Dany mich zum Essen ausführen, in irgendeinen Charlottenburger Edelschuppen, wenn ich das unbedingt brauchte.

»Quatsch, zu unserem alten Stammgriechen!« rief ich.

Er gab mir einen Kuß auf die Nase. Es war genau die Antwort, mit der er gerechnet hatte. Jens und seine Freundin hatten sich bereit erklärt, am zweiten Weihnachtsfeiertag um fünf zum Babysitten zu kommen. Als ich Bedenken anmeldete, Lotta P. ausgerechnet dem skrupellosen Jens anzuvertrauen, meinte Dany, seine Freundin entstamme einer kinderreichen Familie und hätte keine Berührungsängste. Im Gegenteil, die beiden würden das gern mal ausprobieren.

»Ausprobieren?«

»Na ja, Jens und Simona überlegen, ob sie in die Produktion gehen sollen.«

Ich grinste und griff mir das Veranstaltungsmagazin, um zu sehen, was am zweiten Weihnachtstag kulturell geboten wurde. Ich mußte mir noch ein passendes Kleidungsstück kaufen.

Drei Tage vor dem Heiligen Abend: Ich hatte für den Weihnachtsscheck von Danys Mutter einen knöchellangen schwarzen Strickrock erstanden, der wunderbar streckte, mit passendem Oberteil, das wunderbar verhüllte. Jens' Freundin hatte Karten für ein modernes Ballett besorgt, das gerade in allen Feuilletons besprochen wurde. Beim Stöbern in Danys Hälfte des Kleiderschranks hatte ich zwei Päckchen mit dem silbernen Etikett einer Leipziger Parfümerie entdeckt und war in bester Vorweihnachtslaune. Er hatte mir noch nie im Leben Parfüm geschenkt! Ich rechnete mindestens mit Chanel.

Dany befestigte eine Lichterkette mit schwarz-weiß-gefleckten Kühen in unserer Birkenfeige, die den Weihnachtsbaum darstellen sollte, als das Telefon klingelte. Es war Marianne. Ihre Stimme klang belegt: »Kann ich Weihnachten bei euch unterkriechen? Blanche ist abgehauen.«

»Wer ist Blanche? So jemand wie Rudi?« fragte ich.

Am anderen Ende der Leitung machte sich bedeutungsschwangeres Schweigen breit. Dann sagte meine Schwester langsam: »So kann man es auch sehen. Blanche ist seit vier Jahren meine Lebensgefährtin. War es.«

Wir stammten aus einem prüden Elternhaus. Bisher hatte Marianne mich niemals mit diesem Aspekt ihres Privatlebens behelligt. Aber natürlich konnte ich sie in ihrem Liebeskummer nicht abweisen. Ich sah den intimen Charakter unserer Familienweihnacht den Bach runtergehen und brauchte ein paar Sekunden, um die Enttäuschung zu verdauen.

»Ich habe nicht vor, euch mit den Pleiten meines Sex-Lifes zu belästigen«, sagte sie bissig. »Ich möchte mich einfach mit Familienleben und Babygequake besäuseln und glücklich nach Hause fahren, wenn es mich ankotzt. Ich bringe eine Lammkeule mit.«

»Heiligabend gibt es Salbeihuhn in Zitronensauce.«

»Und am ersten Feiertag?«

»Na schön«, sagte ich ergeben.

Dany hatte nichts gegen Lammkeule. Er hatte auch nichts gegen Marianne. Die beiden hatten sich schon immer gut verstanden.

»Wenn Marianne da ist, brauchen Jens und Simona nicht zum Babysitten zu kommen«, sagte ich, »denn in ein Ballett kriegst du Marianne auf keinen Fall.«

»Will ich auch nicht«, sagte Dany, der sich selber nicht viel aus Ballett machte, »das soll unser Abend werden.«

Zwei Tage vor dem Heiligen Abend: Wir saßen aneinandergekuschelt auf dem Futon, schlürften Glühwein und betrachteten die Kühe in der Birkenfeige, als das Telefon klingelte. Es war meine alte Studienfreundin Regula. Regula war bis Ende Februar in New York.

»Du klingst so nah«, sagte ich erschrocken.

»Kein Wunder. Ich bin auf dem Flughafen. Ich fliege über Weihnachten nach Berlin.«

»Toll«, rief ich. »Sehen wir uns?«

»Am zweiten Weihnachtsfeiertag!«

Etwas wie ein Jumbojet fuhr durch die Leitung.

»Da hab ich schon Theaterkarten«, schrie ich in den Jumbojet hinein.

»Gib sie zurück. Ich habe nur den Abend frei«, rief Regula. »Ich lade dich zum Essen ein. So gegen neun bin ich bei dir.«

»Regi, das ist ungünstig!«

»Mach's günstig«, rief sie, »bis dann, Joe, meine Süße ...«

Es knackte in der Leitung, und die Verbindung war unterbrochen.

Wie immer erwartete Regula, daß alle Welt sich nach ihren Plänen richtete. Sie war eine tolle Freundin, verläßlich, unkonventionell, kinderlos und meine Trauzeugin. Natürlich wollte ich sie wiedersehen, obwohl unsere Treffen immer nach dem gleichen Schema abliefen. Sie erzählte mir ausgiebig aus ihrem Liebesleben, beschimpfte mich, weil ich keines hatte, worauf wir uns stritten, bis eine von uns beiden wutentbrannt das Lokal verließ.

»Deine Freundin Regula hatte schon immer eine Klatsche«, war Danys Kommentar zu dem Anruf. Er hatte seit Jahren seine Probleme mit ihr.

»Heißt das, daß wir unseren Ballettabend verschieben?«

»Ich würde es dringend empfehlen«, sagte Dany trocken. »Regula würde die Frechheit besitzen und mitkommen.«

Mit einem heftigen Ruck setzte Regula das Auto von der im Schnee verborgenen Bordsteinkante auf die Straße.

»Wo fahren wir hin, ins *Miró*?« erkundigte ich mich.

»Natürlich nicht! Oder willst du auf meine Kosten die Essensreste deines Vorgängers aus den Gabelzinken polken?« sagte sie arrogant.

Ich war verblüfft. Das *Miró* war zwar nicht gerade ein Gourmettempel, aber seit Jahren Schauplatz unserer konspirativen Frauenabende. Es lag in einem eher unattraktiven Winkel des Bezirkes Moabit, ganz in der Nähe der WG, die Regula und ich vor Jahren zusammen mit einer dritten Germanistikstudentin bewohnt hatten. Inzwischen wohnte Regula allein dort. Für ihre New Yorker Zeit hatte sie die Wohnung mit einem ordentlichen Aufschlag an einen zahlungskräftigen Jurastudenten untervermietet. Das verschneite, nächtliche Berlin zog wie ein Film an der Windschutzscheibe vorbei. Die Innenstadt war in warmes, gelbes Licht getaucht. An allen Ecken standen Weihnachtsbäume. Ich verlor mehrmals die Orientierung, bis wir an dem hellerleuchteten Schaufenster von *Belle et Triste* vorbeifuhren. Die Knesebeckstraße! Wehmut erfüllte mich. Hier war meine Buchhandlung, mein Stammreisebüro, mein alter Friseur. Hier hatte ich unzählige Stunden zwischen zwölf und zwei in Boutiquen verbummelt, mir in Stehcafés originell belegte Croissants zwischen die Zähne geschoben oder mit Moritz an einem Fenstertisch in der *Lilalinde* geklönt. Regula parkte genau vor der *Lilalinde* ein. Die *Lilalinde* hieß jetzt *Donizetti* und war ein »Ristorante«, dessen Ruhm bis nach New York City gedrungen war. Ich arbeitete an einem Kloß im Hals. Warum hatte Moritz mich nie angerufen, um mir zu erzählen, daß es unser altes Mittagsbistro nicht mehr gab?

»Jetzt wollen wir dir mal was Gutes tun«, sagte Regula und stapfte den Autoschlüssel schwingend vor mir her auf die Eingangstür zu. Das *Donizetti* war ausschließlich von Kerzen beleuchtet. Ein weißbeschürzter Kellner führte uns zu einem winzigen Tisch, der im hintersten Winkel des Raumes zwischen Klavier und Fenster eingeklemmt war, und ließ zwei in Notenmappen verpackte Speisekarten auf die weiße Tischdecke gleiten: »Aperitif?«

Regula bestellte einen Prosecco und ich einen Pfefferminztee, weil ich neben der zugigen Fensterscheibe unweigerlich kalte Füße bekommen würde.

»Ich darf jetzt nicht zusammenklappen«, erklärte ich. »Lottchen ist krank. Ich Idiotin habe sie in das Bett von unserem Nachbarskind gelegt, das Grippe hatte.«

»Was uns nicht umbringt, härtet uns ab«, sagte Regula fröhlich.

»Jetzt hat sie Schnupfen.«

»Wer hat den nicht um diese Jahreszeit?«

»Bei Säuglingen ist das eine harte Krankheit. Sie können nicht trinken, wenn die Nase verstopft ist. Gestern ist Dany zu einer Notapotheke gefahren und hat eine Nasenpumpe gekauft, ein Gummiball mit einer Tülle dran. Man erzeugt einen Unterdruck, indem man auf den Ball drückt und saugt so den Schleim aus dem Näschen.«

»Iii ...«, sagte Regula mit angewidertem Gesichtsausdruck und schob mir die Speisekarte zu.

»Das Problem ist, daß Babys sich nicht schneuzen können.«

In den letzten beiden Nächten hatte Lotta P. geschnauft wie ein Walroß. Es ging ihr besser, wenn man sie in der von ihr bevorzugten aufrechten Haltung herumtrug. Marianne, Dany und ich hatten uns ständig abgewechselt. Dabei war das Salbeihühnchen verbrutzelt, und die Lammkeule lag immer noch im Gefrierfach.

»Jede halbe Stunde hat einer von uns versucht, ihr Tee einzuflößen. Zum Glück haben wir diese homöopathisch orientierte Kinderarztpraxis. Die Ärztinnen sind schwer in Ordnung. Sie haben uns ein Gerät ausgeliehen, mit dem Lotta P. Sole inhalieren kann.« Ich nahm den Teebeutel aus der Tasse und ließ ihn in den Aschenbecher fallen. Es hatte mich große Überwindung gekostet, die Krankenpflege an diesem Abend Dany und Marianne zu überlassen. Aber die beiden waren der Ansicht gewesen, daß ich eine Abwechslung nötig hätte.

»Du«, sagte Regula leise und stieß mit ihrer Plateausohle an meinen Stiefel, »müssen wir den ganzen Abend über Babys reden?«

»Natürlich nicht«, sagte ich und schlug die Speisekarte auf. Sie war in schnörkeliger Schrift auf mehreren künstlich vergilbten Notenblättern verfaßt. Zuoberst lag das fünfgängige Weihnachtsmenü »Lucia di Lammermoor«, bestehend aus Vorspeise, Suppe, Fischgang, Fleischgang, garniert mit Informationen zu der gleichnamigen Oper und gekrönt von einem Dessert namens »L'elisir d'amore«. Ich schob den Opernführer ans Fenster und fragte fröhlich: »Und, wie läuft's?«

Man konnte sehen, daß es hervorragend lief. Als Regula im Herbst nach einer unglücklichen Liason mit Danys Freund Lutz nach New York geflohen war, hatte sie Latzhosen, Turnschuhe und eine überdimensionale Sonnenbrille getragen, um ihre Augenringe zu verbergen. Jetzt glitzerten ihre Katzenaugen unternehmungslustig über dem Prosecco. Sie trug einen Minirock zu einer silbernen Wickelbluse, fünfzehn Zentimeter hohe Plateauschuhe und zwei winzige Brillis in den Ohren, die durch die aparte Jean-Seberg-Frisur gut zur Geltung kamen.

»Er heißt Marcel. Wir heiraten«, hauchte sie über den Rand des Sektglases.

Heiraten? Regula? Mißtrauisch beäugte ich die Brillis.

»Nach drei Monaten?«

»Ich wußte es nach drei Tagen.«

»Ist er ... reich?«

»Das tut nichts zur Sache«, sagte sie gedehnt. »Es ist Liebe ...«

»Du spinnst!«

»Nicht jede ist dazu geboren, im achten Schwangerschaftsmonat eine Versorgungsehe mit einem mittelmäßigen Fotografen einzugehen«, fauchte sie. »Es gibt Frauen, die heiraten – aus Liebe.«

Ich wollte ihr den Aschenbecher an den Kopf schmeißen, mit Befriedigung sehen, wie der Teebeutel in ihrem Ausschnitt kleben blieb, auf die Straße rennen und ein Taxi in die Hallandstraße nehmen. Der Abend wäre gerettet. Aber in dem Moment trat der Kellner an unseren Tisch und säuselte: »Haben die Damen gewählt?«

Regula bestellte »Lucia di Lammermoor«. Anstelle des Fleischgangs wollte sie Scampi mit einer doppelten Portion Aioli, weil sie Lamm nicht ausstehen konnte. Der Kellner würdigte die Korrektur des Weihnachtsmenüs mit einer Verbeugung in ihren Ausschnitt. Ich kochte. Wir würden bis Mitternacht in dieser Gruft sitzen, wenn Regula sich durch die ganze »Lucia di Lammermoor« durchfraß. Ich wollte zu meinem Kind!

»Eine Quattro Stagioni«, preßte ich hinter zusammengepreßten Zähnen hervor.

»Verzeihung?« Der Kellner legte eine Hand hinter die Ohrmuschel, ohne sich auch nur einen Zentimeter vorzubeugen.

»Eine Pizza Vier Jahreszeiten«, übersetzte ich.

»Bedaure.«

»Was?«

»Bedaure, nur à la carte.«

Sollte das heißen, daß sie keine Quattro Stagioni auf der Karte hatten?

»Dann irgendeine mittelgroße Pizza mit Artischocken und ohne Sardellen.«

Der Mann machte eine hilfesuchende Handbewegung zu Regula.

»Herrgott, Joe, das ist kein verdammter Pizzaservice«, brüllte meine Freundin und schleuderte entnervt eine Packung Gauloises auf das Tischtuch. »Hast du dich vollkommen von der Zivilisation abgemuttert? Tu uns den Gefallen und wirf einen Blick in die sogenannte Speisekarte ...«

Ihre gellende Stimme brachte die Kerzen an den Wänden zum Flackern. Ich war froh, daß es so dunkel war. Das ganze Lokal drehte sich nach uns um. Kalter Schweiß sammelte sich unter meiner verhüllenden schwarzen Wolle an, während ich versuchte, die Karte zu entziffern.

»Vielleicht ein Muschelsoufflé als Vorspeise«, flötete der Kellner.

Am Nebentisch drehte sich ein Mann um und sagte: »Den Loup de Mer kann ich wärmstens empfehlen.«

Ich bestellte das Muschelsoufflé und einen gemischten Blattsalat.

»Und als Hauptgang?« insistierte der Kellner.

»Bringen Sie ihr ein Gläschen Hipp«, wütete Regula.

»Und einen Tranquilizer für meine Freundin ...«, fauchte ich.

Mit schreckensgeweiteten Augen bewegte sich der Kellner unter kleinen Verbeugungen ruckartig von unserem Tisch weg. Regula und ich musterten uns feindlich und brachen in schallendes Gelächter aus. Ich steckte mir eine von ihren Gauloises an und erklärte: »Lotta P.s Grippe ist ausschlaggebend für meine Befindlichkeit. Das ist so ein hormonelles Ding zur Verringerung der Säuglingssterblichkeit. Bitte, sei nett zu mir.«

»Ich bin nett«, sagte sie düster. »Ich entführe dich von einem nach Menthol stinkenden Pampersschlachtfeld in das angesagteste Lokal der Stadt, um mit dir mein Verlöbnis zu feiern, aber du bestellst Pizza mit Pfefferminztee und erklärst mir, wie die Rotzpumpe deines Babys funktioniert.«

»Tut mir leid«, sagte ich zerknirscht. »Dieser Laden ist ein kleiner Kulturschock.«

»Wenn du so weiter machst, weißt du bis zu ihrem ersten Geburtstag nicht mehr, wie man mit Messer und Gabel ißt.«

Ich nickte zustimmend. »Du hast recht. Ich habe mir seit ihrer Geburt die Beine nicht mehr rasiert und vergesse dauernd, beim Gähnen die Hand vor den Mund zu nehmen. In der Zeitung lese ich nur noch die Sonderangebote, und im Fernsehen sehe ich nur die Sendung mit der Maus. In öffentlichen Verkehrsmitteln kriege ich Platzangst, und wenn mich fremde Leute auf der Straße ansprechen, habe ich einen Kloß im Hals ...«

Der Rücken des Fischspezialisten am Nebentisch versteifte sich. Seine Begleiterin reckte ihren faltigen Hals, um mich über seine Schulter hinweg mustern zu können.

Ich überstand den Abend mit Hilfe einer Flasche Prosecco und unzähligen kleinen Übergriffen auf »Lucia di Lammermoor«, um den Menüablauf zu beschleunigen, während Regula unablässig redete. Zweimal telefonierte ich heimlich vom Münzfernsprecher neben dem Herrenklo mit Dany, um mich danach mit frischer Konzentration Marcel zu widmen. Marcel, 33, Stipendiat in New York, führte ein asketisches Leben aus Arbeit, Sushi und Parties, aß Bagels mit Cream cheese zum Frühstück, sammelte seidene Hausmäntel, litt unter seinen Geheimratsecken und trug handgefertigte englische Schuhe. Er hatte ein Zimmer in Hamburg und eines bei seiner Mutter in Berlin, wo er gerade mit Regi logierte. Die Mutter, Elzbieta Taut, betrieb in ihrer Wannseevilla eine Ballettschule und fuhr normalerweise den silbernen BMW, mit dem Regula mich abgeholt hatte. Im März würden Marcel und Regula nach Berlin ziehen, eine Literaturagentur gründen und heiraten. »Und du, Joe?«

Sollte ich ihr was über geklaute Kinderwagen, entzündete Brustwarzen und traumatische Krabbelgruppensitzungen erzählen? Petti, Tanja, Emma und Dr. Fink würde sie genauso degoutant finden wie die Rotzpumpe. Der einzige Mann, den ich in den letzten Monaten kennengelernt hatte, war mein Friseur.

»Was macht deine Arbeit?« fragte sie und erstickte ein Scampi im Aioli.

Blitzschnell überlegte ich, welche Arbeit sie meinen könnte. Gewiß nicht meinen Job bei *Belle et Triste.*

»Die Magisterarbeit. Die amerikanischen Lyrikerinnen«, half sie mir auf die Sprünge.

In der hormonellen Euphorie meiner letzten Schwangerschaftswochen hatte ich mir vorgestellt, während meines Erziehungsurlaubs endlich die Magisterarbeit zu schreiben, die mir zum ordentlichen Abschluß meines Studiums noch fehlte. Ich hatte ein vier Jahre altes Exposé zu Silvia Plath und Anne Sexton, das mir während des Umzugs in die Hallandstraße in die Hände gefallen war, auf meinen Schreibtisch gelegt und sogar etwas Einstiegsliteratur gekauft. Ich hatte die Idee gehabt, die beiden Dichterinnen in eine bahnbrechende These zu Mutterschaft und dichterischer Kreativität zu verwickeln. Sie war mit Lotta P.s erstem Schrei gestorben. Regula konnte sich leider noch daran erinnern. Um sie nicht noch mehr zu enttäuschen, sagte ich: »Langsam nährt sich das Eichhörnchen.«

»Du regredierst zum Fläschchenwärmer, während draußen das Leben tobt! Ohne akademischen Grad bist du im Literaturbetrieb keinen Pfifferling wert«, sagte meine Freundin streng und musterte aus den Augenwinkeln den Glaspokal, der vor sie hingeschoben wurde. Endlich, das Liebeselixier!

»Literaturbetrieb?« fragte ich.

»Na, meine Literaturagentur!«

»Dafür hast du jetzt doch deinen Marcel.«

»L'elisir d'amore« gab Regula den Rest. Es war eine Art Bananeneisshake mit Curaçao, serviert mit einer rosa Spitzenserviette. Regula behauptete lautstark, das Gebräu habe die Konsistenz von frischem Sperma. Ich war froh, daß sich die benachbarten Tische geleert hatten und hoffte, daß sie nicht zu betrunken war, um zu bezahlen, denn ich hatte nur dreißig Mark für die Taxifahrt in die Hallandstraße dabei.

»Du hast echt schpieschbürgerliche Schorgen«, nuschelte sie. »Wird man als Mutter so?«, wühlte in dem schwarzen Lack-Kosmetikkoffer, den sie als Handtasche mit sich herumtrug und warf eine goldene Visa-Card auf den Tisch. Ich nahm die Karte an mich und winkte dem Kellner. Früher war Regula immer pleite gewesen. Wie kam sie an so eine Karte? Als ich sah, daß sie den Beleg über unsere 170-Mark-Zeche schwungvoll mit Elzbieta Taut unterschrieb, rutschte mir fast das Herz durch die Beckenbodenmuskulatur. Aber der Kellner quittierte die Unterschrift mit einer erneuten Verbeugung in ihren Ausschnitt und kredenzte uns zwei Grappas in geschmackvoll geschliffenen Gläsern. Sie waren das Geschmackvollste an dem ganzen *Donizetti*, gestand ich, ebenfalls mit schwerem Zungenschlag.

»Aber der Grappa ist mies«, lallte Regula und ließ ihn neben ihrem Bein an der Fensterscheibe hinunterlaufen.

Als wir den Taxistand erreichten, war ich halbwegs nüchtern. Regula hielt meinen Arm umklammert und wimmerte vor sich hin. Ihre zartbestrumpften Beine schwankten auf den Plateausohlen, an denen Neuschnee klebte. Es waren zwei Taxen da. Ich hauchte Regula ein Abschiedsküßchen auf die Wange und verfrachtete sie in die erste. Sie streckte ihre Hand aus. »Ich hab kein Geld mit. Kannst du mir mit einem Fünfziger aushelfen?«

Ich versuchte, den Chauffeur zu überreden, sich auf die schwiegermütterliche Karte einzulassen, aber er wollte nicht. Regula weinte leise vor sich hin. Ich kniete vor der offenen

Autotür und schüttelte ihre Knie. »Du klingelst zu Hause und läßt dir das Geld für die Fahrt von Marcel oder seiner Mutter geben.«

Trotzig wie ein kleines Kind schüttelte sie den Kopf und trampelte mit ihren Klumpschuhen im Schneematsch herum. »Die dürfen mich in dem Zustand nicht sehen.«

»Rin oder raus«, sagte der Taxifahrer.

Also stieg ich ebenfalls ein und nahm Regula mit in die Hallandstraße. Die dreißig Mark langten knapp. Ich hatte vor, ihr Geld zu geben und ein Taxi nach Wannsee zu rufen. Zu meiner Überraschung war die Wohnung hell erleuchtet und leer. Im Wohnzimmer hatte Marianne schon den Futon ausgerollt und das Bettzeug darauf geworfen. Anscheinend waren sie und Dany gerade zum Nachtspaziergang mit Lotta P. aufgebrochen. Neben dem Fernseher standen zwei leere Schampusflaschen und ein Teller mit Terrassen und Zimtsternen. An einem Wäscheständer baumelten nasse Socken, um die Luftfeuchtigkeit zu erhöhen. Auf den Heizkörper hatte Marianne eine Schale mit Wasser und Eukalyptusöl gestellt. Neben der Zimmertür entdeckte ich eine gebrauchte Pampers, und im Bücherregal stand ein vergessenes Milchfläschchen, das leicht grünlich schimmerte. Es war viel gemütlicher als im *Donizetti.*

»Ich schlafe hier«, verkündete Regula, kickte die Schuhe von ihren Füßen und ließ sich auf den Futon plumpsen.

»Hier schläft meine Schwester. Wir habe noch eine Gästematraze im Kinderzimmer.«

»Nee, danke«, lallte Regula und kuschelte sich in Mariannes Kissen.

Am Morgen fühlte ich mich miserabel. Als der Geruch von Mariannes Lieblingsfrühstück, Speck und gebratenen Eiern, durch die Wohnung zog, mußte ich mich übergeben. Regula war quietschfidel. Sie hüpfte in meinen Skisocken und Danys Jogginghose durch die Wohnung. Ich hörte sie in der Küche mit Marianne plaudern, mit der sie sich problemlos den Futon geteilt hatte. Als sie fragte »Kennst du Bagels mit Cream cheese?« drückte ich gepeinigt meinen Kopf ins Kissen. Später kam sie mit Lotta P. in den Armen ins Schlafzimmer und ließ sich auf meiner Bettkante nieder.

»Guck dir deine verkaterte Mama an«, zirpte sie und schwenkte Lotta P. über mein Gesicht. Lotta P. lachte laut glucksend auf. Dieser Lacher war brandneu und signalisierte intellektuelles Wohlbehagen. Es schien ihr viel besser zu gehen.

»Ach, Joe, so ein Kuschelbärchen muß ich mir auch zulegen. Gucki-Gucki. Ey, Joe, die lacht!«

Stöhnend drehte ich mich zur Seite. In meinem Kopf waren zweihundert Männchen mit Eisenhämmern unterwegs und klopften mir die Gehirnwindungen platt.

»Deine Mama verträgt nichts mehr«, gurrte Regula weiter. »Ob ich dich mit nach New York nehme, Süße?«

»Dann kannst du deine Arbeit-Sushi-und-Party-Scheiße aber vergessen«, krächzte ich und streckte die Arme nach meiner Tochter aus, die es jedoch vorzog, an Regulas nach Schweiß und CK riechendem Silbertop kleben zu bleiben. Vermutlich wäre sie, ohne mit der Wimper zu zucken, nach New York geflogen. Zum Glück kam Marianne und sagte, daß sie jetzt mit der Ente nach Charlottenburg führe und Regula mitnehmen und an ihrem Wagen in der Knesebeckstraße absetzen könne. Lotta P., die ihre Grippe offenbar überstanden hatte, fuhr in der Babyschale mit. Ich wankte in die Küche, um mir eine Würfelbrühe zu kochen, Geheimtip meiner Mutter gegen Silvesterbeschwerden; der einzige Tag im Jahr, an dem sie trank. Dany, der sich in der Dunkelkammer vor Regula versteckt hatte, kam heraus und verlangte auch eine Würfelbrühe.

»Was sind denn das für Dinger?«

Er deutete auf zwei interessant geschliffene Grappagläser auf dem Küchentisch. Daneben lag ein Notizzettel mit den Worten: »Zur Erinnerung an einen bezaubernden Abend. Deine Regi.« Sie hatte es geschafft, die Gläser in volltrunkenem Zustand aus dem Restaurant zu schmuggeln.

Am nächsten Tag war ich krank. Marianne sah mir in den Hals und begann nach einer Arztpraxis herumzutelefonieren, die zwischen Weihnachten und Neujahr geöffnet hatte. Der Arzt diagnostizierte Angina und verschrieb Penicillin und Bettruhe.

Dany fluchte, weil er zwischen den Jahren viel in der Agentur zu erledigen hatte und sich nicht frei nehmen konnte. Seufzend beschloß Marianne, noch ein paar Tage zu bleiben. Sie telefonierte täglich mit ihrem Personal auf der Ranch, während Lotta P. wie ein Klammeraffe an ihrer Brust oder Hüfte klebte. Meine Tochter genoß den Mehrpersonenhaushalt. Unternehmungslustig reckte sie ihren Kopf aus dem Tragetuch, verfolgte mit lebhaften Augen Mariannes Handgriffe und kommentierte sie mit fröhlichem Gelalle. Sie schrie kaum noch und war von den ereignisreichen Tagen so erschöpft, daß sie jede Nacht durchschlief. Am Silvestermorgen fuhr Marianne zurück. Sie vergoß eine Träne, als sie sich von Lotta P. verabschiedete, und trug mir auf, Regula zu grüßen. Wenn sie mal wieder für eine Nacht ihr Lager mit jemandem teilen wolle, stünde sie gern zur Verfügung. »Vergiß es«, sagte ich. »Regula kann Lammfleisch nicht ausstehen«.

Für den Abend hatte Dany Jens und seine Freundin Simona zum Fondueessen eingeladen. Als ich ihm bei der Zubereitung der Dips und Saucen half, wurde ich melancholisch.

»Weiß du noch letztes Jahr, da waren wir auf dieser astreinen Fete beim Griechen,« seufzte ich, während ich Knoblauchzehen pellte. »Ich wußte nicht, daß ich schwanger war, und habe so viel Ouzo getrunken wie noch nie in meinem Leben.«

Dieses Jahr gehörten wir zum Club der Kleinkindereltern, die Silvester in häuslicher Harmonie am Fonduetopf oder Raclettegerät verbrachten, während draußen das Leben tobte.

»Ich habe nichts gegen einen harmonischen Abend«, sagte Dany. »Kann ich da Pfeffer dranmachen, oder hält dein Hals das noch nicht aus?«

Simona war eine zierliche Italienerin mit einem entschiedenen Gesichtsausdruck, der durch das goldene Kreuz im Ausschnitt ihrer schwarzen Seidenbluse unterstrichen wurde. Sie hatte zwei Flaschen Prosecco und eine Schüssel mit Avocadocreme dabei. Jens überreichte artig einen Strauß aus Christrosen und Kiefernzweigen, ohne mich in die Hüfte zu kneifen oder mir auf den Hintern zu hauen. Beide standen mit andächtigem Gesichtsausdruck am Bett der schlafenden Lotta P., und Simona flüsterte: »Diese süßen Händchen!«

Jens war mir bisher immer mit seinem Machogehabe auf die Nerven gegangen, aber Simona hatte einen guten Einfluß auf ihn. Er deckte den Tisch und stand sogar noch einmal auf, um das fehlende Salatbesteck zu holen. Er überwachte den Garprozeß von Simonas Spießen, erkundigte sich nach meinem Gesundheitszustand und erzählte nur vier oder fünf schlüpfrige Witze. Als Dany ihm die Dunkelkammer vorführte, fragte ich Simona, wie sie mit Jens' Leipzigausflügen klar käme. Zu meinem Erstaunen erfuhr ich, daß Simona Jens meistens nach Leipzig begleitete. Auch der Hund durfte mit. Dafür schob sie in ihrer Kartenvorverkaufsstelle Wochenenddienst. Ich erfuhr auch, daß die WG keineswegs studentisch war, wie ich angenommen hatte. Vielmehr handelte es sich um eine repräsentative Zimmerflucht, die über Bernadettes Kunstgalerie lag, in der alle möglichen Künstler ein und aus gingen. Es war immer was los. Bernadette, die Galeristin, war in den Fünfzigern und tonangebend in der Leipziger Kulturszene.

»Und wie ist Stupsi?« fragte ich neugierig.

Simona seufzte und rollte mit den Augen. »Stupsi ist auch Fotografin. Sie denkt, sie hat eine Menge Ahnung von Kunst. Jens kann sie nicht ausstehen! Er ist froh, wenn er eine eigene Wohnung hat.«

Eigentlich konnte eine Frau, die Jens nicht ausstehen konnte, gar nicht unsympathisch sein, aber das konnte ich schlecht zu Simona sagen, und daher fragte ich nur: »Wieso eine eigene Wohnung? In Leipzig?«

Aber in dem Moment kamen die Männer aus der Dunkelkammer zurück, und wir wechselten das Thema. Kurz nach zwölf zogen Simona und Jens zu einer anderen Party weiter. Wir waren unschlüssig, ob wir ins Bett gehen oder die Silvesteranrufe unserer Eltern abwarten sollten. Die erste, die anrief, war Regula. Sie klang sehr weit weg. Böller zischten durch die Luft, Gläser klirrten, Menschen lachten, Autos hupten.

»Prosit Neujahr«, brüllte ich. »Bist du in New York?«

»Prosit Neujahr. Nein, auf Elzbietas Party. Wir fliegen morgen früh. Ich wollte dir sagen, daß ich gerade Frau Bovari kennengelernt habe.«

Die einzige Bovary, die ich kannte, war von Flaubert.

»Nein! Professor Dr. Bovari. Sie hat einen Lehrstuhl für Gender Studies an der FU und interessiert sich brennend für dein Projekt. Sie ist eine alte Freundin von Elzbieta. Witzig, was?«

Ich fand es nicht witzig. »Was für ein Projekt?«

»Die Sexton-Plath-Arbeit. Professor Bovari macht im Sommersemester ein Oberseminar über Diskurse weiblicher Kreativität ...«

Dany, der Regulas Wortschwall problemlos mithören konnte, grinste fies.

»... ich habe dich wärmstens empfohlen, da du ja schon einige Zeit an dem Thema arbeitest. Also blamiere mich nicht ...«

Mein Blick streifte meinen Schreibtisch, den ich mit Hilfe einer Schaumstoffauflage in einen Wickelplatz für Lotta P. umgewandelt hatte. Die amerikanischen Lyrikerinnen waren in die Tiefen irgendeiner zweiten Reihe unserer Regalwand gewandert.

»Regi, ich kann erst wieder arbeiten, wenn Lotta P.s Schlafphasen stabiler sind«, brüllte ich in den Hörer.

»Die sind doch stabil«, sagte Dany gehässig.

»Professor Bovari ruft dich nächste Woche an. Grüß deine Schwester ...«

»Nein«, schrie ich wütend.

»Reiß dich am Riemen, träges Muttertier«, trällerte Regula und legte auf.

Der zweite Anruf war noch schlimmer.

»Prosit Neujahr, hier ist Stupsi!«

Wortlos reichte ich Dany den Hörer. Stupsi quietschte so indiskret laut, daß ich jedes Wort verstehen konnte: Die Fete sei affengeil, die Combo superschräg, die Katze in die Bowle gesprungen, und alle vermißten ihn sehr, und er solle auch den Jens, den alten Obermacker, grüßen. Am Schluß fragte sie »Hat deiner Frau das Chanel gefallen?«

Dany sagte: »Stupsi, du bist betrunken.«

Sie sagte: »Morgen früh geht's in den Thüringer Wald. Schade, daß du nicht mitkommst. Man kann's auch übertreiben mit dem Familienleben ...«

»Mach's gut, Stupsi«, sagte er.

»Na, dann bis dieses Jahr«, sagte sie.

»Sie ist nicht zu bremsen, wenn sie einen in der Krone hat«, sagte er in entschuldigendem Ton zu mir.

»Na, wenn nicht mal Jens sie ausstehen kann«, sagte ich arglos.

Er biß an. »Wer behauptet das denn?«

»Simona.«

Er schüttelte mit mißbilligendem Gesichtsausdruck den Kopf. »Eigentlich ist Stupsi sehr nett – und eine ausgezeichnete Fotografin.«

Und sie verstand was von Parfüm.

Ein paar Tage später kam die Postkarte. Es war eine Luftaufnahme von einer Wildfütterungsstelle im Thüringer Wald. Der Text lautete:

> »Liebster Daniel, wir laufen täglich lange lang und erhaschen köstliche Motive (b. w.). Gestern ist meine Gegenlichtblende in eine Schneewehe gefallen. Jetzt sehe ich alt aus. Wenn du hier wärst, wäre das nicht passiert.
> Eisige Grüße und eine kalte Nase.
> Stupsi!
> P. S. Denk an M.s Fete am 4. 2.!«

Ich kreuzte mir den 4. 2. in dem Impf- und Vorsorgekalender über Lottchens Wickeltisch an. Es war ein Sonntag. Normalerweise war Dany sonntags nicht in Leipzig.

Ich verstand nicht.

»Abteilung Frauenforschung und Gender Studies«, wiederholte die Stimme am anderen Ende der Leitung. Ich hielt den Hörer in der einen und eine von grünlicher Flüssigkeit getränkte Pampers in der anderen Hand, während Lotta P. lebensgefährliche drei Meter entfernt auf meinem Schreibtisch strampelte. Sie hatte Durchfall.

»Und was habe ich damit zu tun?« fragte ich pampig.

»Sie haben sich für das Oberseminar ›Diskurse weiblicher Kreativität‹ bei Frau Professor Dr. Bovari angemeldet. Sie stehen mit dem Projekt ›Motherhood and Poetry: Anne Sexton and Sylvia Plath‹ auf der Liste. Wann wollen Sie referieren?«

»Moment«, sagte ich und legte den Hörer aus der Hand. Ich nahm die Wickelunterlage vom Schreibtisch, legte sie auf die Dielen und packte Lotta P. drauf. An ihrem Hintern klebte der wäßrige, grüne Stuhl. Er roch ekelhaft süß. Es war eine Art Epidemie. Die ganze Praxis in der Drechselerstraße roch so. Neben dem Rotz hatte ich jetzt auch noch die Scheiße meiner Tochter im Kopf. Frau Bovari hatte ich darüber ganz vergessen. Aber da Regula mich vorsorglich für das Seminar angemeldet hatte, war es ja nicht so schlimm.

»Das Referat ist noch nicht fertig«, sagte ich in die Sprechmuschel und musterte meinen Schreibtisch, auf dem noch eine Flasche Olivenöl und eine Rolle Klopapier standen.

»Das Seminar geht vom 9. April bis zum 18. Juli«, antwortete die Assisstentin. »Sie können einen Termin in der zweiten Hälfte wählen.«

»11. Juli!«

»Lassen Sie uns Ihre Literaturliste bis zum 31. 03. zukommen. Wenn Sie nicht am Institut sind, können Sie sie per Post zu meinen Händen schicken.« Sie hieß Hella Brunst.

Lotta P. hatte angefangen, auf der Matte zu zetern. Ihr Popo war kalt und klebrig.

»Sie haben einen Säugling«, stellte Frau Brunst fest.

Ich nickte ins Telefon.

»Sie wissen bestimmt, daß Frau Professor Dr. Bovari die Anwesenheit von Kleinkindern in den Seminaren nicht toleriert.«

»Ich glaube nicht, daß Lotta P. teilnehmen will«, sagte ich trocken.

Sie atmete auf. »Ich sage das ungern, aber viele Frauen betrachten Gender Studies als akademische Krabbelstube. Wir sind jedoch Wissenschaftlerinnen. Unsere Wissenschaftlichkeit soll nicht durch kinderpflegerische Tätigkeit am Institut verwässert werden.«

»Verwässert?« Prompt hatte ich wieder den Stuhl meiner Tochter im Kopf. Sie wendete gerade all ihre Kraft auf, um sich von der klebrigen Schaumstoffunterlage langsam, aber stetig auf den Fußboden zu rollen. Bei jeder Drehung hob sie den Kopf ein paar Zentimeter und grinste zu mir rüber.

»Das Studentenwerk stellt Möglichkeiten der Kinderbetreuung zur Verfügung. Ich kann Ihnen die Telefonnummer geben.«

»Danke«, sagte ich, legte den Hörer auf und sprang zu Lotta P., die jauchzend über das blanke Parkett kugelte.

Dany nahm sich einen Tag frei, damit ich zum Einschreibetermin für das Sommersemester an die FU fahren konnte. Ich ließ die Wickeltischauflage auf dem Boden liegen und stellte die Biografien von Sylvia Plath und Anne Sexton sowie einen Essayband zu weiblicher Kreativität und Libido, der Regula gehörte, auf meinem Schreibtisch auf. Ich kam mir albern vor, aber wenn ich die Badezimmerfließen polierte, ein neues Rezept für Dattel-Sesam-Brotaufstrich ausprobierte oder mit Petti Tanjas Liebesleben diskutierte, kam ich mir auch albern vor. Lediglich wenn ich im Wartezimmer in der Drechselerstraße saß und zusammen mit Emma die Stuhlbeschaffenheit von Lotta P. und Theo verglich, kam ich mir nicht albern vor.

»Bei aller Liebe zum Kind ist Durchfall nicht das ganze Leben«, sagte Dany feierlich und überreichte mir einen entzückend ausgestatteten Band Plath-Gedichte, den er in einem Kreuzberger Antiquariat gefunden hatte. »Dann guckst du wenigstens nicht mehr so viel fern.«

Fünfter Monat

Lotta P.s Stuhlgang hatte sich wieder normalisiert. Ich knotete sie ins Tragetuch und fuhr mit der S-Bahn zum Potsdamer Platz, von wo aus ich mich durch einen Schneesturm bis zur Staatsbibliothek kämpfte. Mit dem Kind vor dem Bauch und dem Rucksack auf dem Rücken, in dem sich Ersatzwindeln, eine Thermoskanne Babynahrung, eine Krabbeldecke, eine Rassel, eine kleine Flasche Olivenöl und ein Strickjäckchen befanden, kam ich mir vor wie Mutter Courage. Ich mußte Material für die Bibliografie sichten, die Frau Brunst sich vor Seminarbeginn gewünscht hatte. Ich wartete eine halbe Stunde, bis ein Terminal frei wurde, bibliografierte zwanzig Minuten Werkinterpretationen zu Sylvia Plath, dann verlangte mein Bauchladen nach Bewegung. Ich ging in den Freihandbereich und suchte ein paar Aufsätze zu Plath heraus. Alle Leseplätze waren von überarbeitet aussehenden Studenten besetzt. Ich erinnerte mich dunkel daran, daß mich ihr Anblick vor Jahren so deprimiert hatte, daß ich zu *Belle et Triste* geflüchtet war. Sobald das Kind im Tragetuch einen winzigen Laut von sich gab, drehten sich drei oder vier hohläugige Gesichter um und starrten mich entgeistert an. Eine abgehärmte Blondine von circa 22 Jahren murmelte »Muß denn so was sein« in ihr juristisches Fachbuch. Lotta P. machte es immer mehr Spaß, in das angespannte akademische Schweigen hinein zu quäken. Ich schnappte mir ein paar Buchbestellzettel, um sie in der Cafeteria auszufüllen, wo ich Lotta P. ihre Flasche geben konnte. Vielleicht schlief sie danach. Im Gegensatz zu der unterkühlten Atmosphäre in den Lesesälen war die Luft in der Cafeteria zum Schneiden dick. Die Examenskandidaten forcierten ihr Elend mit dem exzessiven Konsum von Zigaretten. Der Nichtraucherbereich nützte gar nichts. Ich blieb keine Sekunde länger als nötig. Außerdem schlief Lotta P. nach der Flasche nicht ein, sondern betrachtete interessiert die gestikulierenden Intellektuellen. Dabei kackte sie heftig. Ich warf mir den Rucksack mit den Pampers über die Schulter und suchte die Damentoiletten der Staatsbibliothek nach einem Wickeltisch ab. Es gab keinen. Statt dessen traf ich zukünftige Kommilitoninnen mit Jean-Seberg-Frisuren und engen Pullovern, die sich die Wimpern tuschten und mich mit Solidarität heuchelndem Lächeln bedachten. Es war mir in meiner Isolationshaft glatt entgangen, daß brustbetonende Pullover in waren. Einige der Mädels trugen sogar Plateausohlen. Schließlich wickelte ich Lotta P. auf dem Garderobentisch im Foyer. Ich gab meine Buchbestellungen ab und erfuhr, daß die Bücher ab fünfzehn Uhr für mich bereit liegen würden. Unter keinen Umständen würde Lotta P. bis zum Nachmittag in der Bibliothek bleiben. Auch ich sehnte mich nach meinem Futon und einer Puddingschnecke. Kreativität und Mutterschaft ließen sich nicht mehr vereinbaren. Ich wickelte meine Tochter und mich in Tuch und Anorak und stapfte frustriert über die größte Baustelle Europas zur S-Bahn. Am nächsten Morgen fuhr Dany mit der Ente bei der Stabi vorbei und holte die Bücher.

Ich zählte die Monate an den Fingern ab: Von Februar bis Juni waren es fünf. Fünf Monate für 111 Aufsätze und 53 Bücher zum Thema weibliche Kreativität! Wenn ich von zwanzig Seiten pro Aufsatz ausging und hundert lesenswerte Seiten pro Buch veranschlagte, kam mein Taschenrechner auf 2750 Seiten. 2750 Seiten! Mein Blick fiel auf Lotta P. Sie hing in dem »Wipper«, in dem Petti ihren Henry stundenlang ruhiggestellt hatte, circa fünfzehn Zentimeter über dem Parkett. Ich hatte die Birkenfeige mit den Weihnachtskühen in die Mitte des Zimmers gerückt und den Wipper darunter geschoben. In der rechten Hand hielt Lotta P. eine hellblaue Plastikrassel, ihr momentanes Lieblingsspielzeug. Zur weiteren Unterhaltung hatte ich bunte Geschenkbänder von den Weihnachstverpackungen in die Birkenfeige gebunden, nach denen sie gelegentlich gelangweilt einen Arm ausstreckte. Länger als 25 Minuten ließ sich ein intellektuell frühreifes Baby wie Lotta P. nicht in einem blöden Wipper stilllegen. 25 Minuten! Ich griff wieder nach dem Taschenrechner:

2750 Seiten dividiert durch fünf machte 550 Seiten im Monat. Bei zwanzig Arbeitstagen im Monat kam ich auf 27,5 Seiten pro Tag, die ich auswerten und deren Ergebnisse ich zu einer forschungserweiternden These zu weiblicher Kreativität und Mutterschaft verweben mußte. Ich brauchte Zeit, um die Bücher zu beschaffen, fristgerecht in die Bibliotheken zurückzutragen oder zu verlängern. Ich mußte mir Textmarker und Schreibmaschinenpapier kaufen. An die stundenlangen Orgien in Copyshops mochte ich gar nicht denken. Wenn sie nicht zahnte, machte Lotta P. am Vormittag und am Nachmittag je ein Nikkerchen von 1½ Stunden. Erneuter Durchfall und Fieber hatten mich vor zwei Tagen in die Drechselerstraße getrieben. Bereits im Wartezimmer hatte mir Emma die weiße Zahnkante gezeigt, die sich durch Lotta P.s roten, geschwollenen Gaumen schob. Die Ärztin hatte die Diagnose lächelnd bestätigt. Es ging alles seinen naturgewollten Gang, der durch mütterliche Pflege und Zuwendung zu unterstützen war. »Das haben wir ja so gewollt, oder?« sagte Emma mit mattem Lächeln. Sie tat mir leid. Fast täglich war sie in der Drechselerstraße anzutreffen, weil Theo am ganzen Körper unter mysteriösen Hautausschlägen litt. Ich konnte es ihr nicht verübeln, wenn sie nicht mehr wußte, was sie jemals gewollt hatte. Leider hatte ich nicht Emmas Madonnenmentalität. Als ich Petti wegen der Zahnerei um Rat gefragt hatte, hatte sie geantwortet, daß sie Henrys Zähne eigentlich erst bemerkt hätte, als er in seine erste Stulle biß. Aber Lotta P. mußte ein Drama daraus machen! Sie riß an einem Stück silbernem Kringelband und lachte fröhlich zu mir rüber, den Mund voll schmerzlinderndem Gel, das nach Himbeere schmeckte. Ich hatte bei meiner Rechnung die Gedichte vergessen. Ich mußte mir natürlich die Lyrik meiner Untersuchungsobjekte zu Gemüte führen. Ich hatte keinen Draht zu Poesie. Wahrscheinlich hatte Regula mich vor vier Jahren zu dem Thema überredet. Sie selbst hatte damals eine tolle Magisterarbeit über erotische Lyrik geschrieben. Ich rückte mein Konzept zurecht und grabbelte nach einem Kugelschreiber. Im selben Moment gurgelte Lotta P. unzufrieden los, und das Telefon schrillte. So mußte es sein! Wütend nahm ich den Hörer ab. Es war Hanna. Sie sagte, sie sei in ihrem neu angemieteten Laden in der Rasputinstraße 11. Ich solle alles stehen- und liegenlassen und sofort vorbei kommen.

Die Nr. 11 lag neben dem *Friseur fürs Leben.* Die kleinen, verschneiten Vorgärten grenzten aneinander. Im Schaufenster des Friseurs wünschte ein Styroporschneemann mit wallenden, blonden Locken unter dem Zylinder »all unseren Kunden ein erfolgreiches neues Jahr voll Glück und *Haar*monie«. Pumuckl war wirklich originell. Ich öffnete die Ladentür einen Spalt und linste hinein, leer wie meistens.

Nebenan stand die Tür sperrangelweit offen. Stimmengewirr drang nach draußen. Ich erkannte Ede, der Milena im Tragetuch vor dem Bauch hatte, Hanna, eine junge Frau mit aufgetürmten, blonden Locken und wildem Make-up, eine ältere Frau im Wintermantel und Pumuckl, der eine Sektflasche schwang. Alle hielten Pappbecher in der Hand.

»Benjamin Blümchen, Biene Maja, Barbie, die Sendung mit der Maus!« rief die Blonde.

»Schneewittchen, Tausendschönchen«, rief die ältere Frau.

»Captain Kirk«, sagte Ede.

»Hey, Joe«, schrie Hanna, flog auf Lotta P. und mich zu und umarmte uns stürmisch. »Wir suchen einen Namen für meinen Laden.«

»Rotkäppchen«, sagte Pumuckl grinsend und drückte mir einen Pappbecher in die Hand, in den er den Sekt sprudeln ließ. Eine von fünf Flaschen für besondere Anlässe, die er stets im Kühlschrank in seinem Salon stehen hatte. Die Blonde war seine neue Friseuse, Carmen, und die ältere Dame eine Dauerwellenkundin.

»Wir freuen uns über jedes neue Gewerbe, das in der Rasputinstraße Fuß faßt«, erklärte sie und schüttelte Hanna feierlich die Hand, bevor sie zur Erneuerung ihrer Frisur mit Carmen nach nebenan verschwand. Jetzt erkannte ich sie. Es war die Inhaberin der Puddingschneckenbäckerei.

Während Ede und Pumuckl den Kachelofen im Verkaufsraum inspizierten, führte Hanna mich durch die Räume. Der Laden erstreckte sich über die gesamte Breite der Wohnung. Zwei Türen führten in den hinteren Bereich. Durch die linke erreichte man einen schlauchartigen Raum zum Hinterhof, in dem Hanna die Kinderwagen Spalier stehen lassen wollte. Durch die rechte gelangte man in einen geräumigen Flur, von dem Küche und Bad abgingen. Beides sah verwahrlost aus. Die Zimmer waren mit grauen Teppichfliesen ausgelegt. An den Wänden wellte sich eine beigefarbene Strukturtapete. Ich fror, aber Hanna war vor Begeisterung nicht zu bremsen.

»Das kommt raus.« Sie stieß mit der Fußspitze an eine lose Teppichfliese. »Ich will abgezogene Dielen. Vorne werden die Wände gelb, hinten rosa. Die Fensterrahmen und die Türen müssen lackiert werden, in die Nische neben dem Ofen kommt eine kleine Umkleidekabine und ein Spiegel, vorne ans Fenster die Spielecke, der Kaffeetisch nach hinten, von da aus sehe ich die Ladentür ...«

Sie zerrte mich nach draußen und deutete auf das Stück gräulichen Schnee vor dem Fenster. »Hier kommt ein Buddelkasten hin und daneben eine Rutsche ...«

»Da können die Kleinen toben, während ich die Mütter style«, sagte Pumuckl hinter uns. Er grinste von einem Ohr zum anderen. »Ich hänge ein Schild ins Schaufenster, auf dem steht: ›Die Mode zu unseren Frisuren finden sie nebenan.‹ Wir beleben den Kiez.«

»Unbedingt!« rief Hanna. »Im Sommer organisieren wir ein Straßenfest.«

»Mit Schaufrisieren«, rief Pumuckl. »Carmen könnte die schnelle Maniküre für die Mutter und Hausfrau anbieten, gegen Vorlage von drei Kassenbons von dir mit einem kleinen Rabatt.« Er zwinkerte in meine Richtung. »Für Stammkundinnen gratis.«

Schnell ließ ich meine Hände in den Anoraktaschen verschwinden. Lotta P. fing an, leise vor sich hin zu greinen. Das Jungunternehmertum ließ sie kalt. Es wurde Zeit für das Mittagsfläschchen. Auch Milena revoltierte. Ede, der mit ascheverschmiertem Gesicht aus dem Ofenloch gekrochen kam, schlug vor, ins *Il Ponte* zu fahren, einer Pizzeria in der Schönhauser, die einen preiswerten Mittagstisch anbot.

»Ihr seid meine Gäste«, rief Hanna enthusiastisch. »Ich kann das von der Steuer absetzen.«

»Das muß man ausnützen«, stimmte der Friseur zu.

»Vielleicht fällt uns beim Grappa ein Name ein«, seufzte Hanna, während sie die Ladentür verriegelte. »Ich habe nämlich schon einen Termin beim Grafiker wegen der Visitenkarten und dem Ladenschild.« Sie und Ede liefen auf den Trabbi zu, den sie vor dem Laden geparkt hatten. Pumuckl rannte in sein Geschäft, um sich von Carmen zu verabschieden. Ich stand im Schneematsch und kam mir überflüssig vor. Lotta P. jammerte etwas lauter. Ich konnte nicht ohne Flasche in die Pizzeria fahren. Hanna würde sich nie daran gewöhnen, daß nicht jede Mutter ihr privates Milchgeschäft mit sich herumtrug. Also nach Hause. Ich setzte mich in einen Trab mittlerer Geschwindigkeit, der für Lotta P. gerade noch zu verantworten war. Hanna und Ede fuhren an mir vorbei. Hanna gestikulierte wild, während sie auf Ede einredete. Sie sahen mich nicht. Ein zweiter Trabbi hielt mit quietschenden Reifen. Pumuckl streckte seinen roten Kopf heraus.

»Kommst du nicht mit?«

»Lotta P. braucht eine Flasche.«

Er stieß die Tür zum Beifahrersitz auf. »Steigt ein. Wir füttern die Kleine und fahren dann zusammen zum *Il Ponte*.«

Ich erlaubte Pumuckl, Lotta P. die Flasche zu geben. Unter der Jacke trug er heute ein T-Shirt mit der Warnung: »Achtung haarig«. Lotta P. betrachtete aufmerksam seinen roten Schopf, während sie ruhig und gleichmäßig schluckte.

»Deine Augen hat sie nicht«, sagte er. »Sie sind aber auch sehr hübsch.« Danach beobachtete er interessiert, wie ich Lotta P. wickelte und ihren wunden Gaumen mit dem schmerzlindernden Gel massierte. Wir legten sie in die Babyautoschale, in der sie im Restaurant ihr Schläfchen halten konnte. Als wir im *Il Ponte* ankamen, war von Hanna, Milena und Ede keine Spur. Wir fragten den freundlichen Kellner nach einem Paar mit einem Baby, aber offensichtlich waren sie gar nicht dagewesen.

»Existenzgründer sind immer etwas hektisch«, sagte Pumuckl gleichmütig. »Wir stecken Hanna die Rechnung einfach in den Briefkasten.«

Ich bestellte eine Quattro Stagioni, ohne einen Blick in die Karte zu werfen, und er eine Pizza nach Art des Hauses, die sich zu meinem Entsetzen als ein dicker mit Frühstücksspeck und Spiegelei belegter Teigfladen herausstellte. »Köstlich«, sagte er und blickte verzückt in das feucht schimmernde Spiegeleiauge. Das Spiegeleiauge trennte uns fürs Leben. Beim Grappa fiel mir dann der Name ein.

»Rasputinchen!«

»Klasse! Ich heiße übrigens Marian«, sagte Pumuckl.

Samstag, den 3. Februar, verbrachte Dany bei *Rasputinchen*, wo er zusammen mit Ede die Teppichfliesen rausriß und die Dielen abschliff. Lotta P.s untere Schneidezähne hatten den Durchbruch geschafft, was ihr breites Lächeln unbeschreiblich hübsch machte. Sie war sanft wie ein Lämmchen und ruhte sich von den Strapazen der vergangenen Woche aus. Dabei brachte sie es auf zwei Schlafphasen von je zwei Stunden, die ich auf die Lektüre von drei Aufsätzen von insgesamt 48 Seiten verwandte. Alle drei Aufsätze kamen zu dem Ergebnis, daß Mutterschaft die weibliche Kreativität unterminiere, weil die Mutter so umfassend in mütterliche und hausfrauliche Tätigkeiten eingebunden sei, daß ihre künstlerische Ader sich zwangsläufig in der Dekoration des Kinderzimmers und der Weihnachtsplätzchen erschöpfe. Ich notierte das Ergebnis auf einer Karteikarte und machte mich an die Zubereitung einer Familienpizza, deren Belag ich durch Bobbyböhnchen aus der Dose und Thunfisch kreativ ergänzte. Der Hefeteig ging fabelhaft.

»Übrigens,« sagte Dany, »ich habe in dieser Woche den Leipzigdienst mit Jens getauscht.«

Ich blickte ihn mit weit aufgerissenen, unschuldsvoll fragenden Augen an.

»Ich bin ausnahmsweise am Montag und Dienstag dort. Jens kann erst am Mittwoch.«

»Ach so«, sagte ich gleichmütig und offerierte ihm fürsorglich einen Nachschlag aus der gemischten Salatschüssel. Der Mann brauchte Vitamine. Geschickt manövrierte ich ein in Knoblauch eingelegtes Olivchen auf das oberste Salatblatt.

»Am besten fahre ich schon morgen Abend runter«, sagte Dany, »bei den Witterungsverhältnissen.«

Laut Lotta P.s Impfkalender war morgen der 4. Februar, der Tag an dem in Leipzig eine Fete von einem gewissen M. stattfand.

»Ganz schön schräg, grüne Bohnen auf einer Pizza«, sagte Dany.

Am Montag, den 5. Februar traf ich mich mit Hanna, um die Fortschritte der Renovierung von *Rasputinchen* zu begutachten. Der Anblick der Baustelle war deprimierend. Ich konnte mir nicht vorstellen, daß sie im März eröffnen würde. Aber Hanna war voller Optimismus. Nachdem wir mit unseren Töchtern vor dem Bauch eine Stunde durch Staub und Asche gewandelt waren, gingen wir zum Aufwärmen ins Hinterzimmer vom *Friseur fürs Leben.* Es diente als Lager für Shampoo und anschweißbare Haarteile und als Pausenraum. In der winzigen Küchenzeile stand meine alte Mikrowelle, in der Marian und Carmen sich ihre Mittagssnacks aufbuken. Daneben rotierte die Waschmaschine mit den knallbunten Handtüchern. Aus dem Salon drangen süße Operettenklänge herüber. Marian und Carmen nutzten den Montag, an dem die meisten Kollegen geschlossen hatten, für ein Dauerwellensonderangebot für Senioren. Ab neun Uhr gaben sich Kundinnen zwischen 60 und 85 die Klinke in die Hand. Marian und Carmen hatten kaum Zeit, sich die Kehle anzufeuchten. Lotta P. und Milena lagen auf einem Stapel bunter Handtücher auf der Erde und schliefen. Beide zahnten schon wieder. Lotta P. hatte sich ihre blaue Plastikrassel zwischen die Kiefer geklemmt, und Milena saugte im Schlaf heftig an ihrem Schnuller, die kleine Stirn in grimmige Falten gelegt.

»Ich verstehe nicht, warum du dich so aufregst,« sagte Hanna, nahm die Sektflasche, die auf dem Klapptisch zwischen uns stand, und füllte die Gläser nach. »Dany hat mit seinem Kollegen den Dienst getauscht. Na und?«

»Er ist schon gestern abend gefahren.«

Hanna zuckte mit den Schultern. »Bei den Witterungsverhältnissen nur vernünftig, wenn er morgens einen Termin hat.«

Vernünftig? Dany war am Sonntag gegen achtzehn Uhr in

einem wahren Schneesturm losgefahren. Gegen neun hatte ich bei Bernadette angerufen, um mich zu erkundigen, ob er angekommen war, aber der Anrufbeantworter war dran. Am Montagmorgen um halb acht hatte ich es noch mal probiert. Wenn er um neun einen Termin hatte, war halb acht die beste Zeit, um aufzustehen. Immer noch die verflixte Maschine!

Hanna zuckte wieder mit den Schultern. »Kein Mensch schaltet seinen Anrufbeantworter ab, wenn er nach einem feuchtfröhlichen Abend nach Hause kommt.«

»Eben«, sagte ich böse.

Sie seufzte und brach ein Stück von einer Puddingschnecke ab, die auf dem Gebäckteller lag. Die Bäckerin nebenan spendierte regelmäßig eine Tüte mit Gebäck vom Vortag und empfahl den *Friseur fürs Leben* all ihren Stammkunden. Ich drehte angewidert den Kopf weg, als Hanna mir den Teller unter die Nase hielt. Der Appetit auf Puddingschnecken war mir für den Rest meines Lebens vergangen.

»Natürlich ist es nicht nett, wenn Dany Arbeit vortäuscht und auf eine Fete geht«, gab Hanna zu. »Aber du hast keine Beweise dafür, daß er wirklich auf der Fete war. Und wenn, dann war sie wahrscheinlich total harmlos. Warum hast du denn nicht danach gefragt?«

»Ich habe erwartet, daß er es von sich aus erzählt. Bin ich etwa die eifersüchtige Ehefrau?«

»Sieht so aus«, rief Hanna ziemlich laut, da die Waschmaschine gerade den Schleudergang eingelegt hatte.

Ich biß mir auf die Lippe. Sie würde die Dinge anders sehen, wenn Ede jede Woche in einer Wohnung mit Stupsi nächtigte. Die Karte aus dem Thüringer Wald sprach Bände, ganz im Gegensatz zu Dany, der seit Weihnachten das Deckmäntelchen des Schweigens über alle Leipziger Affären gebreitet hatte. »Harmlos« fing es immer an. Fachgespräche unter Fotografen in einer Wohnung konnten am Frühstückstisch, unter der Dusche oder auf der Bettkante stattfinden …

»Also wenn du mich fragst …«, sagte Hanna und hielt ihr Sektglas umklammert, das durch die heftige Rotation der Waschmaschine auf der glatten Tischplatte in Bewegung geraten war,

»... so ist Dany der Inbegriff des liebenden Ehemanns und Vaters. Letzten Samstag hat er beim Arbeiten die ganze Zeit von Lottchen geschwärmt. Er vergöttert sie ...«

»Sie schon«, sagte ich.

Hanna brach in schallendes Gelächter aus. Als der Waschgang beendet war, erwiesen wir Marian und Carmen noch den nachbarschaftlichen Freundschaftsdienst, die Handtücher in den Trockner zu werfen, dann gingen wir nach vorne. Marian toupierte gerade die zartviolett gefärbten Haarsträhnen einer Fünfundachtzigjährigen in Helmform. Aus den Boxen knallte »Die Fledermaus«. Die Kundin sang mit. Marian winkte uns zu und rief: »Also um acht am Kino Nord. Ich besorge die Karten.«

Ich winkte zurück und zog die Ladentür hinter uns ins Schloß.

»Was wollt ihr euch denn ansehen?« fragte Hanna.

»Irgendeinen Berlinale-Hit. Ich habe seit Lotta P.s Geburt kein Kino mehr von innen gesehen.«

»Herzliches Beileid«, sagte Hanna trocken. »Sag Bescheid, wenn der Film sich lohnt. Vielleicht gehen Ede und ich auch rein.«

Kurz vor acht brachte ich Petti das Funkbabyphon und schlich mich aus dem Haus. Obwohl Lotta P. seit einem Monat durchschlief, mußte ich jede Viertelstunde an sie denken. Der Film lohnte sich trotzdem.

In der Woche darauf, es war Mittwochvormittag, klingelte Petti Sturm, um sich die Flasche Glasreiniger zurückholen, die wir uns kurz vor Weihnachten bei ihr geborgt hatten. Ich hatte mich gerade in eine Biografie über Sylvia Plath vertieft, die im Gegensatz zu den Aufsätzen richtig spannend war. Lotta P. schlief seit zwanzig Minuten. In spätestens 70 Minuten würde sie wieder aufwachen. Ich murmelte unwirsch, ich müsse den Glasreiniger erst suchen und ließ Petti in der offenen Wohnungstür stehen. Petti schloß sie hinter sich und ging schnurstracks in das unaufgeräumte Wohnzimmer. Der Glasreiniger war weder unter der Spüle noch im Kühlschrank. Er stand nicht auf Danys Teedosenbord, und er befand sich nicht in dem Sammelsurium von Haushaltsgiften in der Nische zwischen Klo und Badewanne. Ich kramte vier Mark aus dem Portemonnaie, die ich Petti mit der Bitte, sich eine neue Flasche zu kaufen, in die Hand drücken wollte. Als ich ins Wohnzimmer trat, saß sie mit angezogenen Knien auf dem Futon und weinte. Ich hoffte, daß es nicht wegen des Glasreinigers war. Vorsichtig legte ich einen Arm um ihre Schultern. Prompt fiel sie mir an die Brust. Also klappte ich mein Buch zu und ging in die Küche, um meiner Nachbarin eine schöne, starke Tasse Kaffee zu machen.

»Ist es wegen Henry?« tippte ich, als ich die zwei Tassen Boiler-Brüh-Kaffee auf einem Zeitschriftenstapel neben dem Futon abstellte. Aber mit Henry war alles in Ordnung. Petti hatte Streit mit »ihm«. Seit Weihnachten hatte Enrico, der auf dem Bau arbeitete, »Schlechtwetter«. Er verbrachte die Tage auf dem Sofa, zappte durch die Kabelprogramme, blätterte in Autozeitungen und nervte Petti. Mittags fuhr er meistens zu seiner Mutter zum Essen, damit Petti, die es ohnehin nicht so gut konnte wie die Mutter, nicht kochen mußte, denn Henry aß ja im Kindergarten. Auf diese Weise um einen wichtigen Teil ihrer Hausfrauen- und Mutterrolle gebracht, war Petti auf die Idee gekommen, arbeiten zu gehen. Sie war Serviererin von Beruf.

»Ich will ja bloß Teilzeit in einem Café oder so«, sagte sie und nippte vorsichtig an meinem krümeligen Boilerkaffee. »Bißchen eigenes Geld verdienen, verstehst du? Was wir in den letzten beiden Jahren gespart haben, geht alles für den Japaner drauf ...«

»Dann könntest du dir die Mikrowelle kaufen.«

Petti musterte mich mißtrauisch. »Nicht unbedingt«, sagte sie langsam. »Ich würde gern mal mit Henry in Urlaub fliegen. Es muß ja nicht immer Ostsee sein. Außerdem *will* ich arbeiten. Wird einfach Zeit, daß ich wieder unter Leute komme.«

Das Problem war, daß Enrico nicht wollte.

»Das haben wir doch nicht nötig. Kümmere dich lieber um Henry und achte auf die Sonderangebote, als Serviererin verdient man doch nichts«, äffte Petti ihren Partner nach.

»Der spinnt«, sagte ich.

»Und wie«, sagte Petti.

»Du bist volljährig«, bestärkte ich sie. »Stell ihn vor vollendete Tatsachen!«

Ein Strahlen erhellte das kleine, verheulte Gesicht.

»Ich habe gehofft, daß du das sagst!« rief sie. »Ich habe nämlich von dir und Daniel gelernt. Ich finde es toll, wie ihr den Haushalt und das Kind aufteilt und jeder seine eigenen Sachen macht. Daniel arbeitet, und du studierst. Das ist Gleichberechtigung. So will ich das auch.«

»Denn man tau!« rief ich.

»Es wird einen furchtbaren Krach geben«, seufzte sie.

Ich fuhr ihr mit den Fingern durch die verstrubbelte Dauerwelle und sagte, ganz die erfahrene, emanzipierte Frau: »Quatsch! Nach einer kleinen Schmollphase wird er es akzeptieren und auch mal selber das Klo putzen.«

»Das wohl kaum«, sagte Petti und stellte ihre leere Tasse auf den Zeitschriftenstapel zurück, »aber vielleicht ab und zu die Spülmaschine ausräumen.«

Durch die hauswirtschaftliche Wendung, die das Gespräch genommen hatte, fiel ihr tatsächlich wieder der Glasreiniger ein. Die vier Mark wollte sie nicht. »Als Dany den kurz vor Weihnachten ausgeliehen hat, war er so gut wie voll. Den könnt ihr nicht aufgebraucht haben.«

Gemeinsam starteten wir eine neue Suchaktion. Küche, Schlafzimmer, Bad. Schließlich öffnete sie die Tür zu dem halben Zimmer, das Dany sich als Labor eingerichtet hatte und in dem sich bei ihr in der Wohnung der Abstellraum befand.

»Faß bloß nichts an,« warnte ich. »Das ist Danys Dunkelkammer.«

Im selben Moment entdeckten wir beide die hellblaue Flasche auf dem Regal über dem Schneidetisch. Triumphierend reckte Petti ihren Arm in die Höhe, um die Flasche herunterzunehmen. Dabei stieß sie eine graue Pappmappe an, die unpraktischerweise dort oben an der Wand lehnte. Ein Dutzend Fotografien fielen im Flug aus der Mappe und breiteten sich fächerförmig auf dem Fußboden aus.

»Mist«, rief Petti und kniete nieder, um die Fotos einzusammeln. Sie betrachtete eines, lief rosa an bis zu den Ohren und klaubte dann die anderen mit seitwärts gewandtem Blick hastig zusammen. Ich nahm ihr die Mappe aus der Hand und blätterte die Bilder durch. Ich interessierte mich nicht für Danys Fotografien. Außer den Aufnahmen von Lotta P. war es langweiliges Zeug, das er für die Agentur machte. Diese Bilder waren nicht langweilig. Es handelte sich weder um Gartenmöbel, noch um Joghurtdummies oder Nahaufnahmen von Doppel-T-Trägern auf einem Leipziger Industriegelände. Es handelte sich auch nicht um Modefotografie. Das konnte man am wenigsten behaupten.

»Ich glaube, ich geh jetzt besser«, hauchte Petti, drückte die Flasche mit dem Glasreiniger an ihre Brust und huschte hinaus.

Circa eine halbe Stunde lang gab ich mich der psychischen und physischen Lähmung hin. Dann rappelte ich mich zusammen, ging zum Telefon und wählte die Nummer des *Friseurs fürs Leben*. Ich buchte einen Termin für eine Kopfmassage am Nachmittag.

Sechster Monat

Ende Februar setzte Tauwetter ein. Die Sonne zeigte sich wieder. Überall tropfte Wasser von den Dächern und floß in gewundenen Rinnsalen über die Gehsteige. Hanna steckte in fieberhaften Vorbereitungen für die Eröffnung von *Rasputinchen*. Ich half ihr jeden Nachmittag. Während die Kinder in zwei Secondhand-Babyautoschalen nebeneinander vor sich hin zahnten, beschrifteten wir Hunderte von Preisetiketten und pappten sie an winzige Hemdchen, Höschen, Blüschen und Spielzeuge. Es dauerte mehrere Tage, die Sachen in Regale zu sortieren oder über winzige Bügel zu zerren und an die Kleiderstangen zu hängen. Hannas Grafiker hatte Einladungszettel für den Eröffnungstag entworfen, die wir auf langen Spaziergängen in der Frühlingssonne an Ampelpfeiler und Telefonzellen pappten. Wir legten ganze Stapel davon in Arztpraxen, Kiosken und Supermärkten aus. Ich schickte eine Einladung per Post an Iris und forderte sie auf, mit der ganzen Krabbelgruppe zu kommen. Weitere Einladungen verteilte ich an Petti und Tanja und natürlich Emma, die ich regelmäßig in der Drechselerstraße traf. Wir hatten die Kinderwagensache begraben und uns angefreundet. Emma war sich ziemlich sicher, mir damals die richtige Telefonnummer gegeben zu haben, aber inzwischen hatte sie die alte Zeitung weggeschmissen und konnte es nicht mehr nachprüfen. Es war nicht so wichtig.

Am neunten März, dem Eröffnungssamstag, strahlte die Sonne wie im Frühling. Ich setzte Lotta P. anstelle der hanseatischen Samthaube eine leuchtendgelbe Baumwollmütze auf, bevor wir uns auf den Weg zu *Rasputinchen* machten. Ich hatte Lotta P. im Tragetuch. Dany war mit Kamerataschen und Stativ behängt. »Wow«, sagte er, als wir den Laden betraten. Die sonnengelben Wände und die abgezogenen Dielen strahlten mit dem Frühlingshimmel um die Wette. Die Decke hatte Hanna in einem zarten

Hellblau streichen lassen, auf dem sich weiße Schäfchenwolken tummelten. Als Lampenschirme dienten Papierlampions, die Sonnen, Monde und exotische Vögel darstellten. An den Regalen zogen sich bunte Girlanden entlang. Auf Hannas Kaffeetisch standen Schüsseln mit Keksen. Daneben war eine Saftbar aufgebaut. Die Attraktion des Eröffnungsfestes war ein Schminktisch, der von Carmen betreut wurde. Gegen eine kleine Spende machte Dany ein Polaroidfoto von der Maske, das auf der Rückseite mit einem winzigen Geschäftsaufkleber von *Rasputinchen* versehen wurde. Hanna flatterte nervös von einer potentiellen Kundin zur nächsten, erklärte mit verkrampftem Lächeln, wie die Größen in den Regalen angeordnet waren, und tätschelte den zur Saftbar schielenden Kindern die Köpfe. Ich konnte aus fünf Metern Entfernung sehen, daß sie ihr Berufsoutfit, ein grasgrünes Sweatshirt unter einer violetten Latzhose, schon durchgeschwitzt hatte. Als sie mich entdeckte, zerrte sie mich sofort zur Registrierkasse, mit der sie immer noch nicht klar kam. Gegen zwölf kamen Emma und Theo und Petti und Tanja mit Henry und Dennis. Emma spendierte Theo ein Quietschtier und suchte ein ganzes Dutzend kleiner T-Shirts aus den Regalen. Dann leistete sie mir an der Kasse Gesellschaft. Petti und Tanja schoben sich etwas linkisch von Regal zu Regal und befahlen ihren Söhnen mit schrillen Stimmen, bloß nichts anzufassen. Nach ein paar Minuten kam Petti mit einer fast neu aussehenden Jeanslatzhose zu mir.

»Das Blöde ist, daß man nicht weiß, wer die schon alles angehabt hat«, sagte sie in zweifelndem Ton.

»Die ist so gut wie neu, und das für neun Mark fünfzig!« rief ich.

»Ein komisches Gefühl hab ich schon.«

»Guck mal, was ich alles gekauft habe«, mischte Emma sich ein und zog den T-Shirtstapel aus ihrer Leinentasche. »Der Vorteil von gebrauchter Kleidung ist, daß die Chemie rausgewaschen ist. In neuer Kleidung ist jede Menge Chemie, die die Haut der Kinder belastet. Außerdem kannst du bei einem gebrauchten Kleidungsstück die Qualität besser beurteilen als bei einem ladenneuen«, dozierte sie.

Petti war überzeugt, und Hanna goß uns mit glücklichem Gesicht Sekt in Pappbecher. »Diese Hose ist eines meiner schönsten Stücke«, versicherte sie Petti, und Dany machte eine Aufnahme von der Transaktion. Ich sah mich nach Tanja um. Sie war verschwunden.

Als die Schöneberger Krabbelrunde eintraf, kam endlich Leben in die Bude. Iris war ohne Kinder gekommen. Michelle hatte ihren Lucca in einer Rückentrage, und Mareike hatte ihren sechsjährigen Sohn Florian und einen Kinderwagen mit Oskar dabei. Soziologie-Bibiana hatten sie zu Hause gelassen. Die Schönebergerinnen parkten Oskar an der Kasse und stürzten sich auf die Regale, die sie mit Kennermiene inspizierten. Systematisch wurden Kleidungsstücke hervorgezogen, auseinander geschüttelt, genau betrachtet, nach Etiketten abgesucht, kopfschüttelnd zurückgelegt oder in die Armbeuge gehängt. »Müßte Lucca stehen.« »Nächstes Jahr für Oskarchen genau richtig.« Die Kleiderbündel in den Armbeugen animierten die schüchternen einheimischen Kundinnen.

»Jippie«, flüsterte Hanna mir zu und drehte ihre Runde mit der Sektflasche.

Iris kam zur Kasse und legte ihr Bündel ab. Sie trug einen Mantel in einem zarten Grün, das die auberginefarbene Tönung ihres Pagenkopfes und das Frühlingserwachen in der Luft betonte. Wie immer konnte man sich überhaupt nicht vorstellen, daß sie Mutter von drei Kindern war! Ich machte sie mit Emma und Petti bekannt. Während Emma sie kritisch von Kopf bis Fuß musterte, starrte Petti sie mit unverholener Bewunderung an. Lächelnd reichte Iris mir einen Hundertmarkschein und meinte: »Behalt den Rest. Das ist wirklich ein entzückendes Lädchen. Scheint dir mehr zu liegen als Bücher!«

Ich kam nicht dazu, ihr zu erklären, daß meine Kassiererinnentätigkeit ein reiner Freundschaftsdienst war, weil Dany sich zwischen uns schob und galant fragte: »Darf ich ein Erinnerungsfoto von den Damen machen?«

Inzwischen gab es in dem Laden außer mir und Lotta P. keine Person, die er nicht mindestens einmal abgelichtet hatte. Iris nahm Oskar, der vor sich hingreinte, aus dem Wagen und posierte mit Baby vor dem Regal mit den Plüschtieren. Dann kam Michelle und posierte mit Lucca an der Saftbar, und Florian, dem Carmen eine Winnetoumaske verpaßt hatte, wollte eine Polaroidaufnahme, von der Mareike hell begeistert war. Sie wollte noch mehr Fotos von Flo und Oskar, die Dany ihr gegen Bezahlung zuschicken sollte. Er schüttelte den Kopf.

»Alle Bilder werden bei *Rasputinchen* ausgestellt und können hier gekauft werden«, erklärte er freundlich.

»Super Idee«, flüsterte Hanna und stupste mich mit dem Hals der Sektflasche in den Rücken, und Iris sagte laut: »Du machst das toll, Daniel. Wir suchen einen Fotografen für die *Vollen Hosen*. Wäre das nichts für dich?«

»Die meisten Kinder hassen es nämlich, fotografiert zu werden«, dröhnte Mareike mit ihrer tiefen Stimme, »weil die Fotografen kein Gespür für Kinder haben.«

»Diese Kindergartenreihenfotografien mit dem Obstkorb oder dem Plüschhasen im Vordergrund sind immer furchtbar«, stimmte Iris zu und verdrehte angewidert die Augen.

»Wir machen einen Termin«, sagte Dany, zog einen Stapel Visitenkarten, die ich noch nie gesehen hatte, aus der Tasche seiner Fotografenweste und verteilte sie an Iris, Mareike und Michelle. Ich streckte auch eine Hand aus. Auf mattem, schwarzem Karton stand in weißen Buchstaben »Daniel Krollmann, Fotografie, Berlin – Leipzig«. Darunter waren drei Telefonnummern angegeben, zwei in Berlin, eine in Leipzig. Verdammter Geheimniskrämer! Ich ließ das Kärtchen zwecks späterer Überprüfung in die Tasche meiner Jeans gleiten und begann, die Einkäufe von Mareike und Michelle in die Kasse einzugeben. Dany, Iris und Michelle vertieften sich inzwischen in ein Gespräch über Danys Arbeit in der Agentur, die Broschüren und Werbeanzeigen für Kunden aus Handel und Industrie entwarf. Natürlich brachte er wieder seine launigen Sprüche über Konservendosen und Puddingdummies an. Allerdings hätte die Industriefotografie auch durchaus künstlerische Aspekte.

»Aber das hört sich so entseelt an«, rief die zarte Michelle und malte mit ihren zarten, tadellos manikürten Mutterhänden eine Seele in die Luft. »Möchtest du nicht lieber Menschen fotografieren? Es ist doch der Traum jedes Fotografen, schöne, weibliche Körper abzubilden …«

Ich hielt den Atem an. Betretenes Schweigen lag in der Luft. Michelle wurde ein bißchen rot. »Ich meine natürlich keine Pornos oder so was …«

»Ich verstehe, was du meinst«, sagte Dany sanft. »Aber Aktfotografie interessiert mich persönlich gar nicht, mit einer einzigen Ausnahme …«, er blickte lächelnd in die andächtig lauschende Runde, »… die knapp 6 Monate alt ist.«

Verdammter Lügner, dachte ich. Alle anderen waren begeistert. Nur Petti biß mit leicht nachdenklichem Gesicht auf dem Rand ihres Sektbechers herum und warf mir einen verstohlenen Blick zu. Ich warf ihn verstohlen zurück.

Bremen, 13. 3.

Liebe Joe,

das ist ja eine schöne Bescherung! Zum Glück kann ich Deinen Brief gleich beantworten. Kai ist mit Anne bei seiner Mutter, die heute Geburtstag hat, und Jennifer schläft noch.

Es wundert mich nicht, daß Deine Ehe nicht funktioniert, wenn Du in den Schlafphasen des Babys, die jede normale Mutter dazu nutzen würde, das Badezimmer zu putzen, an Deiner Magisterarbeit schreibst! Wahrscheinlich erwartest du von Dany, daß er das Klo schrubbt, wenn er am Wochenende aus Leipzig zurückkommt, aber so funktioniert es nicht! Mutter und Ehefrau ist ein Full-time-Job. Du hast für das Kind *und* den Mann da zu sein. Nur so hältst Du die Familie zusammen. Was glaubst du, warum ich mir stundenlang Kais Bürointrigen anhöre und ihm sein Lieblingsessen (fast so gut wie seine Mutter!) koche? Weil die Gefahr besteht, daß er sich seine Streicheleinheiten woanders holt, wenn er sie nicht von mir kriegt. Die Erfahrung hast Du ja jetzt gemacht. Was diese Nacktfotos betrifft, so kann ich dazu nur sagen: Ich bin froh, daß Kai kein Fotograf ist, sondern Versicherungskaufmann. Da sind die Versuchungen nicht so vielfältig. Habe ich Dir eigentlich erzählt, daß er eine Affäre mit einer Büroaushilfe hatte, als ich mit Jennifer schwanger war? Sie haben zusammen Fahrten ins Grüne unternommen, während er angeblich Kunden besucht hat. Die blöde Kuh hat ihre Unterwäsche auf dem Rücksitz vergessen. Ich habe diese Affäre als Phase in seiner Entwicklung zum Familienvater abgehakt. Mit dem zweiten Kind war die große Freiheit vorbei. Persönliche Selbstverwirklichung ist auch nicht mehr drin, weil Geldverdienen für die Familie im Vordergrund steht. Da mußte er einfach durch.

Im Gegensatz zu Deiner Freundin Hanna würde ich Dir raten, die Fotos und diese Leipziger Tussi zu ignorieren. Als Mutter seiner Kinder kann Dir so schnell keine das Wasser reichen. Und was das Chanel betrifft: Es ist immer noch prickelnder, wenn er Dein Weihnachtsgeschenk mit seiner Geliebten aussucht als mit seiner Mutter, wie Kai es getan hat. Das Ergebnis war eine Bügelmaschine. Eigentlich wollte ich noch ein paar Takte zu der Magisterarbeit sagen. Was ist das denn für eine Schnapsidee? Gehst Du nach dem Erziehungurlaub nicht sowieso in Deine Buchhandlung zurück? Aber leider ist Jenny gerade aufgewacht, und ich muß ein Fläschchen machen. Ich hoffe, daß Du Ostern nach Bremen kommst! Es gibt viel zu erzählen. Und bring diese Fotos mit!

Alles Liebe
Bianca

New York, 13. März

Liebste Joe,

Eigentlich bin ich schon mit einem Bein in Berlin. Aber ich habe mich so über Deinen Brief gefreut, daß ich Dir sofort antworten muß. Meine gute, alte Joe hat sich verliebt! Daß ich das noch erleben darf! Steh zu Deinen Gefühlen! Liebe ist absolut. Dany gegenüber mußt Du Dich nicht rechtfertigen. Die Tatsache, daß er Vater Deines Kindes ist, steht auf einem ganz anderen Blatt. Ach, sag ihm am besten gar nichts. Er wird Dich sowieso nicht verstehen, dieser erotische Blindgänger. (Jetzt darf ich das doch sagen, oder?) Wir fliegen am Montag, und eine Abschiedsfete jagt die nächste. Elzbieta hat eine Wohnung in Berlin für uns aufgetrieben. Sobald wir einigermaßen eingerichtet sind, steigt eine riesige House-Warming-Party. Was heißt, Deine Magisterarbeit stagniert? Erstens beflügelt die Liebe, zweitens ist die Bovari eine tolle und sehr einflußreiche Frau. Also reiß Dich zusammen, Muttertier! Ich kann die Bovari auch gern zu unserer House-Warming-Party einladen, damit Du auf privater Ebene mit ihr ins Gespräch kommst.

Ah, Marcel wacht auf! Ich muß einen Cappuccino machen.

Viel Spaß bei der Liebe
Regula

Siebter Monat

»... dabei habe ich mehrmals gesagt: ›In diesem Jahr keine Eier!‹« Wütend knallte Bianca die Kaffeekanne auf den Tisch. Der Kaffee schwappte über und lief über das mit Osterhasen bedruckte Wachstuch. Bianca stürzte ins Haus, um einen Lappen zu holen. Ihre dreijährige Tochter Anne nutzte die Gelegenheit und griff nach dem Plastikspender mit Süßstoff. Sie ließ drei kleine Tabletten in ihre warme Milch fallen und grinste mich hämisch von der Seite an. Als Bianca zurück kam, legte ich Lotta P. neben mich auf die Hollywoodschaukel und hob hilfsbereit Kuchenplatte und Kaffeekanne in die Höhe. In dem Moment gab Anne der Schaukel einen Fußtritt. Sie setzte sich heftig in Bewegung. Lotta P. rollte gegen die Rückenlehne und quietschte erschreckt auf.

»Anne!« brüllte Bianca.

»Laß mal, Lotta schaukelt gern«, sagte ich freundlich. Als Bianca wieder in der Küche verschwand, um den Lappen auszuwaschen, zischte ich dem kleinen Biest zu. »Geh Dreirad fahren.«

Sie gehorchte aufs Wort.

Ich hatte nicht vor, mir von dem hinterfotzigen Gör den Osterkaffeeklatsch verderben zu lassen. Ich war in Urlaubsstimmung. Da Dany Überstunden machen mußte, war ich am Mittwoch allein mit Lotta P. im Zug nach Bremen gefahren. Abgesehen davon, daß sie darauf bestanden hatte, zwei Stunden durch den schwankenden Intercity spazieren getragen zu werden, war es eine leichte Übung gewesen. Dany würde heute, am Karfreitag, mit der Ente nachkommen. Inzwischen genoß ich die österliche Ruhe. Kai war Segeln. Baby Jennifer hielt im Dachgeschoß ihren Mittagsschlaf, und Baby Lotta-Paulina würde auch gleich hinwegdämmern. Bianca hatte den Kaffeetisch auf der Terrasse hinter ihrem Haus gedeckt. Sie und Kai hatten die Doppelhaushälfte kurz vor Annes Geburt gekauft. Sie hatte sie diverse Bausparverträge, all ihre Ersparnisse und Schulden bis ins 21. Jahrhundert gekostet. Je nach Stimmungslage kommentierte Bianca die Investition mit den Worten: »Das Haus ist unser Ruin« oder »wenigstens haben wir ein Dach über dem Kopf.« Dach war tiefgestapelt. Das Haus hatte sechs Zimmer. Oben lagen die beiden Kinderschlafzimmer und Kais Arbeitszimmer. Unten war ein repräsentatives Wohnzimmer, das selten benutzt wurde, da es hauptsächlich aus schwer zu pflegenden Oberflächen bestand. Die Sitzdelle auf dem Sofa konnte nur von der Schwiegermutter stammen. Besucher mit Kleinkindern wurden im angrenzenden Eßzimmer empfangen, das mit pflegeleichtem Linoleum ausgelegt war. In der Mitte stand ein nackter Holztisch. An die ockerfarbene Rauhfaser waren Annes Kindergartenzeichnungen gepinnt. In den Ecken standen Bügelbrett, Nähmaschine und bunte Plastikkübel mit Spielzeug. Die Küche, Biancas wahr gewordener Traum aus Eichenfurnier und Edelstahl, hatte eine verglaste Veranda, von der man auf die Terrasse und in den hinteren Garten gelangte. Die Forsythien am Zaun trugen schon erste Blüten, und der Rasen war mit Krokussen und Schneeglöckchen gesprenkelt, die Anne gerade systematisch mit dem Dreirad niedermähte. Die milde Frühlingsluft war frisch und salzig. Von solchen Nachmittagen konnte man in Berlin nur träumen.

Bianca goß endlich den Kaffee ein, sah sich kurz nach ihrer Tochter um, seufzte und ließ sich in die fröhlich gestreifen Polster ihres Gartensessels sinken, um unsere Unterhaltung fortzusetzen.

»Sie hat also zwei Dutzend Eier zum Färben bestellt, obwohl ich ausdrücklich gesagt habe: ›In diesem Jahr keine Eier, weder aus Schokolade noch echte.‹ Verstehst du das?«

»Nein«, sagte ich und nahm mir ein Stück selbstgebackenen Nußkuchen.

Das Eierthema war der letzte Akt der Dauerfehde zwischen Bianca und ihrer Schwiegermutter. Oma wollte Ostern mit Eiern, Bianca ohne. Kais Rolle in der Familienoper war vorgegeben. Bei Streß verschwand er, vorzugsweise mit ein paar Kumpeln auf seinem Boot, dem einzigen Familienluxus neben dem Haus, von dem Bianca allerdings immer weniger hatte, je mehr Kinder sie kriegte. Am Ostersonntag würde Kai wieder an Land kommen und zu seinen Eltern fahren, die zum Häschenessen nebst Eiersuchen geladen hatten.

»Ich habe ihr angeboten, über meine Food-Coop Eier vom Biohof zu bestellen. Aber ihr sind ja schon die von freilaufenden Hühnern im Supermarkt zu teuer. Meine Kinder kriegen maximal ein bis zwei Eier im Monat ...«

»Dann gib ihnen die zwei doch am Sonntag«, schlug ich vor, in der Hoffnung, das Thema beenden zu können. »Ostern ohne Eier ist doch komisch.«

Entgeistert starrte sie mich an. »Seit wann bist du denn so traditionell? Gehst du etwa auch in die Ostermesse?«

»Wieso?« fragte ich fröhlich. »Muß man da Eier essen?«

Ich testete ein Eckchen von dem Nußkuchen. Sobald man ihn in den Mund schob, zerfiel er in seine Zutaten in pulverisierter Form. Wahrscheinlich hätten ihm ein paar Eier ganz gut getan. Bianca war eingeschnappt.

»Gibst du *ihr* etwa Eier?« fragte sie mit gepreßter Stimme und deutete auf den schwarzen Schopf meiner Tochter, die auf der Hollywoodschaukel leise vor sich hin schnarchte.

Natürlich bekam Lotta P. keine Eier. Ich unternahm gerade die ersten Fütterungsversuche mit pürierten Möhren. So wie sie sich beim Schlucken anstellte, war es noch ein weiter Weg zu Eiern. Ich schüttelte den Kopf.

»Na also«, sagte Bianca empört. »Aber ich soll zusehen, wie meine Kinder mit Cholesterin belastet werden, nur weil Ostern ist. Von den Keimen und Bakterien mal ganz zu schweigen.«

»Keime und Bakterien?« fragte ich naiv.

Bianca schlug die Hände über dem Kopf zusammen und raufte sich mit allen zehn Fingern ihren praktischen, naturblonden Bob. Die Frisur stand ihr nicht. Früher hatte sie freche Kurzhaarschnitte getragen, die sie silbrig gefärbt oder mit violetten Strähnchen aufgegepeppt hatte. Inzwischen war sie eine hanseatische Naturschönheit, die ihre ausgeleierte Taille mit marinefarbenen Baumwollpullovern zu leger geschnittenen Hosen kaschierte. Sie hatte den gleichen Look wie meine Mutter. Kais Mutter sah auch so aus. Sie glichen sich wie ein Ei dem andern, diese Bremer Mütter.

»Schminkst du dich eigentlich nicht mehr?« fragte ich streitlustig.

»Zur Zeit nicht. Den Kindern ist es egal, und die Haut ist dankbar dafür«, sagte sie ohne eine Spur von Verlegenheit.

Und Kai ist zum Segeln, fügte ich in Gedanken hinzu.

»Um zum Thema zurückzukommen«, sagte sie in dem klugscheißerischen Ton, den sie immer anschlug, wenn sie zu einem Thema drei Zeitungsartikel gelesen hatte: »Es gibt freilaufende Hühner auf Biofarmen, es gibt freilaufende Hühner aus konventioneller Zucht, es gibt Hühner in Bodenhaltung, und es gibt Hühner in Käfighaltung. Nur freilaufende Hühner haben die Möglichkeit, ihre Eier in Nester zu legen, mit Sicherheit jedenfalls auf Biofarmen, wo sie darüber hinaus artgerecht ernährt werden. Alle anderen Hühner kacken auf ihre Eier …«

Angewidert legte ich den glücklicherweise eifreien Kuchen zurück.

»Ist das nicht ein Thema für Tierschützer?« fragte ich schwach.

Bianca beugte sich über den Tisch, bis ihr Gesicht dicht vor meinem war. Sie hatte keine Augenringe und entschieden weniger Falten am Mund als ich.

»Nicht, wenn meine Kinder die Scheiße fressen sollen«, schrie sie und haute mit der Faust auf den Tisch, daß die Tassen klirrten und der Nußstaub in alle Himmelsrichtungen flog. Anne sah interessiert zu uns rüber.

»Du bist echt eine engagierte Mutter«, sagte ich bewundernd, »aber …«

»Aber?« Ihre sonst kühlen, graublauen Augen funkelten fanatisch.

Ich riskierte es trotzdem: »In hart gekochen Eiern sind die Salmonellen abgetötet.«

»Binsenweisheit!« schrie sie. »Damit kommt mir Kais Alte auch immer. ›Und das Cholesterin‹, sage ich dann zu ihr. ›Ist das auch abgetötet?‹«

»Cholesterin ist auch in Bioeiern.«

»Eben«, blitzte Bianca mich an. »Deshalb gibt es auch nur

ein bis zwei Eier im Monat, aber die sind vom Biohof. Hast du es jetzt kapiert?«

»Du bist ganz schön aggressiv!«

»Gern«, donnerte sie, »denn ich bin die Mutter. Auch wenn Kais Alte das nie kapiert, die Mutter von Anne und Jennifer bin immer noch ich. Ich bestimme, welche Eier sie essen.«

»Amen«, sagte ich.

Später half ich bei der Zubereitung des Abendessens. Es sollte Gemüseauflauf geben. Ich fragte mich, warum sie kochte, wenn Kai nicht zu Hause war. Ich kochte ohnehin selten, aber mit Sicherheit nicht an den Abenden, die Dany in Leipzig verbrachte. Als ich den Korb mit den verschrumpelten Kohlrabis, Kartoffeln und Möhren sah, war es mir klar. Wahrscheinlich aß Kai so etwas nicht. Dany würde es nicht essen. Ich auch nicht.

»Ich erziehe meine Kinder zu Vollwertkost«, tönte Bianca. »Ich kriege die Sachen direkt vom Bauernhof. Letzten Herbst ging mir das chemisch behandelte Zeug im Supermarkt so auf die Nerven, daß ich eine Food-Coop gegründet habe. Inzwischen habe ich zwanzig Abnehmerinnen in der Nachbarschaft. Das senkt die Preise.« Sie reichte mir ein Messer zum Möhrenschaben.

Lotta P. und Jennifer lagen im Wintergarten in einem geräumigen Laufstall, in dem Jennifer, wenn ich meine Freundin richtig verstanden hatte, 90 Prozent ihrer Wachphasen verbrachte. Sie war pflegeleicht, ganz im Gegensatz zu Anne, die auf der Eckbank saß und ein Bilderbuch betrachtete.

»Im Mai steige ich allerdings aus bis zum Winter. Ich habe schon eine Ersatzfrau gefunden, die so lange meinen Korb nimmt.«

»Wo steigst du aus?« fragte ich verwirrt.

»Aus der Food-Coop. Im Sommer habe ich genug eigenes Gemüse.«

Sie machte mit ihrem Gummihandschuh eine Bewegung zum Garten hinaus. »Ich habe die besten Frühkartoffeln im Viertel.«

Wenn ich vor zehn Jahren meiner Freundin Bianca erzählt hätte, daß sie in zehn Jahren hinter ihrem spießigen Reihenhaus nach Frühkartoffeln buddeln würde, hätte sie sich kaputt gelacht.

Anne rutschte von der Eckbank und schlich sich zum Laufstall. Eine Sekunde später fing Jennifer, ein blondes, gutmütiges Kind, laut an zu weinen.

»Anne!«

Bianca riß Anne den Kochlöffel aus der Hand, mit dessen Stiel sie ihre Schwester in den Bauch gepiekst hatte. Sie befahl ihr, in ihr Zimmer zu verschwinden, und nahm Jennifer auf den Arm. Natürlich wollte Lotta P. auch geherzt werden. Anne warf uns einen finsteren Blick zu, dann stieg sie langsam die Treppe zum Dachgeschoß hinauf.

»So geht es dauernd«, klagte Bianca. »Vor ein paar Tagen hat sie Jennylein in den Oberschenkel gebissen.«

»Da muß man wohl verständnisvoll sein«, sagte ich zögernd.

Bianca nickte eifrig. Sie setzte die getröstete Jenny zurück in den Laufstall, drückte ihr ein Stück geschabte Mohrrübe in das dicke Händchen und griff wieder zum Kartoffelschäler. Sie erzählte, daß sie und Kai beschlossen hätten, daß Bianca den ihr zustehenden dreijährigen Erziehungsurlaub voll ausschöpfen würde. Wenn ein Kind so klein sei wie Jenny und das andere so schwierig wie Anne, mache es keinen Sinn, arbeiten zu gehen. Ganztags käme sowieso nicht in Frage, und auf einen Teilzeitjob an der Kasse hätte sie keine Lust.

»Du siehst ja, was hier los ist.« Anklagend deutete sie mit dem Küchenmesser auf die schrumpeligen Kohlrabi in der Kiste. »Außerdem bin ich dauernd mit den Kindern auf Achse. Dienstags gehen beide in die musikalische Früherziehung. Mittwochs hat Jenny Babygymnastik. Donnerstags geht Anne ins Ballett. Sollen die Kinder auf all das verzichten, damit ich mich an einer Registrierkasse selbstverwirkliche?«

Registrierkasse? Bianca war Buchhändlerin, genau wie ich. Wenn ich mich recht erinnerte, war ihr ihr Job immer sehr wichtig gewesen.

»Machst du denn auch noch was für dich, ich meine außer Handball?« fragte ich vorsichtig. Bianca spielte seit ihrer Jugend Handball. Auch Kai hatte sie vor 15 Jahren im Handballclub kennengelernt.

»Handball mache ich nicht mehr. Ich mache Yoga für Mütter am Montag, ich gehe alle zwei Wochen zum Mütterstammtisch im autonomen Kulturzentrum, ich bin Schriftführerin bei den Montessorieltern e. V. und Elternbeirat in der Kindermusikschule. Ich kann von Glück reden, wenn ich einmal im halben Jahr zum Friseur komme.«

Einmal im halben Jahr und dann so ein Stümper! Sie wußte wirklich nicht, was ihr entging.

Als wir auch den Sellerie geraspelt hatten (er mußte den Kindern in geraspelter Form untergejubelt werden), fragte sie: »Und wie läuft es inzwischen bei dir und Dany?«

Ich winkte ab. »Hat sich wieder eingerenkt.«

»Na also! Eine kleine Affäre kann doch eine gute Mutter nicht erschüttern. Quirlst du die Eiermilch für mich?«

»Die was?« fragte ich verblüfft.

»Die Eiermilch für den Auflauf. Sechs Eier auf zwei Tassen Milch.«

Lotta P. und ich verabschiedeten uns, bevor das Food-Coop-Gericht aus dem Ofen gezogen wurde. Bianca stand mit Jennylein auf dem Arm in der Haustür und winkte uns nach, als wir zur Straßenbahnhaltestelle gingen. Ich hörte etwas von oben. Im Giebelfenster lehnte Anne. Sie legte die Hände trichterförmig vor den Mund und schrie gellend: »Tschüß, du Eierloch!«

Bianca bog sich vor Lachen. »Kinder, ach Kinder«, sagte sie.

Dany kam nicht. Er hatte zum Abendessen eintreffen wollen, das in meinem Elternhaus auf achtzehn Uhr angesetzt war. Die Großmutterrolle hatte Mama in bezug auf Pünktlichkeit nachgiebiger gemacht. Bis sie Lotta P. gründlich gebadet, ihr das Abendfläschchen verabreicht und sie in dem entzückend rosa lackierten Gitterbettchen, in dem schon Marianne und ich gelegen hatten, in den Schlaf gesungen hatte, war es halb acht. Um acht erklärte mein Vater, er hätte jetzt Hunger. Punkt halb neun klatschte Mama die Schollen in das heiße Fett. Es gab ein hanseatisches Frühlingsgericht: Scholle Finkenwerder Art mit Salzkartoffeln und Feldsalat, ein Essen, das Dany begeistert gelobt hatte, als er im vergangenen Jahr Gast im Hause meiner Eltern gewesen war. Ich machte mir wie die meisten Bremer Kinder nicht viel aus Fisch. Wir hatten gerade die ersten Bissen gegessen, als das Telefon klingelte. Mama ließ ihre Gabel auf den Tellerrand fallen und sauste in den Flur. Sie rief: »Ach, du Schreck« und »das konnte man ja nicht voraussehen« und »ja, es geht ihnen beiden gut« und »na dann, bis Sonntag«. Ich wußte Bescheid.

»Stellt euch vor, mitten auf einer Kreuzung in Leipzig ist ihm das Auto stehengeblieben«, rief sie, als sie sich wieder setzte.

Wieso absolvierte er seine Überstunden auch auf einer Kreuzung in Leipzig?

»Hab ich bei der Rostbeule schon lange kommen sehen«, murmelte mein Vater mit vollem Mund. Er fuhr einen gepflegten Audi, den er jeden Samstag heiß badete.

»Morgen läßt er das Auto in der Werkstatt durchchecken. Wenn die das gleich reparieren können, fährt er am Nachmittag los. Sonst kommt er Sonntag morgen mit dem Zug.«

»Rentiert sich ja voll, wenn wir am Montag schon wieder zurück müssen«, sagte ich sauer. Ich war nicht sonderlich erpicht auf eine zweite Zugfahrt mit Lotta P. Außerdem wollte ich den Laufstall, den Mama auf dem Flohmarkt erstanden hatte, mit nach Berlin nehmen. Für meine Stunden am Schreibtisch könnte ein Laufstall nützlich sein. Wütend hackte ich mit der Gabel auf die Salzkartoffeln ein. Wahrscheinlich saß er gerade in einer Leipziger Kneipe, löffelte Soljanka aus der Mikrowelle und knutschte mit Stupsi. Später konnte er sie vielleicht zu einer neuen Serie Aktfotos überreden.

»Wenn alle Stricke reißen, fahre ich euch zurück nach Berlin«, sagte mein praktisch veranlagter Vater.

Keiner von beiden wunderte sich darüber, daß Dany mich nicht am Telefon verlangt hatte. Ich mich auch nicht.

Den Samstag verbrachte ich mit Bianca und den Kindern auf dem Spielplatz. Während wir nebeneinander auf der Schaukel saßen, erzählte Bianca, daß sie für Juli »Ferien auf dem Bauernhof« im Allgäu gebucht hatten. Kai wollte zwar lieber an die Küste, aber diese Familienferien wurden vom Land bezuschußt. Außerdem sei Anne im Bauernhofalter. Ich sah das Eierthema auf mich zu rollen und machte mit Lotta P. die Fliege. Auch Bianca hatte sich nicht groß über Danys Wegbleiben gewundert. Kai war ja auch nie da.

Beim Abendessen erwähnte Papa beiläufig, daß Dany wieder angerufen habe.

»Ach, und was ist nun?« fragte Mama.

Ich widmete mich meiner Frikadelle. Frikadelle mit Wirsing war auch eines von Mamas Standardgerichten. Ich liebte ihre Frikadellen. Sie traf immer die richtige Mischung von Brot und Hackfleisch. Die Berliner Buletten waren Bremsklötze dagegen.

»Getriebeschaden«, sagte Papa. »Den Wagen kann er für 'ne Woche vergessen.«

»Und? Nimmt er den Zug?« fragte meine Mutter ungeduldig. Immer mußte man meinem Vater jedes Wort aus der Nase ziehen.

»Ich hab gesagt, er soll in Berlin bleiben. Was soll der Junge für einen Tag die weite Fahrt machen? Am Dienstag muß er schon wieder arbeiten. Ich fahre Johanna und Lottchen nach Berlin zurück.«

Mama nickte zustimmend.

»Hat er aus Berlin oder aus Leipzig angerufen?« wollte ich wissen.

Papa sah mich etwas verunsichert an. Dann zuckte er mit den Schultern. Typisch männlicher Telefonierer!

»Was macht er eigentlich in Leipzig?« fragte Mama.

Ich erzählte, daß seine Fima gerade einen zweiten Sitz in Leipzig einrichte und Dany jede Woche ein paar Tage dort sei.

»Der arme Junge. Die Fahrerei!« rief Mama mitleidig.

»Mit der Rostbeule«, stimmte Papa zu.

Gegen elf gingen meine Eltern schlafen. Ich lag nebenan auf dem frischbezogenen Doppelbett, das sie in mein ehemaliges Mädchenzimmer gequetscht hatten, und lauschte auf ihre Atemzüge. Als das Schnarchen hinter der dünnen Wand einen regelmäßigen Rhythmus angenommen hatte, schlüpfte ich aus dem Zimmer und schlich auf Zehenspitzen zum Telefon im Flur. Fröstelnd drückte ich mich in die Übergangsmäntel an der Garderobe, während ich wählte.

»Na endlich, Klassikerin«, sagte er nach dem ersten Klingelzeichen.

»Wieso ›na endlich‹?« flüsterte ich. Im Hintergrund hörte man leise südamerikanische Klänge, genau das richtige für die Uhrzeit.

»Weil ich dich vermißt habe!«

»Was hast du heute gemacht?« wollte ich wissen.

»Osternestchen auf graumelierte Scheitel gebastelt.« Er kicherte. »Mit einem kleinen, gelben Küken obendrauf.«

»Mandelblüten wären poetischer«, sagte ich.

»Ach, Klassikerin«, sagte er zärtlich.

Am Ostermontag fuhr Papa Lotta P. und mich nach Berlin zurück. Dany empfing uns mit zerknirschtem Gesicht und einer tadellos aufgeräumten Wohnung. Die Küche glänzte, sogar die Betten hatte er frisch bezogen. Vor dem Haus lag Ede, der Automechaniker, unter der Ente. Er sagte, er müsse ein paar Ersatzteile aus der Werkstatt mitbringen, dann kriege er die Karre wieder flott. Neben dem Telefon lagen zwei Nachrichten für mich. Regula hatte angerufen und uns zu ihrer House-Warming-Party im Mai eingeladen. Sie wollte noch eine schriftliche Einladung schicken. Die zweite Nachricht war von Hella Brunst. Sie teilte mir mit, daß die erste Sitzung des Seminars »Diskurse weiblicher Kreativität« am kommenden Donnerstag stattfände. Leider habe sie meine Literaturliste immer noch nicht erhalten. Falls ich an dem Seminar doch nicht teilnehmen wolle, solle ich sie bitte umgehend anrufen, da sie eine Warteliste von Interessentinnen vorliegen habe. Das Seminar schien eine elitäre Veranstaltung zu sein! Literatur hatte ich inzwischen genug. Ich brauchte die Liste nur noch abzutippen. Ein größeres Problem war es, am Donnerstag um 16 Uhr im Seminar zu erscheinen. Dany war donnerstags in Leipzig. Wohin mit Lotta P.?

Am nächsten Tag, dem Dienstag, nutzte ich Lotta P.s Vormittagsschlaf zu einer Stippvisite bei Petti. Sie öffnete mir in ihrem ältesten Jogginganzug in einem sehr verwaschenen Rosa. In den gummibehandschuhten Händen hielt sie die hellblaue Flasche mit dem Glasreiniger, die unsere neue Intimität symbolisierte.

»Ich bin gerade bei einem verspäteten Frühjahrsputz.«

Man merkte, daß sie nicht auf eine Störung erpicht war. Ich schob mich trotzdem rein. Die Fenster und die Balkontür im Wohnzimmer waren weit geöffnet. Auf dem Balkon standen eine Haushaltsleiter und ein Eimerchen.

»Könntest du am Donnerstag nachmittag Lottchen nehmen?«

Sie zog unwillig die Nase kraus.

»Diesen Donnerstag ginge es ausnahmsweise. Aber dann habe ich keine Zeit mehr.«

»Ach?«

Ein Strahlen ging über ihr Gesicht. Sie streifte sich die Gummihandschuhe ab und sagte: »Große Neuigkeiten. Ich mache uns erst mal einen Kaffee.«

Während sie Kaffeepulver und Wasser in eine glänzende braune Kaffeemaschine füllte, verkündete sie in feierlichem Ton: »Ab nächste Woche habe ich einen Job.«

In der Schönhauser Allee, nur zehn Gehminuten entfernt von uns, hatte das Eiscafé *Adria* eröffnet. Ab nächste Woche machte Petti die Frühschicht von elf bis um drei. Sie hatte also genug Zeit, Henry in den Kindergarten zu bringen, nachmittags abzuholen und abends für Enrico zu kochen.

»Und was hat Enrico dazu gesagt?«

Sie schlug mit der flachen Hand auf den Küchentisch. »Du glaubst es nicht, Joe! Er fand es richtig gut, weil es so nah ist, das Kind nicht vernachlässigt wird und so weiter. Aber in Wirklichkeit ...«, sie nahm einen Schluck des wässrigen Maschinengebräus und fuhr in verschwörerischem Ton fort, »... in Wirklichkeit denkt er natürlich nur an das Auto, in das er mehr von seinem Geld stecken kann, wenn ich eigenes habe. Aber da hat er sich geschnitten. Alles, was auf meinem Konto ist, fließt in den Urlaub.«

»Sehr vernünftig!«

Ich machte einen Anlauf, zu meiner Literaturliste zurückzukehren, aber sie hatte noch etwas auf dem Herzen.

»Du warst doch mit Lotta-Paulina über Ostern verreist, ohne Dany, nicht?« begann sie vorsichtig.

»Er wollte eigentlich nachkommen, aber die Ente hatte eine Panne.«

»Ach so.« Verlegen verrührte sie die Kondensmilch in ihrem Kaffee. »Er war Ostern nämlich mit einer Frau in eurer Wohnung.«

»Nein!«

»Sie ist am Samstag mittag angekommen. Ich habe sie im Treppenhaus getroffen, als ich vom Einkaufen kam. Am Sonntag abend ist sie wieder abgefahren. Er hat sie zu ihrem Auto gebracht, eine Leipziger Nummer.«

»Vielleicht eine Kollegin aus Leipzig«, murmelte ich, krampfhaft bemüht, den Anschein der vertrauensvoll liberalen Ehefrau aufrechtzuerhalten, aber Petti schüttelte energisch den Kopf.

»Ich kann dir nichts genaues sagen, weil wir im Schlafzimmer eine schallisolierende Zwischendecke haben, aber so, wie die sich verabschiedet haben, war das keine Kollegin. In aller Öffentlichkeit! Enrico und ich standen auf dem Balkon. Dany hat sogar hochgewunken!« Ihre Stimme vibirierte vor Entrüstung.

Mein Hirn suchte fieberhaft nach gemeinsamen Freundinnen, alten Bekannten, die überraschend über Ostern um Obdach gebeten haben könnten. Aber das hätte er mir erzählt. Natürlich war die Besucherin Stupsi gewesen.

»Er hat mir kein Wort davon gesagt«, murmelte ich, immer noch um Fassung ringend.

»Natürlich nicht«, schimpfte Petti. »Das hätte ich nie von Dany gedacht. So reserviert, wie er mir gegenüber immer war.« Eilig fügte sie hinzu: »Enrico steht auch total auf deiner Seite.«

Da war ich aber froh!

»Wie sah sie denn aus, war es die auf ...?« Ich meinte die Frau auf den Fotos.

»Die auf keinen Fall«, Petti meinte auch die Frau auf den Fotos.

»Sie war blond. Nichts besonderes, eher so ein Typ wie du.«

»Na dann«, sagte ich und erhob mich endgültig. »Dann kann es ja nicht so schlimm gewesen sein.«

»Du glaubst nicht, wie glücklich ich zur Zeit über Enrico bin«, sagte Petti in der Wohnungstür. »Verglichen mit anderen ist er echt in Ordnung. Tanja habe ich letzte Woche mit einem Veilchen im Kindergarten getroffen. Gegen eine Schranktür gelaufen, daß ich nicht lache!«

Ich würde aufpassen, daß ich gegen keine Schranktür lief, solange ich mit Petti in einem Haus wohnte.

Grübelnd saß ich über meiner Literaturliste. Mir hatte Dany erzählt, daß er die Ostertage ausschließlich in seiner Dunkelkammer verbracht habe. Offensichtlich hatte ich versäumt zu fragen, mit wem. Wenn es Stupsi gewesen war, mit der er in diesem Jahr Ostern gefeiert hatte, wer war denn die nackte Schöne auf den Fotografien? Wenn Stupsi die Frau auf den Fotos war, mit wem hatte er sich dann über Ostern in der Dunkelkammer verschanzt? Wer auch immer die beiden waren, ich verdankte ihnen frischbezogene Betten und eine saubere Küche. Ich beschloß, die Sache im Auge zu behalten und am Nachmittag einen Friseurtermin zu machen.

Am Donnerstag Punkt drei gab ich eine gutgelaunte Lotta P. bei Petti ab und ging mit flatternden Knien zur U-Bahn. Es fiel mir immer noch schwer, mich von ihr zu trennen, auch wenn es nur für ein paar Stunden war. Das mußte endlich anders werden.

Mit der U-Bahn brauchte ich genau sechzig Minuten bis zum FU-Campus. Dann mußte ich noch das Institut für Frauenforschung ausfindig machen, das im zweiten Stock einer heruntergekommenen Villa mit verwildertem Garten untergebracht war. Als ich zehn nach vier den Seminarraum betrat, waren die hufeisenförmig angeordneten Tische schon besetzt. Es gab noch vereinzelte Plätze in der Stuhlreihe, die sich an den Wänden entlang zog. Aus Sicherheitsgründen wählte ich einen Platz nah an der Tür und möglichst weit weg von den Heizkörpern. Der Raum war heiß und stickig. Die anwesenden Studentinnen unterschieden sich nicht sehr von meinen Kommilitoninnen von vor fünf Jahren. Der germanistische Pagenkopf dominierte noch über Jean Seberg. Die meisten waren ein paar Jahre jünger als ich. Hinten in der Ecke saß das einzige Baby. Es wurde von seiner Mutter in einem Tragetuch aus mexikanischer Webware versteckt, das von weitem wie ein Schal aussah. Dem Format nach war das Kind höchstens vier Wochen alt. Auch die Mutter wirkte sehr jung, zart und verletzlich. Ob sie sich einfach über Frau Brunsts rigide Vorschriften hinweggesetzt hatte oder nichts davon wußte? Ich kam mir nicht ein halbes, sondern mindestens zehn Jahre erfahrener vor als sie und beschloß, sie im

Ernstfall zu unterstützen. Von den anderen hatte noch keine das Baby bemerkt. Das Seminar wurde eine Enttäuschung für mich, weil Frau Professor Dr. Bovari gar nicht erschien. Die erste Sitzung ihrer Seminare wurde immer von Frau Brunst geleitet, wie diese uns mitteilte, als sie kurz vor halb fünf (der Winzling in dem Folkloretuch war schon ein bißchen unruhig geworden) endlich erschien. Sie verlas eine Anwesenheitsliste, sammelte die noch fehlenden Literaturverzeichnisse ein und erklärte die Formalitäten. Frau Brunst war angegraut, leidenschaftslos und streng. Nur bei einer der zwölf Sitzungen durfte frau unentschuldigt fehlen. Für weiteres Fehlen waren ärztliche Atteste notwendig. Wer mehr als dreimal fehlte, kriegte keinen Schein. Jedesmal mußte die Anwesenheitsliste eigenhändig unterschrieben werden. Jede mußte einen Beitrag zum Seminar leisten. Frauen, die Literaturwissenschaft als »ihr kleines Hobby« ansahen, waren fehl am Platz. Das Seminar war kein Entertainment, sondern harte, wissenschaftliche Arbeit. An dieser Stelle entdeckte sie das Baby, das zwischenzeitlich schon zweimal gestillt worden war und ein geräuschvolles Bäuerchen von sich gegeben hatte. Es hatte kräftiges, dunkles Haar, wie Lotta P. in dem Alter, war aber mit Sicherheit keine Beckenendlage. Sie bat die Studentin, den Raum mit dem Baby zu verlassen. Sie könne nächste Woche natürlich wiederkommen, wenn sie eine Betreuung gefunden habe.

»Das verstehe ich nicht!« rief ich laut in den Raum, während die Frau sich mit Tragetuch, Baby, Rucksack und Anorak durch die Stuhlreihen schob. »Das ist doch nur eine Vorbesprechung. Dabei stört das Kind nicht. Wenn Frau Professor nächste Woche persönlich erscheint, ist es noch früh genug für einen Babysitter!«

Einige Studentinnen guckten mich empört an, aber die meisten nickten zustimmend.

»Ein Babysitter kostet schließlich«, unterstützte mich eine.

Die Studentin mit dem Baby war schon an der Tür. »Laßt mal gut sein«, sagte sie in dem mir nur zu vertrauten frustrierten Ton. »Ich glaube, die Kacke hier ziehe ich mir sowieso nicht rein«.

Frau Brunst erklärte die Sitzung für beendet.

Als ich eine Stunde später eine weinende Lotta P. in die Arme schloß, die von Henrys Zweijährigenspielen fast zu Tode erschreckt worden war, überlegte ich mir, ob ich die Sache nicht auch abblasen sollte. Eigentlich hatte ich nicht damit gerechnet, jeden Donnerstag zu einer Seminarsitzung erscheinen zu müssen. Außerdem hatte ich noch nicht mit Frau Bovari geklärt, ob sie bereit war, meine Magisterarbeit zu betreuen. Doch selbst wenn, war das ganze Unterfangen nicht sowieso eine Schnapsidee, wie Bianca es nannte? Ihre Bedenken waren gar nicht so falsch. Sobald ich die Arbeit fertig geschrieben hatte, mußte ich mich auf die Prüfungen vorbereiten. Dann würde ich längst schon wieder bei *Belle et Triste* im Laden stehen, es sei denn, ich würde meinen Erziehungsurlaub verlängern. Sollte ich das tun? Und wenn meine Chefin Romana wankelmütig wurde und mich danach gar nicht mehr einstellte? Eigentlich sehnte ich mich schon wieder ein bißchen nach Bücherregalen.

Am nächsten Tag sprach ich mit Emma im Wartezimmer in der Drechselerstraße über mein FU-Erlebnis. Zu meiner Überraschung verteidigte Emma das Seminar.

»Egal, was dabei rauskommt, eine Mutter muß auch mal was für sich machen«, erklärte sie. Ich erfuhr, daß sie an der Volkshochschule einen Kurs über Bilanzbuchhaltung belegt hatte. Wenn ich bereit wäre, Theo jeden Dienstag vormittag während des Kurses zu beaufsichtigen, würde sie Lotta P. nehmen, wenn ich donnerstags in mein Seminar mußte.

»So üben wir abnabeln«, sagte sie fröhlich. »Und wenn Theo bei dir ist, regt sich niemand über seine Ausschläge auf. Die Mütter in der Kinderbetreuung der Volkshochschule sind da ein bißchen komisch.«

Ich ging auf den Vorschlag ein. Emma war in Ordnung. Außerdem hatte sie die Kinderwagendiebin gesehen, bei *Rasputinchen*. Ich konnte es nicht glauben.

»Woran hast du sie erkannt?« fragte ich.

»Ich habe sie erkannt, als sie mich ansah und wie ein geölter Blitz aus dem Laden schoß«, kicherte Emma. »Aber ich bleibe ihr auf den Fersen. Sie hat einen ungefähr zweijährigen Sohn. Da taucht man nicht so schnell unter.«

Achter Monat

Regulas Einweihungsfete fand am Samstag, dem vierten Mai, statt. Wie ich vorausgesehen hatte, zog Dany einen harmonischen Samstagabend zu Hause der Geselligkeit bei meiner Freundin vor. Ich traf mich um sieben mit Marian beim *Friseur fürs Leben*. Er legte letzte Hand an mein Haar, dann fuhren wir in seinem Trabbi nach Friedenau. Regulas neue Wohnung lag im vierten Stock des tollsten Berliner Altbaus, den ich jemals betreten hatte. Es gab einen Aufzug mit Teppichboden, Spiegelwand und dunkler Holzverkleidung, aber Marian und ich entschieden uns für das reichlich mit Stuck und Jugendstilfenstern versehene Treppenhaus. Roter Sisal auf den Stufen dämpfte unsere Schritte. Imposante Messingschilder hingen an schweren Flügeltüren. Endlich: Dr. Marcel Taut und Regula Meyer M.A. Darunter, in kleineren Buchstaben, Taut-Press, Literaturagentur. Regi machte nur ganze Sachen!

Sie schloß mich mit einem Entzückensschrei in die Arme. »Toll siehst du aus!«

Das tat ich. Seit unserem Weihnachtsgelage im *Donizetti* hatte ich zehn Kilo abgenommen. Marian hatte nach langem Drängen meinen Pagenkopf etwas ausgefranst und die Nackenpartie nach oben gestuft. Das Ganze war in einem nicht gerade klassischen, dafür aber topmodernen Bronzeton gesträhnt, der haarscharf zu der braungeblümten Stretchbluse paßte, die Hanna auf einem ihrer Streifzüge durch die Secondhand-Szene für mich erstanden hatte.

»Der Friseur bin ich«, sagte Marian stolz, als Regula interessiert an meinen Fransen herumfingerte.

»Und ich deine nächste Kundin!«

Mit einem strahlenden Lächeln nahm sie seine Visitenkarte entgegen. Sie würde den Schnitt gratis haben wollen. Von Dany hatte sie immer kostenlose Porträtaufnahmen gewollt. Aber

Dany mochte sie nicht mal für Geld fotografieren. Das konnte sie ihm nicht verzeihen.

Regulas Kompagnon und Lebensgefährte Marcel stand hinter der Bar. Während er eine Caipirinha für Marian und einen Tomatensaft für mich mixte, musterte ich ihn verstohlen. Er war mittelgroß, untersetzt und hatte wirklich beeindruckende Geheimratsecken. Er trug ein an der Brust offenes Folklorehemd leger über den Jeans. Wahrscheinlich überspielte er so den Rettungsring auf den Hüften. Regula hatte schon immer ein Faible für unspektakuläre Männer gehabt, geschiedene Unidozenten, Architekten jenseits der Midlife-crisis, bei denen sie im Büro gejobbt hatte, und zuletzt Danys Freund Lutz. Sie führte uns durch die Wohnung. In allen Räumen waren die Tapeten abgerissen worden und der Putz in gedämpften Pastelltönen gewischt. An den Wänden lehnten silbern gerahmte Kunstdrucke. Dazwischen türmten sich dickleibige Folianten, die mit polierten Marmorskulpturen beschwert waren. Regula erklärte uns, daß sechs Zimmer das absolute Minimum an Wohnraum für zwei kreative Menschen darstellten.

»Wie viele Kinder wollt ihr denn?« fragte Marian beeindruckt.

»Keine! Aber Marcel und ich brauchen jeder ein Arbeitszimmer, ein Schlafzimmer ...«

»Arbeitszimmer können sie nämlich von der Steuer absetzen, Kinderzimmer nicht«, sagte eine fröhliche Frauenstimme hinter uns.

Sie war klein und drahtig und hatte ein Ballerinenknötchen am Hinterkopf kleben. Ihre schwarzgeschminkten Augen funkelten verschmitzt. Lebhaft schüttelte sie Marians Hand und stellte sich als Elzbieta Taut vor. Dann verschwand sie wieselflink durch eine der zahllosen Flügeltüren, die die Zimmerfluchten verbanden.

»Meine Schwiegermutter in spe«, sagte Regula ungerührt und führte uns in Marcels Arbeitszimmer. Es bestand aus zehn Quadratmetern High-Tech, einem Ledersofa, das mit amerikanischen Zeitschriften bedeckt war, und jeder Menge glänzendem Parkett. Regulas Arbeitszimmer war nicht mal halb so groß. Auf dem Boden lag eine Isomatte, eine Reisetasche, die mir irgendwie bekannt vorkam, und ein Berg ineinander verknäuelter Klamotten. In der sogenannten Bibliothek war das Büffet aufgebaut. Während Regula neue Gäste begrüßte, beluden wir zwei Teller mit erlesenen Speisen und verzogen uns auf den Balkon, der mit Bistrotischen und Lorbeerbäumchen möbliert war. Wir diskutierten gerade, in welches Kino wir fahren würden, wenn wir aufgegessen hätten, als Regula herausgestürmt kam.

»Komm schnell, Claire ist da«, zischte sie.

Wer war noch mal Claire? Eine unserer alten Kommilitoninnen?

»Claire Bovari. Elzbieta hat sie eingeladen. Sie bleibt auf Partys nie länger als eine halbe Stunde. Du mußt die Gelegenheit nützen.«

Ich setzte mich wieder auf meinen Stuhl. »Die sehe ich jeden Donnerstag.«

Ich hatte keine Lust, meine Beziehung zu Frau Bovari auf privater Ebene zu vertiefen, nachdem sie mir über Frau Brunst hatte mitteilen lassen, daß sie erst nach meinem Referat entscheiden könne, ob sie meine Magisterarbeit betreuen würde. Ich fand sie arrogant. Eine knochige Blondine unbestimmbaren Alters mit langen, aufgeplusterten Locken und dünnen, sehr roten Lippen. Zu Beginn jeder Sitzung holte sie einen silbernen Reiseaschenbecher und eine Schachtel Zigarillos aus ihrer Tasche. Die Luft im Seminarraum wurde dadurch noch schlechter.

Aber Regula packte mich am Arm und zerrte mich zu ihrer Schwiegermutter in spe, die neben ihrer Freundin auf einem Designerzweisitzer hockte. Frau Bovari hatte ihr Gebiß gerade in einer Hähnchenkeule vergraben und mußte sich erst die Hand an der Serviette abwischen, bevor sie sie mir mit pflichtschuldigem Gesichtsausdruck reichte. Regula erklärte ihr ausführlich, wer ich war.

»Sie sind also in Claires Seminar, wie spannend!« rief Elzbieta. »Über was für ein Thema arbeiten Sie?«

»Motherhood and Poetry: Anne Sexton and Sylvia Plath«, leierte ich brav herunter und bedeutete Marian, unsere Teller am Büffet aufzufüllen. Mit vollem Mund brauchte man nicht so viel reden.

»Und was interessiert Sie mehr: Motherhood oder Dichtung?« zwitscherte Elzbieta in launigem Konversationston. Ich warf einen vorsichtigen Blick auf meine Professorin, die Nudelsalat schaufelte, und sagte »beides«. Prompt sah sie von dem Nudelsalat auf und warf mir einen verächtlichen Blick zu.

Marian kam mit den Tellern zurück. Er hatte sich für Dessert entschieden und reichte mir ein Schälchen mit Mousse au chocolat, das ich auf den Tod nicht ausstehen konnte, während er sich die rote Grütze einverleibte.

»Wieso dulden Sie keine Babys in ihren Seminaren?« fragte er mit der ihm eigenen Offenherzigkeit. Ich erwartete eine Version des Vortrags über die Ethik wissenschaftlichen Arbeitens, den Frau Brunst so gern hielt, aber die Bovari sagte nur:«Von Babys kriege ich eine Gänsehaut.«

»Übertreib nicht, Claire«, rief Elzbieta.

»Wieso? Du hast doch auch nach einem aufgehört!«

»Tja«, sagte Elzbieta und nestelte verlegen an ihrem Haarknoten, der in Auflösung begriffen war. »Dafür bin ich jetzt ganz wild auf Enkelkinder. Ich würde sofort meine Karriere an den Nagel hängen, um Ganztagsoma zu werden.«

Sie funkelte mich mit ihren hellen, blauen Augen an. In ihrem rechten Mundwinkel wippte eine Haarnadel. »Können Sie nicht ein Wort für mich bei Regula einlegen?«

Bevor ich meinen Mund zu einer Antwort öffnen konnte, mekkerte die Bovari: »Du traust deinem Sohn nicht viel zu, wie?«

»Hält sich in Grenzen«, gestand sie. »Darum wäre es ja hübsch, wenn sie schwanger würde, bevor sie merkt, was für ein Langweiler er ist.« Sie kicherte affektiert.

»Zu viel Prosecco«, sagte Marian und stand auf. Bevor wir die beiden alten Mädels ihren Lästereien überließen, zog er eine Visitenkarte aus seiner Jackettasche, die er Frau Taut reichte. »Wenn Ihnen ihr Chignon Probleme macht, kommen Sie ruhig vorbei. Wir können ihm auch mehr Volumen verschaffen.«

»Mehr Volumen? Das interessiert mich«, sagte die Bovari, aus ihrer Lethargie erwacht, und streckte ihre Hand aus. Sie war extrem blaugeädert mit langen, feuerrot lackierten Fingernägeln. Sie bekam auch eine Karte.

Um uns von Regula verabschieden zu können, mußten wir uns noch einmal durch die Zimmerfluchten treiben lassen. In Marcels Arbeitszimmer wurde getanzt. Ich sah Regula vor einer hochgewachsenen, dunkelhaarigen Frau in engen, schwarzen Lederhosen mit passendem Mieder auf- und abwippen. Regula winkte mir fröhlich mit dem leeren Sektglas zu. Ihre Tanzpartnerin drehte sich um und winkte ebenfalls. Es war meine Schwester Marianne.

»Laß uns bloß abhauen«, zischte ich Marian zu.

Am darauffolgenden Mittwoch erwartete ich Regula gegen zehn zum Frühstück. Bevor sie nach New York gegangen war, hatten wir uns regelmäßig mittwochs zum Frühstücken getroffen. Wir wollten diese Sitte wieder einführen. Dummerweise hatte sich Marcel bei den Aufräumarbeiten nach der Party einen Hexenschuß geholt und brauchte Regula als Chauffeur. Da er um halb elf einen wichtigen Termin hatte, kam Regula erst um halb zwölf bei mir an. Lotta P. hatte ihren Vormittagsschlaf, den ich zum Frühstücken nutzen wollte, gerade hinter sich und nahm ihr Mittagessen ein. Es gab pürierte Möhren und Kartoffeln und ein halbes weichgekochtes Ei. Die Tischplatte, Lotta P. und mein T-Shirt waren mit orange-gelben Spritzern übersät. Regula hatte ihren Stuhl in sicherem Abstand neben den Kühlschrank gerückt. Mit sorgenvoll gerunzelter Stirn beobachtete sie die Fütterungsprozedur.

»Läuft das jeden Tag so ab?«

»Jeden Tag«, sagte ich grimmig und drückte etwas ausgespienen Kartoffelpamps in Lotta P.s Mündchen zurück.

»Sieht nach Kinderquälerei aus.«

»Irgendwann müssen sie an feste Kost gewöhnt werden.«

»Da gibt's doch so Pulverbreichen mit Bananengeschmack, die man nur anrühren muß.«

»Gift«, schnaubte ich.

Eine Möhrenfontäne landete in meinem Ausschnitt. Regula warf mir die Rolle Küchenkrepp zu, die auf dem Kühlschrank stand.

»Ist das selbstgekocht?«

»Die Möhren sind aus dem Glas, weil sie da nachgewiesenermaßen am schadstoffärmsten sind. Die Kartoffeln kriege ich von meiner Freundin Emma, die sie über eine Food-Coop bezieht.«

»Du willst damit sagen, das arme Kind kriegt jeden Tag das gleiche?« Ensetzen stand auf Regulas Gesicht geschrieben. Unwillkürlich mußte ich lachen. Gewohnheitsmäßig lachte Lotta P. mit, wodurch eine neue Fontäne auf meinem T-Shirt landete. Entnervt tupfte ich mir Hals und Hemd ab.

»Sie mögen in dem Alter noch keine Abwechslung in der Nahrung. Und jetzt laß uns um Gottes willen das Thema wechseln, Regi!«

Schmollend schob sie die Unterlippe vor.

»Vielleicht erklärst du mir mal, wie meine Schwester auf deine House-Warming-Party gekommen ist. Sie haßt Feten!«

»Ich hab sie trotzdem rumgekriegt. Ich brauchte noch ein paar interessante Frauen«, grinste Regula.

»Und wieso hat sie sich nicht bei mir gemeldet?«

Sie zuckte mit den Schultern. »Sie hat viel auf ihrer Schafsranch zu tun. Wenn du länger geblieben wärst, hättet ihr euch ja noch unterhalten können.«

Dann hätte ich ihr Marian vorstellen müssen. Meine Schwester konnte komisch sein, wenn sie jemanden mochte. Und sie mochte Dany. Ich stellte den Teller mit dem Gemüsebrei auf die Spüle und löffelte etwas Apfelmus auf eine Untertasse. Das Apfelmus hatte Emma aus Bioäpfeln selbst gekocht. Lotta P. sperrte gierig den Mund auf, als sie es entdeckte. Sie kannte es von ihren Donnerstagnachmittagen bei Emma und Theo.

Regula füllte die Feinkostsalate aus dem KadeWe, die sie mitgebracht hatte, in kleine Schüsselchen und setzte einen Wasserkessel auf. Sie brühte den Kaffee frisch, genau wie ich.

»Wie kommst du mit Claire Bovari voran?«

»Sie ist eine Mütterfeindin. Das macht das Seminar etwas einseitig.«

Regula nahm Danys chinesische Teekanne aus dem Schrank und setzte versuchsweise den Kaffeefilter darauf. Er paßte. Dann zog sie ihren Stuhl näher zu uns heran.

»Elzbieta hat mir erzählt, daß Mutterschaft Claires wunder

Punkt ist. Sie wollte immer Kinder haben, konnte aber keine kriegen. Sie hat als eine der ersten Frauen in Deutschland die künstliche Befruchtung ausprobiert, jahrelang ohne Resultat. Die Prozedur hat drei Ehemänner verschlissen. Mit 45 hat sie es aufgegeben und, befreit von ihrem Kinderwunsch, eine kometenartige Karriere in der Frauenforschung gemacht.«

»Genau die Richtige für mich«, sagte ich, wischte Lotta P. den Mund ab und ließ sie in ihren Wipper gleiten.

»Sie ist eine Koryphäe in ihrem Fach«, sagte Regula streng. »Studentinnen, die sie gut findet, fördert sie mit aller Kraft.«

Ich wollte lieber nicht von ihr gefördert werden.

Nach unserem Brunch verlangte Regula die Fotos. »Obwohl dieser kleine Friseur ja so süß ist, daß es mir an deiner Stelle egal wäre, wen Dany fotografiert.«

Ich holte die Mappe mit den Fotos aus der Dunkelkammer. Ich hatte die Kammer inzwischen gründlich inspiziert und kein weiteres belastendes Material gefunden. Die Mappe stand nach wie vor scheinbar unberührt auf dem Regal mit den Chemikalien. Ich trug sie ins Wohnzimmer und breitete ein Bild neben dem anderen auf dem Parkett aus.

»Was für ein Body!« rief Regula begeistert. »Davon können wir nur träumen, was, Joe, altes Haus?«

Sie hielt eine Ganzaufnahme gegen das Licht und betrachtete sie aufmerksam. »Klasse!«

Es war das erste Mal, daß sie meinem Freund bzw. Ehemann solch ungehemmte Bewunderung zollte.

»Diese hier finde ich geradezu genial.« Sie tippte auf die Nahaufnahme des muskulösen Bauches der Frau. Man konnte jedes einzelne der feinen Härchen darauf erkennen. Lotta P., die sich auf allen vieren zwischen uns gequetscht hatte, stimmte gurrend in das Lob ein, das ihrem Erzeuger gezollt wurde. Dabei löste sich ein Speichelfaden aus ihrem Mundwinkel, und ein kleiner mit orangefarbenen Pünktchen durchsetzter Schleimtropfen fiel auf den gepiercten Bauchnabel. Regula wischte ihn weg und betrachtete das Foto eingehend. Es endete am Ansatz des glatten, schwarzen Schamhaars.

»Bist du sicher, daß Dany das Foto gemacht hat?«

»Das traust du ihm wohl nicht zu, wie?« sagte ich pampig.

»Ich würde nicht behaupten, daß diese Bilder eindeutig seine künstlerische Handschrift tragen«, sagte sie in ihrem unvergleichlich arroganten Ton.

Zum Glück klingelte es, bevor ich ihr in die Haare gehen konnte. Es war Marian, der seine Mittagspause zu einem kleinen Besuch nutzte, was er öfters tat. Manchmal brachte er eine Flasche aus seiner eisernen Reserve mit, manchmal auch nur eine Tüte vom Puddingschneckenbäcker oder eine Shampooprobe. Heute war es ein Busch weißer Flieder aus seinem Vorgarten, angereichert mit einigen langstieligen roten Rosen, die nicht dort wuchsen.

»Marcel schenkt mir nie Blumen«, sagte Regula bedauernd.

»Dany mir auch nicht«, sagte ich und kassierte einen heftigen Rippenstoß von meiner Freundin. Zum Glück war Marian in der Küche, um nach einer passenden Vase zu suchen.

Dann betrachtete er ausgiebig die auf dem Fußboden ausgebreiteten Fotografien. »Schlechte Perücke. Sieht man auf den ersten Blick.«

»Perücke?« echoten wir.

Zweifelnd hob Regula eines der Bilder in die Höhe und examinierte das schimmernde schwarze Haar des Models. Ein kinnlanger Pagenkopf mit dickem Pony umrahmte ein herzförmiges Gesicht.

»Das könnt ihr mir als Fachmann schon glauben. Guckt euch die feingezeichneten Augenbrauen und den Hauttyp an. Die Frau ist blond.«

»Bringt uns das weiter?« fragte Regula, legte die Fotos zusammen und ließ sie zurück in den Pappschuber gleiten.

Neunter Monat

In der Rasputinstraße blühten die Robinien. Ein Hauch von Sommer hing zwischen den grauen Fassaden. Neben dem Schaufenster des Puddingschneckenbäckers flatterte eine Eisfahne. Vor dem Kiosk gegenüber genossen ein paar Frühaufsteher die Berliner Nachrichten zu kühlschrankkaltem Dosenbier. Im Vorgarten des *Friseurs fürs Leben* drehte sich eine Wäschespinne, Marians neueste Errungenschaft. Carmen, angetan mit einer Bienenkorbfrisur und einer aufregenden Sonnenbrille mit ovalen Gläsern, hängte knallbunte Handtücher in die Morgensonne. Ein Spruchband über dem Schaufenster versprach »sonnige Preise«. Marians Geschäft lief inzwischen so gut, daß er daran dachte, eine zweite Kraft einzustellen. Carmen winkte uns zu und verschwand mit dem Wäschekorb im Laden. Hanna und ich lümmelten auf zwei Klappliegestühlen vor dem Schaufenster von *Rasputinchen* und streckten die nackten Knie in die Sonne. Unsere Töchter hielten ihren Vormittagsschlaf auf einer Decke im Gras.

»Schöne Scheiße«, sagte Hanna und reichte mir meine volle Kaffeetasse von der Fensterbank. »Wann hast du es erfahren?«

»Gestern abend.«

Ich hatte gerade mit Emma telefoniert, als Dany nach Hause gekommen war. Theo hatte eine Mittelohrentzündung, weshalb ich Lotta P. am nächsten Tag nicht zu Emma bringen konnte. Das hieß, mein Seminar fiel ins Wasser. Das Seminar selbst konnte ich verschmerzen, aber inzwischen genoß ich meine Mutter-ohne-Kind-Ausflüge in die FU. Allein auf der langen U-Bahnfahrt ungestört die Zeitung durchzulesen, war ein Vergnügen. Meistens erlaubte ich mir den Luxus, auf dem Rückweg in der City haltzumachen und in Buchläden zu stöbern, die es hier im Kiez nicht gab.

»Wenn du nicht dauernd in Leipzig wärst, könntest du mal auf Lottchen aufpassen«, hatte ich den ahnungslosen Dany angefaucht und den Hörer auf die Gabel geknallt.

»Reg dich ab. Leipzig hat sich bald gegessen.«

»Wie schade für dich«, hatte ich spitz geantwortet und, nachdem keine Erklärung seinerseits gefolgt war, hinzugesetzt: »Wieso?«

»Ich bin zum ersten Juli gekündigt.«

»Und warum?« wollte Hanna wissen.

»Sein Büro zieht nach Leipzig um. Die Berliner Filiale wird geschlossen. Die Mitarbeiter haben zwar das Angebot bekommen mitzugehen, aber wer will schon nach Leipzig?«

Jens wollte, d. h. Jens und Simona wollten. Sie hatten schon eine Wohnung in Leipzig, mit Kinderzimmer, denn Simona war glücklich schwanger. Wir dagegen hatten unser abendsonnendurchflutetes Kinderzimmer in der Hallandstraße und ich den Job bei *Belle et Triste*, den ich, wohl oder übel, Ende September wieder aufnehmen würde. Jetzt konnte keine Rede mehr davon sein, den Erziehungsurlaub für die Magisterprüfung zu verlängern.

»Dann verdient wenigstens einer von euch«, sagte Hanna. »Langt es denn, zusammen mit der Arbeitslosenknete?«

Ich stöhnte laut auf. Dany hatte mir gestern abend lang und breit unsere finanzielle Situation erläutert, ein Thema, um das ich mich bisher nicht im geringsten geschert hatte. Vor Lotta P.s Zeiten hatten Dany und ich immer genug Geld gehabt. Wir hatten beide gearbeitet, bescheiden gelebt, und die geringe Miete unserer Studentenbude war kaum ins Gewicht gefallen. Mit sorgenvoll gerunzelter Stirn hatte Dany mir vorgerechnet, daß wir seit Monaten langsam aber stetig unsere Ersparnisse aufzehrten. Mit der neuen Wohnung waren unsere Lebenshaltungskosten gestiegen, während mein Gehalt weggefallen war. Das Kind mußte schleunigst in einer Kindertagesstätte angemeldet werden, und wir mußten arbeiten, beide.

Hanna nickte verständnisvoll. Sie und Ede kamen nur deshalb mit einem Gehalt aus, weil Ede in seiner Freizeit die Autos von Freunden und Bekannten verarztete. *Rasputinchen* warf noch keinen Gewinn ab.

»Wie stehen denn die Chancen, daß Dany was Neues findet?« fragte sie und reichte mir den unvermeidlichen Gebäckteller vom Vortag. Ich nahm ein Stück Apfelstreusel.

»Beschissen«, sagte ich schlicht.

Festanstellungen für Fotografen waren dünn gesät. Die meisten schlugen sich irgendwie als Freie durch, was Dany bisher vermieden hatte. Es lag ihm nicht. Er war eher ein Teetrinker als ein Durchschläger.

Eine weibliche Gestalt mit einem Tragetuch vor dem Bauch steuerte den Plattenweg durch den Vorgarten an. Hanna brachte sich in dienstbereite Haltung. Vormittags war wenig los bei *Rasputinchen*. Um die Mittagszeit wurde es besser, und ab drei Uhr herrschte »Hochbetrieb«, d. h., es waren meistens zwei bis drei Kundinnen gleichzeitig im Laden, was aber nicht bedeutete, daß sie etwas kauften. Viele kamen zum Stöbern oder Quatschen oder auf eine Tasse Kaffee im Garten. Als die potentielle Kundin ihre auffällige ovale Sonnenbrille abnahm, entpuppte sie sich als Emma. Die Brillenform war hitverdächtig. Emma trug dazu ein apfelgrünes Leinenminikleid und Plateausandalen nach Regulas Art. Es war erstaunlich, wie sich ihr Erscheinungsbild nach unserem ersten Treffen auf der Schönhauser Allee im November letzten Jahres gewandelt hatte. Auch ihre Brust kam mir verdächtig flach vor. Emma kam nicht mit Kaufabsichten, sondern weil sie mich gesucht hatte.

»Ich war gerade in der Drechselerstraße«, sagte sie, während sie Theo aus dem Tragetuch pflückte und neben die beiden Mädchen auf die Decke legte. »Es geht ihm besser«, zärtlich strich sie ihrem Kleinen über die blassen Wangen, die seit dem Einzug des Frühlings kaum noch ein Ausschlag verunstaltete. »Wenn du keine Angst vor Ansteckung hast, kannst du Lottchen heute nachmittag doch vorbeibringen.«

»Ich glaube nicht«, sagte ich mürrisch.

Nach den gestrigen Hiobsbotschaften war ich nicht in Stimmung für Diskurse weiblicher Kreativität.

»Du bist doch nicht sauer, oder?« fragte sie erstaunt.

Ich war nicht sauer. In gewisser Hinsicht war ich erleichtert, daß ich Frau Bovari vom Hals hatte. Vielleicht sollte ich die Gunst der Stunde nutzen und mir am hellichten Donnerstag ein paar Plateausandalen und eine Sonnenbrille mit ovalen Gläsern kaufen, anstatt ins Seminar zu fahren. Nach Frau Bovaris These ertranken Mütter in uniformen Kittelschürzen. Während Hanna im Laden nach einem Stuhl und einer sauberen Kaffeetasse für Emma suchte, erzählte ich ihr von Danys bevorstehender Arbeitslosigkeit.

»Das liebe Geld«, seufzte sie und ließ sich in Hannas Liegestuhl nieder. Emma lebte von Sozialhilfe. Ihr Freund war Jurastudent kurz vor dem ersten Staatsexamen. Nebenher jobbte er in einer Anwaltskanzlei, aber damit mußte er aufhören, wenn er sich ernsthaft auf seine Prüfung vorbereitete. Zu meinem Erstaunen erklärte Emma, die ich immer für eine Mutter aus Leidenschaft gehalten hatte, daß sie im Herbst, wenn Theo ein Jahr wurde, wieder arbeiten wollte. Wegen des Geldes und weil sie ihren Job mochte. Sie hatte schon einen Platz für Theo in der Kindertagesstätte am Rasputinplatz bekommen, aber weil Theo wegen der Allergien so häufig zum Arzt mußte, wollte sie vorerst Teilzeit arbeiten.

»Gestern bin ich in meinen alten Laden gefahren, um die Sache mit meinem Chef zu besprechen. Ich dachte an fünf Stunden am Tag oder so, aber Pustekuchen, meine Lieben ...« Sie wühlte hektisch in ihrem kleinen Lederrucksack und förderte ein zerknautschtes Päckchen Tabak und Blättchen zu Tage, die sie sich mit einer energischen Handbewegung in den Schoß warf.

»Aber Emma!« schrien Hanna und ich wie aus einem Munde.

»Ich habe abgestillt«, sagte Emma kurz und begann mit geschickten Fingern eine Zigarette zu drehen, »... nicht nur, daß er über fünf Stunden gar nicht reden wollte. Es kam noch viel besser. Im Herbst stehen verlängerte Ladenschlußzeiten im Einzelhandel an. Stellt euch das mal vor, ausgerechnet da, wo hauptsächlich Frauen arbeiten, soll bis acht Uhr abends geklotzt werden.«

»Nicht bei mir«, sagte Hanna und grabschte nach Emmas Tabakpäckchen.

»Leider bin ich nicht bei dir angestellt, sondern in der Buchhandlung *Schlag's nach* in Lichtenberg. Wenn ich da um acht Uhr die Kasse mache, bin ich um halb zehn zu Hause. Mein Kind sehe ich nur noch beim Frühstück.«

Emma war eine Kollegin! Daß ich das nicht gleich gesehen hatte!

»Jetzt suche ich hier in der Gegend einen Job«, sagte sie düster und zog heftig an ihrer Zigarette, »aber das ist die buchhändlerische Diaspora.«

»Wem sagst du das!« rief ich.

»Macht selber was auf«, schlug Hanna vor und hielt skeptisch die Zigarette in die Höhe, die sie gerade gedreht hatte. Sie war etwas schräg geworden. Schräg wie das Leben. Hanna steckte sie trotzdem an.

Ich wurde von einer Mücke geweckt, die direkt über meinem Kopf surrte. Oder war es eine Mücke in meinem Kopf? Eigentlich gab es im Mai noch keine Mücken, zumindest nicht an den brandenburgischen Seen oder in der märkischen Schweiz, oder wo auch immer ich war, verdammt. Egal wo ich war, nach zwei Flaschen bulgarischem Wein surrte jedem der Schädel. Ich tastete am Kopfende des Schlafsacks nach meiner Armbanduhr und griff dabei in ein feuchtes, klebriges Knäuel. Mein Finger zuckten zurück und begannen erneut zu tasten. Schließlich nahm ich die Uhr, die Taschenlampe und das klebrige Knäuel und krabbelte damit aus dem Zelt. Es war Danys alte Taschenlampe, und sie funktionierte. Die Uhr zeigte halb fünf, und in dem durchgeweichten Papiertaschentuch hatte jemand ein benutzes Kondom eingewickelt. Mir fielen ganze Felsbrocken vom Herzen. Dann zerrte ich meine Turnschuhe, Jogginghosen und Danys alte Fleecejacke aus dem Zelt und machte mich auf den Weg zu den Verwaltungsbauten des Campingplatzes. Vielleicht gab es da irgendwo ein Münztelefon oder einen netten Nachtportier.

Mühsam versuchte ich den romantischen Ferientag zu rekonstruieren, der mir die Mücken eingebracht hatte. Gleich nachdem Marian am Pfingstsamstag den Laden abgeschlossen hatte, waren wir losgefahren, im Kofferraum das Zelt und eine Kühltasche mit vier Flaschen aus den eisernen Reserven für besondere Anlässe. »Kennst du Buckow, Klassikerin?« hatte er gefragt. »Da mußt du einfach hin.«

Wir fuhren durch staubige Dörfer mit romantisch verfallenen, roten Backsteinkirchen, auf deren Türmen Störche nisteten, und durch verträumte Alleen aus blühenden Obstbäumen. Die eine

Hälfte des Campingplatzes war von schmerbäuchigen Paaren in Wohnmobilen, die andere von Großfamilien mit Bungalowzelten okkupiert. An die Großfamilienseite schloß sich ein Sandstrand an, der von Bierständen, Würstchenbuden und Kinderspielplätzen gesäumt war. Während Marian das 1½-Personenzelt unter einem blühenden Apfelbaum aufbaute, lag ich auf einer Isomatte und betrachte die Wölkchen über mir. Als er fertig war, küßte Marian meinen Bauchnabel durch den Stoff des Schwimmanzugs und sagte: »Laß uns zum ›Effi‹ fahren, da ist es ruhiger.« Der FKK-Strand entpuppte sich als das idyllische Ende einer Pferdekoppel. Es gab keinen Sand, sondern man rutschte von der lehmigen Grasnarbe ins Wasser. Es gab auch keine lärmenden Kinder, sondern nackte, schmerbäuchige Paare Mitte Fünfzig, die an mitgebrachten Campingtischen und -stühlen schweigend Thermoskannenkaffee aus Plastiktassen tranken. Ich bedeckte meine Blößen so gut es ging mit Werken von Anne Sexton und Sylvia Plath, während Marian sofort einschlief. Am Abend tranken wir eine Flasche aus den eisernen Reserven vor dem Zelt und wanderten danach in den benachbarten Naherholungsort, wo es drei Nobelrestaurants und die urige Pizzeria »Zur blauen Grotte« gab. Die Grotte hatte ein original VEB-Ambiente, das durch höllische Ölgemälde vom Marcusplatz und Sankt-Peters-Dom aufgepeppt war. Ein schmerbäuchiges Ehepaar bestellte Harzer Würzfleisch und Toast Hawaii, als wir hereinkamen. Das restliche Publikum bestand aus einheimischen Teenagern, die Eiskaffee tranken, bis die Disco aufmachte. Die Karte enthielt sieben verschiedene Pizzas. Ich bestellte »Vier Jahreszeiten« und Marian eine »Pizza Strammer Max mit Speck und Spiegelei«, deren Anblick mir fast den Magen umdrehte. Der Rotwein kam aus Bulgarien. Irgendwann ging der Mann mit dem Würzfleisch zu der Musikbox unter den Garderobehaken und warf ein paar Münzen ein. »Freedom is just another word for nothing left to lose, nothing …« heulte Janis Joplin los. Mir kamen augenblicklich die Tränen, zumal eine außergewöhnlich scharfe Peperoni in meinem Hals steckte. Marian streichelte meine Hand und flüsterte zärtlich »Baby«. Bevor wir gingen, kaufte er am Tresen noch zwei Flaschen von dem feurigen Bulgaren. Wir leerten sie am Bootssteg. Er wollte mir ein Glühwürmchen fangen und wäre dabei fast ins Wasser gefallen.

Das Tor war verriegelt. Es gab keinen Nachtportier, und das Telefon neben dem Kiosk war ein Kartentelefon. Als ich daran herumspielte, schlug im Kiosk der Wachhund an. Ich machte mich auf den Rückweg zum Zelt. Es war sowieso eine Schwachsinnsidee, morgens um halb fünf bei Oma Resi anzurufen. »Freedom is just another word ...« summte die Mücke in meinem Kopf. Es dauerte Stunden, bis ich wieder einschlief.

Am nächsten Morgen verweigerte ich den »Effi«.

»Gut, Klassikerin, dann rudere ich dich über den See«, sagte Marian bestens gelaunt. Als er aus dem Zelt gekrochen kam, trug er eine schwarze Hose, ein weißes Hemd und hatte einen bunten Seidenschal um den Hals geschlungen. Auf seinem grade zartrosa getönten Igelschnitt saß ein flacher Strohhut. Aus dem Figaro war ein Gondoliere geworden. Ich stieg mit Sylvia Plath, Anne Sexton und der Kühltasche an Bord. Marian ruderte. Als der Sekt alle war, legte er an einem Restaurant an, das »Fischerhütte« hieß. Es war keine Hütte, sondern ein properer Landgasthof mit einem Forellenbecken im Garten. Die Terrasse mit Seeblick war von Pfingstausflüglern besetzt, aber unter den Obstbäumen am Ufer fanden wir noch einen Tisch. Es war umwerfend romantisch. Wir bestellten eine Flasche Sekt und Rinderroulade für mich und Forelle für Marian. Als das Essen kam, hatten wir die erste Flasche erledigt und bestellten die zweite. Ich hatte das Gefühl, daß die Kellnerin schwankte, aber wahrscheinlich war nur der Rasen uneben und die goldenen Fesselriemchen ihrer Sandalen zu eng. Außerdem bildete ich mir ein, daß eine Frau an einem Tisch am Zaun mir dauernd zuwinkte, aber warum, zum Teufel, sollte sie das tun? Als Nachtisch teilten wir uns einen Erdbeerbecher mit Schlagsahne. Der Sekt war fast alle, als das Paar am Zaun sich erhob und auf unseren Tisch zuschwankte. Die Frau war klein und dünn und trug zu ihrem eleganten, weißen Hosenrock ein pinkfarbenes T-Shirt mit einem Schriftzug, der mir immer wieder vor den Augen verschwamm. Erst als sie ganz dicht vor mir stand, sah ich, daß er »Hawaii« lautete.

»Annett!« schrie ich und rieb mir ungläubig die Augen.

Aber es war keine Fata Morgana, sondern wirklich meine ehemalige Kollegin Annett. Und der beigegekleidete Herr hinter ihr war natürlich Lutz, ihr frischgebackener Ehemann und Danys alter Kumpel. Die beiden befanden sich auf einem traditionellen Pfingstausflug ins Umland.

»Setzt euch, setzt euch. Ein Gläschen Sekt?« lud Marian sie fröhlich ein.

»Na, so eine Überraschung, Joe!« rief Annett.

Sie wollten keinen Sekt, weil sie mit dem Wagen da waren, ließen sich aber zu einem Kaffee breitschlagen. Während sie den Stuhl neben meinem zurechtrückte, sah Annett sich mit verwunderter Miene um.

»Suchst du was?« fragte ich.

»Ja, Dany!«

»Ach, der ist mit Kind bei Oma«, nuschelte ich. »Ich brauche nämlich ein bißchen Ruhe, um meine Magisterarbeit zu schreiben.«

›Magisterarbeit‹ kam ungefähr raus wie »Mack-hick-sterarbeit«.

»Wie man sieht«, sagte Annett spitz.

»Na, komm, Annett. Wer hockt denn bei dem Wetter zu Hause und büffelt«, sagte der gutmütige Lutz.

»Beweis und Vergnügen«, lallte Marian und hob meine beiden Alibibücher, die inzwischen mit Seewasser und Sekt getränkt waren, in die Höhe.

»Na, euch geht's gut«, lachte Annett. »Was machen Dany und die Kleine?«

»Dany ist bald arbeitslos«, sagte ich.

Erschrocken sah Annett von ihrer Kaffeetasse auf. »Wie unangenehm! Hast du das gewußt, Lutz?«

Lutz nickte. »Dany hat es mir kurz nach Weihnachten erzählt. Steht schon ziemlich lange fest, daß sein Laden in Berlin dicht macht.«

Ach, seit Weihnachten wußte Lutz das? Ich bekam einen heftigen Lachanfall, dem der filigran gebaute Gartenstuhl nicht standhielt. Er fiel mit mir hintüber ins grüne Gras. Der Rest des Nachmittags war ungeheuer komisch. Ich hatte das Gefühl, mich noch nie in meinem Leben so gut amüsiert zu haben. Die Kellnerin führte einen Affentanz auf, weil ich mein Sektglas zerbrochen hatte. Annett versuchte, sie zu beruhigen, während Lutz und Marian mich zum Boot trugen. Lutz ruderte uns zum Campingplatz zurück, während Marian mich mit beiden Armen festhielt, damit ich nicht über Bord ging. Annett fuhr mit dem Auto zur Anlegestelle, wo sie Lutz treffen wollte.

Als ich aus meinem Rausch erwachte, war es fast dunkel. Marian schnarchte laut. Mir war schlecht. Mühsam krabbelte ich ins Freie. Die kühle Abendluft war wie ein Schlag ins Gesicht. Ich taumelte einmal um das Zelt herum und fand den Weg zu den Duschräumen. Ich kam keine Sekunde zu früh dort an. Stückchen von Rinderroulade, Rotkohl und durchgekaute Erdbeeren trafen sich auf dem grauen Fliesenboden. Zum Glück war ich allein. Es war Abendbrotzeit. Ich ließ zwanzig Minuten das Wasser laufen, bis die Bescherung weggespült war und mein Kopf sich einigermaßen klar anfühlte. Als ich zum Zelt zurückkam, schlug mir ein unerträglicher Dunst aus Alkohol und Schweiß entgegen. Ich stieg in meine Jeans, zog ein frisches T-Shirt von Marian über, auf dem stand: »Leute, das Leben ist häärlich«, warf meinen Waschbeutel in den Rucksack und machte mich auf den Weg. Ich brauchte zwanzig Minuten bis zum ersten Nobelrestaurant. Ich schmuggelte mich in die Damentoilette, putzte mir ausgiebig die Zähne, trug etwas Lippenstift auf und rieb nach Kokusnuß duftendes Haarwachs in den Ansatz meines progressiv geformten Pagenkopfes. Dann suchte ich ein Telefon. Natürlich, Karte! Wütend inspizierte ich den Parkplatz. Es standen einige gehobene Mittelklassewagen mit Berliner Nummernschild herum. Die würden ja wohl nicht alle in der märkischen Schweiz logieren. Beim dritten Versuch hatte ich Glück. Ein gut gesättigtes Paar, das zu seinem Audi 500 zurückkehrte, war ohne weiteres bereit, mich nach Berlin mitzunehmen.

Gegen Mitternacht kam ich in der Hallandstraße an. Die Wohnung war erschreckend leer, aber ich hatte fünf Anrufe auf dem Beantworter:

Samstag, 15 Uhr: »Hallo, Joe, ich bin's, wie versprochen. Vor einer Stunde sind wir in Stuttgart angekommen. Lotta P. war während der ganzen Bahnfahrt supergut drauf. Ich melde mich heute abend noch mal. Sei schön fleißig!«

Samstag 21.30 Uhr: »Hey, Joe, ich hätte mir ja denken können, daß du ausgehst! Lotta P. ist prima eingeschlafen. Meine Eltern sind so begeistert von ihr, daß ich es kaum ertrage. Unter uns gesagt, sei froh, daß du nicht hier bist. Ich melde mich morgen vormittag und störe dich beim Schreiben.«

Sonntag 10.00 Uhr: »Hallo, Mama: hör mal, wer zu dir spricht: ›Grumm Grumm Gurgel blbll lalal ...‹«

Meine Tochter am Telefon. Ich konnte die Tränen nicht zurückhalten. Sie fehlte mir so.

Dany fuhr fort: »Heute nachmittag gehen wir in die Wilhelma. Die Großeltern bestehen darauf, daß das Kind Elefanten kennenlernt. Ich halte das für verfrüht, aber das Wetter ist klasse. Ich glaube, Lottchen hat Durchfall. Könnte das an dem Birnenkompott von gestern liegen? Ich hoffe, du kommst mit deiner Arbeit einigermaßen voran, fällt einem bestimmt nicht leicht bei dem Wetter. Meine Mutter war etwas verschnupft, weil du nicht mitgekommen bist, aber ich habe sie beruhigt. Mach's gut!«

Sonntag 19.00 Uhr: »Allmählich frage ich mich, wo du die ganze Zeit steckst! Lottchen schläft. Heute mittag hat sie Spätzle mit Bratensauce gegessen. Die Elefanten hat sie ignoriert. Meine Mutter meint, der Durchfall kommt vom Zahnen. Einen schönen Abend noch!«

Sonntag 22.30 Uhr: »Du bist ja immer noch nicht zurück. Mir ist eben eingefallen, daß Jens Pfingsten vorbeikommen wollte, um ein paar Sachen aus meiner Dunkelkammer zu holen, die ihm gehören. Nur, daß du Bescheid weißt. Grüß den alten Knaben von mir. Er und Simona ziehen Pfingsten nach Leipzig. Das hatte ich dir erzählt, oder? Überarbeite dich nicht!«

Als Jens am Pfingstmontag nachmittags um vier klingelte, stand ich unter der Dusche. Ich war mit Regula fürs Theater verabredet. Hastig schlüpfte ich in Danys alten Bademantel und tappte mit nassen Füßen und triefenden Haaren zur Tür. Jens war ohne Simona gekommen. Sie war schon in Leipzig und richtete die Wohnung ein.

»Ich hoffe, Ihr besucht uns bald«, sagte er. »Dany, der alte Knabe wird mir schrecklich fehlen. Du natürlich auch.«

Er musterte mich unverschämt von den nackten Zehen bis zu dem Haarshampoo im Ausschnitt. Ohne Simona im Nacken fiel er unwillkürlich in sein blödes Machogehabe zurück. Ich hielt mit einer Hand den Bademantel zusammen und stieß mit der anderen die Tür zu Danys Dunkelkammer auf.

»Sind nur ein paar Fotos. Dany meinte, er hätte sie an eine Stelle gelegt, wo sie gleich auffallen.«

Mein Blick glitt sofort zu dem Regal mit den Putzmitteln und Chemikalien. Da lehnte die graue Mappe, für einen Mann von einsneunzig in bester Augenhöhe.

Jens nahm sie herunter, warf einen kurzen Blick hinein und nickte zufrieden. Dann grinste er mich verschwörerisch an.

»Ein paar Aufnahmen, die ich von einer Freundin gemacht habe. Ich hielt es für besser, wenn Simona sie nicht findet, wenn sie in meinen Mappen rumwühlt.«

Ich machte ein desinteressiertes Gesicht und schob ihn zur Dunkelkammer hinaus.

»Willst du sie sehen?« fragte er und blinzelte in den Ausschnitt des Bademantels.

»Na gut«, sagte ich, schlug energisch die beiden Hälften des Mantels übereinander und knotete den Gürtel fest. Er legte die Bilder auf den Küchentisch und sah mich mit lauerndem Blick von der Seite an.

Ich nahm ein Foto und hielt es fachmännisch gegen das Licht.

»Guter Body, schlechte Perücke«, sagte ich cool.

Jens war perplex.

»Du hast einen scharfen Blick«, lobte er dann und fügte mit leichtem Bedauern hinzu. »Schade, daß Simona kein Verständnis für solche Spielchen mit der Linse hat. Die würde ausrasten, wenn sie das sähe.«

»Wahscheinlich stören sie eher deine Spielchen ohne Linse«, sagte ich trocken.

Entrüstet musterte er mich von Kopf bis Fuß. »Hör mal! Simona ist im fünften Monat. Wir heiraten!«

»Tu nicht so unschuldig, die Fotos sprechen Bände. Wer ist das, eure Mitbewohnerin Stupsi?« fauchte ich ihn an.

Mit gesenktem Kopf schob er die Bilder zurück in den Pappschuber.

»Das ist lange vorbei«, protestierte er. »Außerdem war das nichts Ernstes. Ich steh total auf Simona. Jetzt, wo sie schwanger ist, sowieso. Wir freuen uns wahnsinnig auf das Kind.«

»Schon gut, ich verrate nichts«, sagte ich.

In der Tür drehte er sich noch mal um und grinste.

»Du bist echt cool, ey«, sagte er und zupfte frech am Gürtel des Bademantels. »Wird man als Mutter so?«

»Aber ja doch«, sagte ich und feuerte die Wohnungstür hinter ihm ins Schloß.

Am Abend saßen Regula und ich im *Miró*, unserem alten Stammspanier, und ersäuften unseren Kulturschock in Sangria. Wir hatten fast zwei Stunden Botho Strauß hinter uns. Wenn wir nicht in der Pause gegangen wären, wären es drei geworden. Wahrscheinlich hätten wir es nicht überlebt, schon wegen der dicken Luft im Theater. Marcel hatte die Karten eigentlich für sich und Regula besorgt, war aber überraschend an einem wunden Magen erkrankt. Regula schob seine Unpäßlichkeit auf einen ausgedehnten Kneipenbummel am Vorabend.

»Er verträgt nichts. Die reinste Mimose. Dabei haben wir nur ein bißchen Wein getrunken«, klagte sie.

»War es bulgarischer?« fragte ich mitfühlend.

»Bulgarischer? Nö, wieso?«

Sie schob mir die Karte zu. Nach vorübergehenden Ausflügen in die zeitgeistgewürzte Nouvelle cuisine, hatte das *Miró* sich wieder auf seine mediterranen Wurzeln besonnen. Zum Glück führten sie keine Pizza mit Spiegelei. Ich hätte den Anblick nicht mal auf der Speisekarte ertragen. Wir bestellten eine Paella ohne Fisch für zwei Personen.

»An allem nörgelt er rum«, jammerte Regula weiter. »Es gibt in der ganzen Stadt kein Restaurant, das seinen Ansprüchen genügt. Im *Donizetti* ist der Knoblauch nicht frisch, im *Carmers* spricht die Bedienung sächsisch, bei *McDonalds* riecht es auf dem Klo nach Fichtennadeln, und der nächste Sushi-Bringdienst ist leider Gottes in Düsseldorf.«

»Du hast dir ein Muttersöhnchen angelacht«, sagte ich schadenfroh und fischte ein Stück Melone aus der Sangria.

»Stimmt. Das Leben mit einem Pornofotografen ist spannender«, konterte sie.

Warnend hob ich die Hand. »Hat sich alles geklärt, Regilein.«

Als die Paella kam, bestellten wir den zweiten Liter Sangria und stießen auf meinen treuen Ehemann an.

»Der beste Ehemann der Welt«, erklärte ich im Brustton der Überzeugung. »Wie konnte ich ihn nur so plump verdächtigen? Models, Parfümverkäuferinnen und Fotografinnen waren noch nie sein Ding!«

»Nein. Den törnen nur Buchhändlerinnen in verbeulten Jogginghosen an«, sagte meine Freundin und griff sich ein Hühnerbeinchen von der Paella. »Aber noch hast du nicht geklärt, wer die blonde Schnecke war, die Ostern in eurer Wohnung gepennt hat.«

Ich zuckte mit den Schultern. Petti hatte sich einfach geirrt. Wahrscheinlich war es Stupsi gewesen, die Jens besucht und sich in unserer Wohnung vor Simona versteckt hatte. Soviel Kollegialität war Dany glatt zuzutrauen. Oder es war eine dritte Person ohne erotisches Interesse an Dany. Eine Kusine vielleicht. Dany hatte Kusinen. Ich mußte Petti einer neuen Befragung unterziehen. Ich brauchte eine genaue Beschreibung der Frau, und ich mußte wissen, welcher Art die zärtliche Verabschiedung gewesen war. Küßchen links, Küßchen rechts waren in der Szene an der Tagesordnung, wenn es sich dabei auch um einen Punkt handelte, den Dany normalerweise umging.

»Außerdem war da das Auto mit Leipschiger Nummer«, lallte Regula.

Auto! Wenn schon nicht an die Frau, konnte Petti sich vielleicht an die Automarke erinnern.

»Warum fragst du Dany nicht einfach?« schlug Regula vor und drehte mürrisch ihr leeres Glas auf der Tischplatte. Dann winkte sie dem Kellner und bestellte zwei Prosecco zum Nachtisch.

»Ich will ihn nicht zu Lügen provozieren«, erklärte ich diplomatisch.

Wir verbrachten die Nacht in Regulas alter Wohnung in Moabit, zu der sie wohlweislich einen Schlüssel mitgenommen hatte. Der Jurastudent, den wir aus dem Tiefschlaf rissen, wunderte sich nicht lange, sondern verfrachtete uns auf die Schlafcouch im Wohnzimmer.

Am Mittwoch kamen Dany und Lotta P. aus Stuttgart zurück. Ich nahm all meinen Mut zusammen und fuhr mit der klapprigen Ente zum Bahnhof Zoo, um sie abzuholen. Im Überschwang der Gefühle kaufte ich am Blumenstand eine rote Rose. Vater und Tochter stiegen als letzte aus dem vollen Zug. Ich hatte das Vergnügen, sie vom entgegengesetzten Ende des Bahnsteigs auf mich zuschlendern zu sehen. Dany trug ein blütenweißes T-Shirt und eine seiner geliebten Jeans mit Ramonesschlitzen an den Knien. Den einen Arm hatte er schützend um Lotta P. gelegt, die im Tragetuch auf seiner Hüfte klemmte. In der anderen Hand hielt er die Reisetasche. Sein Haar war ziemlich lang geworden und fiel ihm leicht gelockt und naturblond bis auf die Schultern. Lottchens schwarzer Schopf bildete einen reizvollen Kontrast dagegen. Sie waren ein entzückendes Paar.

»Klasse, das spart uns das Taxi«, sagte er, als er mich sah.

Lotta P. kreischte bei meinem Anblick begeistert auf. Ihr Gesicht war noch runder geworden und hatte eine ausgesprochen gesunde, sanftbraune Farbe. Er zerrte sie aus dem Tragetuch und legte sie in meine Arme. Dann nahm er die Rose und gab mir einen dezenten Kuß auf die Wange, nur rechts.

»Bin ich froh, daß ich wieder hier bin«, sagte er, als er sich hinter das Steuer der Ente klemmte.

Die Wohnung war sonnig und blitzblank. Ich hatte das Badezimmer geschrubbt, das Parkett im Wohnzimmer poliert, die Betten frisch bezogen und ein kleines Essen vorbereitet. Ein paar Stunden später zog ein köstlicher Duft von Salbeihühnchen in Zitronensauce durch die Wohnung. Als Aperitif kredenzte ich einen teuren Prosecco.

»Sieht ja aus, als ob der Rosenkrieg beendet sei«, sagte Dany.

Zehnter Monat

In Lotta P.s zehntem Lebensmonat holte ich mir ein blaues Steißbein vom Balancieren auf der Sandkastenumrandung. Seitdem sie krabbeln konnte, haute sie mit Begeisterung größeren Kindern die Kuchen platt. Endlich trug sie die entzückenden Oshkoshs in Größe 68, die Iris ihr zur Geburt geschenkt hatte. Anstelle der pinkfarbenen Schippe, die ich gekauft hatte, schwenkte sie meistens eine hellblaue, Theos. Emma und ich brauchten dringend eine Abwechslung und beschlossen, die Buddelkiste auf dem Rasputinplatz für einen Nachmittag mit dem romantischen Ambiente des Spielplatzes im Schloßpark von Pankow zu vertauschen. Wir hatten allerdings nicht mit dem nachmittäglichen Spielplatztourismus gerechnet. Mütter strömten mit Fahrrädern, Bollerwagen und Buggies, die unter der Last von Picknickkörben, Thermoskannen und Wolldecken fast zusammenbrachen, aus allen Himmelsrichtungen zu der sonnigen Lichtung mit dem Sandkasten.

Die beiden Frauen, die mit ihrer Kaffee-Fruchtsaft-Vollkornkeks-Ausrüstung die einzige schattige Bank okkupierten, waren sogar mit dem Auto aus Schöneberg angereist. Sie hatten offensichtlich studiert, trugen perfekt geschnittene Kurzhaarfrisuren und extravagante Bequemschuhe über der Hunderfünfzigmarkgrenze. Sie hießen Andrea und Susanne, ihre Kinder, die zwischen vier und sieben Jahre alt waren, Deirdre, Zoe, Dustin und Cliff. Andrea und ihr Mann hatten gerade eine Maisonettewohnung gekauft, und Andrea unterbreitete Sabine über die Stimmen von Deirdre, Zoe, etc. hinweg ihre Einrichtungsprobleme. Immerhin! Auf dem Rasputinplatz ging es ab fünfzehn Uhr nur noch um das Abendessen: Auflauffraktion (Emma und die Food-Cooplerinnen) versus Fischstäbchenfraktion (Petti und andere Vertreterinnen der pflegeleichten Küche). Außerdem rutschten die engagierten Mamas des Schloßparkspielplatzes sogar in den Sandkasten, was die Enge des Rasputinbuddelkastens nicht zuließ. Ich rutschte auch hinein, denn so saß ich weicher. Neben mir buddelten ein maulender Viereinhalbjähriger und seine streitlustige Mutter um die Wette.

»Das ist unfair, daß ich nie die Schaufel kriege«, jaulte sie.

»Meine Schaufel«, sagte er.

»Findest du das okay, wie du dich verhältst?«

»Nö«, sagte er.

Vielleicht war es ein Rollenspiel mit therapeutischer Zielsetzung für einen von beiden.

»In welche Bahnen wird das kreative Potential von Frauen gelenkt, wenn sie *muttieren*, und inwiefern spiegeln sich diese Bahnen in den Werken der Dichterinnen Plath und Sexton wider?« fragte ich.

Diese Frage war so in etwa der einleitende Satz meines Referats, das mich seit einigen Tagen bis in den Schlaf verfolgte.

»Ich seh da keine Bahnen«, sagte Emma. »Wann hältst du das Referat?«

»11. Juli«, stieß ich zwischen den Zähnen hervor. Vielleicht.

»Prima!« rief Emma. »Vom 4. bis zum 6. geht mein Existenzgründerinnenseminar. Da hättest du ja Zeit mitzukommen.«

Ich schüttelte den Kopf. »Habe ich nicht. Außerdem existiere ich schon seit Jahren.«

Emma verdrehte die Augen und begann in ihrem Rucksack nach den Rauchutensilien zu wühlen. Sie rauchte in letzter Zeit ziemlich viel. Auf dem Rasputinplatz störte sich niemand daran, aber die Buddelmama neben mir wurde sofort aufmerksam, als Emma sich das Tabakpäckchen in den Schoß warf. Auf diesem Spielplatz herrschte ein nicht zu hintergehendes mütterliches Kontrollsystem. Es wurde prompt geahndet, wenn ein Kind Limo statt ungesüßtem Tee bekam, offen Schokolade aß oder »Scheiße« sagte.

»Scheiße«, sagte Emma, die ihre Blättchen nicht fand.

Buddelmutter zuckte zusammen.

»Es geht um wirtschaftliche Existenz«, sagte Emma und zauberte die Blättchen aus einer Seitentasche hervor. »Ein Kurs von Unternehmerinnen für zukünftige Unternehmerinnen ...«

»Es stört mich nicht, im Wohnbereich zu schlafen«, klang Andreas klare Stimme herüber. »Er kann ruhig bis in die Puppen fernsehen oder so, aber es nervt mich, wenn die zerwühlte Bettwäsche den ganzen Tag da rum liegt.«

»Tips und Tricks von Expertinnen speziell für Frauen ...«, fuhr Emma fort.

»Dann gewöhnst du dir endlich das Bettenmachen an!« rief Sabine, deren Stimme einen Kick schriller war als Andreas.

»Ach, du weißt doch, wie ich bin«, seufzte Andrea.

»Stecken Sie die jetzt etwa hier an?« fragte die Buddelmutter plötzlich und deutete mit der Sandschaufel ihres Sohnes auf Emmas Zigarette.

»Was dachten Sie, was ich damit mache?« fragte Emma pampig und zückte ihr Feuerzeug. Alle Kinder sahen ihr interessiert zu. Die Mütter auch.

»Ich habe vor, im Rasputinkiez eine Buchhandlung aufzumachen ...«

»Wenn Besucher in eurem Wohnbereich qualmen, hast du mit dem offenen Schlafzimmer schlechte Karten«, sagte Sabine zu Andrea.

»Bei uns müssen sich Besucher an die Familienspielregeln halten«, sagte Andrea streng.

Emma blies häßliche Rauchwölkchen in die reine Spielplatzluft, was Lotta P. mit fröhlichem Kichern quittierte. Sie versuchte, auch Wölkchen zu produzieren, indem sie mit dicken Backen pustete.

»Die Ladenmieten sind im Moment noch erschwinglich.«

»Komm, Joshua, wir gehen«, rief die Buddelmama, »hier ist die Luft so schlecht.«

»Nö«, sagte Joshua und wirbelte mit beiden Füßen Sand auf.

»Wenn du die Frau lieb bittest, ihre Zigarette auszumachen, können wir vielleicht noch ein bißchen bleiben«, sagte Buddelmutter.

»Nö«, schrie Joshua und schmiß eine Handvoll Sand in unsere Richtung. Wir warfen uns sofort schützend vor unsere Kinder.

»Hier wird nicht mit Sand geschmissen!« schimpfte Emma.

»Joshua, das wird mir jetzt zu ungemütlich«, rief die Mutter und zerrte ihren Sprößling aus der Sandkiste. Während sie die Förmchen und Schippen in einen Beutel warf, flüsterte sie dem Kleinen etwas ins Ohr. Kurz bevor sie gingen, baute er sich vor uns auf und sagte mit angestrengtem Gesichtsausdruck: »Rauchen ist unfair.«

Die Mütter auf der Bank waren inzwischen von der Küchenzeile, aus der abtörnende Gerüche in die Schlafnische dringen könnten, zum Abendessen gekommen. Es gab Auflauf. Hurra!

»Er ist leichter, wenn du anstelle der Béchamelsauce nur etwas Ziegenkäse drüberstreust«, sagte Sabine.

»Von Béchamel bin ich schon lange abgekommen«, entgegnete Andrea, »dann eher Püreehäubchen.«

»Es gibt weit und breit keine anständige Buchhandlung, wenn du den Taschenbuchkiosk in der Schönhauser außen vor läßt«, sagte Emma und zog heftig an ihrer Zigarette. »Das müßte doch funktionieren!«

Und ob es funktionieren würde! Ich spürte, wie mein Herz schneller schlug. Abgezogene Dielen, Reispapierlampen, Stahlregale, keine Taschenbuchdrehständer. Vorne Literatur, Hardcover und Bilderbücher, Schaukelstuhl und Klötzchen für die Kleinen, hinten die Espressomaschine, Flohmarktsofa und Krimiwand. Ich spielte die Schaufensterschwerpunkte des kommenden Halbjahres durch:

Juli: »Reiseliteratur für die Familie. Von den Effis der märkischen Schweiz bis zur Ferienwohnung in Dänemark.«
August: »Leckere Marmeladen aus der *Bä*renküche.«
September: »Warum Lesen lernen Spaß macht.«
Oktober: »Vollwertkochbücher gegen die Herbstgrippe.«
November: Nachbereitung der Buchmessenneuerscheinungen: »Gemütlich lesen vor dem Kamin.«
Dezember: »Bücherwunschzettel für die ganze Familie.«
Weihnachtsgeschäft, endlich wieder ein Weihnachtsgeschäft!

Das würde ich bekommen, bei *Belle et Triste*. Mein Adrenalinspiegel sackte in sich zusammen. Kein halsbrecherischer Aktivismus, keine Existenzgründung. Von neun bis sechs mit Romana, Birte, Moritz und Annett.

»Ich weiß nicht so recht, Emma«.

»Du traust dich nicht, wie?«

»Dany ist bald arbeitslos. Wenn ich kein Kind hätte vielleicht ...«

»Deirdre pickt immer die Nudeln raus und läßt den Rest liegen«, beklagte sich Andrea.

»Dustin ißt nur Mohrrüben und Erbsen«, sagte Sabine.

»Ich tu manchmal Nüsse rein. Das finden sie interessant.«

»Wenn das Kind dein lebenslanger Grund ist, kein Risiko mehr einzugehen, kannst du gleich den Kopf in die Backröhre legen«, sagte Emma respektlos.

»Bei milder Temperatur sanft überbacken«, schlug Sabine vor.

Ein paar Tage später fand ich eine handschriftliche Einladung von meiner Chefin Romana zu der Sommerlesung von *Belle et Triste* im Briefkasten.

Im Gegensatz zu ihrem Pseudonym Mara Moon sah die Autorin harmlos aus. Sie schrieb Frauenkrimis, deren Heldin rothaarig, Mitglied im Karateclub und mann- und kinderlos war. Da in Berlin die Schulferien schon angefangen hatten, war die Lesung eher schlecht besucht. Ich hatte einen Platz in der zweiten Reihe zwischen Annett und Iris. Iris war nervös, weil die Babysitteragentur ihr eine blutige Anfängerin geschickt hatte, und Annett war sauer, weil sie wegen Mara Moon ihren Yogakurs versäumte. Annett konnte Frauenkrimis nicht ausstehen. Mara Moon war Marions Idee gewesen. Marion war als meine Schwangerschaftsvertretung eingestellt worden. Sie hatte großes Interesse an Frauenliteratur gezeigt, auf das Romana bereitwillig eingegangen war, obwohl es nicht ganz im Trend von *Belle et Triste* lag, einer Buchhandlung, die sich seit Jahren auf Kunst und Lebensart spezialisiert hatte. Jetzt saß Mara Moon zwischen Marion und Romana in einem der Rattansessel aus der Schmökerecke und lächelte schüchtern über den Rand ihres Wasserglases hinweg, während Marion die einleitenden Worte sprach. Sie sagte, zwei Dinge seien besonders bemerkenswert an Mara Moons Krimis, daß sie sie alle während des ersten Lebensjahrs eines ihrer Kinder geschrieben habe und daß sie einen feministischen Anspruch hätten, ohne dadurch langweilig zu werden.

Annett zu meiner Rechten stöhnte laut, und Iris zu meiner Linken kicherte leise.

Dann las Mara Moon einen Abschnitt vor, in dem die rothaarige Detektivin eine mehrfache Mutter und einfache Hausfrau besuchte, deren Sohn Autos knackte. Während des Gespräches schloß die Heldin unheimlich scharfsinnig, daß die Hausfrau von ihrem Mann geschlagen wurde, kein Sexualleben hatte, heimlich trank und für ihren fiesen Sohn log wie gedruckt. Als Frau Moon fertig war, fragte eine jugendliche Stimme aus dem Publikum: »Wie haben Sie es denn geschafft, ganze Romane zu schreiben, während Ihre Kinder so klein waren? Ich meine, die nerven doch dauernd.«

»Meistens habe ich mir die Geschichten ausgedacht, wenn ich den Kinderwagen durch den Park geschoben habe. Getippt habe ich sie während ihres Mittagsschlafs und nachts.«

»War das nicht stressig?«

Mara Moon nickte heftig. »Sehr. Aber es war meine einzige kreative Tätigkeit. Ohne mein Schreiben hätte ich das stupide Mutter- und Hausfrauendasein nicht ertragen.«

Erschrocken sah ich mich um, ob Frau Dr. Bovari im Publikum saß. Tat sie nicht. Aber ungefähr zwanzig andere Frauen waren da und keine protestierte.

Nur Iris neben mir murmelte: »Dumme Kuh.«

Ich überlegte, ob ich die Autorin fragen sollte, ob sie noch nie was von Aufläufen gehört habe, aber Marion hatte bereits einer anderen Zuhörerin das Wort erteilt.

»Wieso hat ihre Heldin keine Kinder?« fragte die Frau.

»Detektivin mit Kindern? Wie soll das denn funktionieren?« fragte Mara Moon zurück, und alle lachten beifällig, besonders Marion und Romana.

»Wenn ich Sie recht verstehe, ist Ihr Schreiben eine Art Kompensation ihrer Mutter- und Hausfrauenrolle?« fragte eine etwas schärfere, ältere Stimme.

Mara Moon nickte enthusiastisch.

»Warum kriegen Sie denn dauernd Kinder, wenn Sie so heftig kompensieren müssen?« rief jemand von hinten.

Sie lachte fröhlich und sagte: »Berufung! Ich liebe Kinder und, um Ihnen ein Geheimnis zu verraten, Nummer vier ist unterwegs.«

Wieder lachten alle beifällig, außer Iris, Annett und mir. Wahrscheinlich waren außer uns alle kinderlos. Marion, meine kinderlose Schwangerschaftsvertretung, stemmte sich aus ihrem Rattansessel und sagte strahlend: »Das ist eine wunderschöne Neuigkeit zum Abschluß dieses interessanten Gesprächs. Wir freuen uns alle sehr mit Mara Moon, und vor allem freuen wir uns auf die neuen Abenteuer der Detektivin Katie Zorn, die uns das ... äh ... freudige Ereignis bescheren wird.«

»Dumme Kuh«, wiederholte Iris. »Ich muß los, bevor diese Babysitterin das Haus anzündet.«

Ich folgte Annett in die Teeküche, wo wir Sekt und Orangensaft für die Besucher aus dem Kühlschrank holten und das Knabbergebäck in die bereitstehenden Schüsselchen füllten. Gegen halb zehn waren die meisten Mara-Moon-Fans gegangen, und ich begann, die Gläser abzuspülen. Romana rauschte herein. Sie war, wie nach all ihren Lesungen, beschwipst von Champagner und Kunst, wobei sie heute auch Mara Moon zur Kunst zählte.

»Sie ist brillant. So witzig und vital, so inspirierend, so kreativ. Und das mit drei Kindern! Was muß sie für eine innere Disziplin besitzen, um das leisten zu können.«

Spielerisch legte sie mir ihren Arm um die Hüfte. »Wahrscheinlich wachsen wir wirklich mit der Mutterschaft. Ist das bei dir auch so, Joe?«

Ich schüttelte ihren Arm ab und ließ die letzten Sektgläser ins Spülwasser gleiten. »Das wirst du schon sehen, im September.«

»Heißt das, du kommst schon im September wieder?« Sie klang ehrlich überrascht.

Ich war es auch. »Wieso, soll ich nicht?«

»Eigentlich haben wir damit gerechnet, daß du in Anbetracht der neuen Öffnungszeiten deinen Erziehungsurlaub verlängern möchtest. Iris macht jedenfalls drei Jahre. Aber du mußt nicht. Im Gegenteil, ich bin froh, wenn du kommst.« Mit beiden Händen wedelnd ging sie wieder nach vorne in den Laden. Ich drehte mich fragend zu Annett um, die die Gläser polierte und in den Hängeschrank über unseren Köpfen stellte.

»Ab Oktober haben wir von halb zehn bis acht geöffnet«, sagte sie schlicht.

Halb zehn bis acht. Das hieß, daß ich um neun Uhr abends in die Hallandstraße zurückkam, wenn ich Spätschicht hatte. Die Kindertagesstätte am Rasputinplatz, in der ich Lotta P. angemeldet hatte, schloß um achtzehn Uhr. Ich würde mich beim Abholen mit Dany abwechseln müssen. Und was war, wenn Dany keinen Job fand, bei dem er um vier oder fünf Schluß machen konnte?

»Wie oft in der Woche muß man bis acht Uhr arbeiten?«

»Dreimal«, sagte Annett. »In der Weihnachtszeit öfter, wegen der langen Samstage.«

»Können wir uns irgendwie absprechen? Ich kann nicht dreimal in der Woche erst um neun nach Hause kommen. Moritz dagegen …«

»Auf keinen Fall!« sagte Moritz hinter mir. »Kein Kuhhandel mit meinem Feierabend.«

Überrascht sah ich ihn an.

»Wieso? Du bist ein Langschläfer! Es war doch immer dein Traum, erst mittags ins Geschäft zu kommen …«

»Wir haben das schon besprochen, Joe«, sagte Annett und knüllte nervös das Geschirrhandtuch zusammen. »Mit dir und Iris wären wir drei Mütter. Wenn wir alle eine Sonderbehandlung für die Abendstunden wünschten, hieße das, daß Moritz und Birte, die Kinderlosen, jeden Abend bis acht Uhr arbeiten müßten.«

»Das ist nicht zumutbar«, sagte Moritz dumpf. »Einmal die Woche gehe ich zum Squash. Um halb acht.«

»Na, ist ja ein Ding«, sagte ich spöttisch. »Geh doch morgens.«

»Gleiches Recht für alle«, forderte er. »Iris hat auch gemault wegen der langen Öffnungszeiten. Ihr könnt nicht Kinder kriegen und dann erwarten, daß andere eure Probleme lösen.«

Ich war überrascht. Das von Moritz, der mit Argusaugen über meine gedeihende Schwangerschaft gewacht und mich mit Vitaminen, Pizza und Vanillequark gemästet hatte!

Er machte eine bedauernde Handbewegung, legte sich behutsam in die rechte Hüfte und beschrieb damit einen perfekten

Halbkreis zur Tür. »Außerdem braucht so ein kleines Kind seine Mutter zu Hause«, konnte er noch sagen. Im nächsten Moment zerschellte eines von Romanas Sektgläsern haarscharf neben seinem Kopf am Türrahmen.

Am nächsten Tag rief ich Hella Brunst an und teilte ihr mit, daß sie mit meinem Referat leider nicht rechnen könnte. Mir sei ein wichtiger Termin dazwischengekommen. Ich feuerte mein Exposé zum zweiten Mal in seinem Leben in die Schublade und ging mit Emma zu dem Seminar für Existenzgründerinnen.

Es war ein wunderschöner Sonntag in der ersten Julihälfte. Wir saßen vor der Mittagssonne geschützt unter den Kastanien im italienischen Biergarten. Aus den offenen Küchenfenstern wehte der Duft von gedünstetem Knoblauch herüber. Mein Magen knurrte. In der Aufregung der letzten Tage war ich kaum zum Essen gekommen. Im Hinblick auf Hugos und Resis Besuch hatte ich wie eine Wilde die Wohnung geputzt, das Parkett poliert und den Herd entkrustet. Sogar der Kühlschrank war frisch abgetaut. Trotzdem musterte Resi mich mit unverholenem Mißtrauen, während sie ihr apfelbäckiges Enkele auf den Knien hopsen ließ.

»Es ist dein Erbteil, Daniel«, sagte sie. »Und es ist alles fest angelegt.«

»So fest nun auch wieder nicht«, sagte Hugo. »Außerdem ist es nicht das ganze Erbteil, sondern 15 000 Mark.«

»Sie hat ein kleines Kind, einen Mann und eine große Wohnung zu versorgen. Warum muß es auch noch ein Geschäft sein?«

»Die Wohnung sieht doch tipptopp aus, oder?« sagte Dany, der die Fenster geputzt hatte, beleidigt.

Resi ließ sich nicht beirren.

»Wenn sie pleite macht, ist dein Geld weg. Wenn sie Schulden macht, mußt du sie abarbeiten. So läuft das.«

»Deswegen kriegt sie doch das Geld von uns, damit sie keine Schulden machen muß«, erklärte Hugo seiner Frau. »Am besten werde ich stiller Teilhaber, das bringt Steuervorteile.«

Tina, die Kellnerin, brachte das Essen. Ich hatte Lammkoteletts mit Rosmarinkartoffeln bestellt. Hugo, der feste Vorstellungen von italienischer Küche hatte, bekam einen Napf Spaghetti mit Tomatensauce. Sein Sohn aß demonstrativ Familienpizza, und Resi hatte sich aus Protest auf Salat beschränkt. Lotta P. klaute ihr ein Stück Tomate.

»Kannst dich gleich an Rohkost gewöhnen, wenn deine Mama jeden Tag ins Geschäft geht«, sagte Resi zu ihrer Enkelin.

Das nächste Wochenende nutzten wir für einen Spontanbesuch in Bremen. Am Sonntag gab es Scholle Finkenwerder Art mit frischen Krabben und in Petersilie gewälzten Frühkartoffeln. Lotta P. mampfte begeistert Kartoffeln.

»Wozu braucht sie ein Geschäft? Sie hat eine Familie. Was sollen die Flausen?« polterte Papa.

»Und das sagt jemand, der sein ganzes Leben in einen Lampenladen gesteckt hat!« rief Mama und stopfte einen Löffel in Butter zermanschter Kartoffel in Lotta P.s Mäulchen.

»Ich habe mit meinem Laden eine ganze Familie ernährt!« entgegnete Papa entrüstet.

»Was denkst du, was sie mit ihrem vorhat, Zimmerpflanzen darin züchten?« gab Mama spitz zurück.

Schweigend aß Papa seinen Teller leer.

Mama zwinkerte mir heimlich zu. Sie hatte mir die 15 000 Mark praktisch schon versprochen. Auch Emma hatte von ihren Eltern ein Darlehen bewilligt bekommen.

Zum Nachtisch gab es eine Fürst-Pückler-Rolle mit heißen Himbeeren. Lotta P., die diese Delikatesse zum ersten Mal in ihrem Leben genoß, jauchzte vor Begeisterung.

Papa wandte den Kopf ab. Er war für Süßigkeiten nicht zu haben.

»Und was sagst du dazu?« fragte er schließlich Dany.

»Weiber muß man machen lassen«, sagte Dany und hatte seinen Schwiegervater damit restlos überzeugt.

»Du bist kein Geschäftsfrauentyp«, sagte Marian und fuhr sanft mit den Fingerspitzen durch meine feuchten Haare. »Du bist eine Klassikerin. Du solltest dich mit den schönen Künsten beschäftigen und nicht mit dem schnöden Mammon.«

Ich schüttelte ärgerlich den Kopf. Er sollte nicht herumfummeln. Er sollte abschneiden.

»Ich bin eine Powerfrau, Mann.«

Mein Friseur trat einen Schritt zurück, musterte mich mit in die Hüften gestemmten Armen und brach in schallendes Gelächter aus. Ich saß auf einem Stuhl mitten in der Küche. Es war kurz nach zwölf. Lotta P. schlief nebenan im Kinderzimmer. Marian hatte gerade Mittagspause. Dany war in der Agentur in Kreuzberg. Nachdem er den Leipziger Laden aufgebaut hatte, hatte er nun die dankbare Aufgabe, die Berliner Filiale aufzulösen. Natürlich ging auch das nicht ohne Überstunden. Es war fast Mitte Juli, und Dany hatte noch keine Gelegenheit gehabt, seine Arbeitslosigkeit anzutreten. Trotzdem wurde es Zeit, dem Friseur fürs Leben klarzumachen, daß seine sektseligen Mittagspausen in der Hallandstraße gezählt waren. Ich konnte sowieso kein Rotkäppchen mehr sehen. Und auch von ein paar anderen Dingen hatte ich die Schnauze allmählich voll.

Der Friseur gab mir einen Kuß auf den schnurgerade gezogenen Scheitel. »Für eine Powerfrau bist du viel zu schön.«

Ich konnte zum Beispiel seine Komplimente nicht mehr hören.

»Abschneiden«, befahl ich.

Meine extravaganten Kupfersträhnen hatten die Sandkastensessions nicht überlebt. Sie hatten sich in der Sonne karottengelb verfärbt und fühlten sich an wie Stroh.

»Ach was, mit einer Henna-Kurpackung wird das wieder.«

»Wenigstens etwas kürzer«, maulte ich. Ich war nicht in der Stimmung, mit Packungen auf dem Kopf herumzusitzen. Aber ich mußte heute abend passabel aussehen. Emma hatte einen Termin mit einem Notar ausgemacht, der uns bei den Formalitäten der Geschäftsgründung helfen würde. Es ging um den Eintrag ins Handelsregister und andere rechtliche Dinge, mit denen ich mich nicht auskannte. Ich war froh, daß Emma mit einem Juristen liiert war und einen Kurs in Bilanzbuchhaltung gemacht hatte. Emma war eine Partnerin, auf die man sich 99prozentig verlassen konnte. Das fehlende Prozent war auf den Kinderwagendiebstahl zurückzuführen, auf dem unsere Freundschaft gründete. Obwohl Emma behauptete, die Diebin zu kennen, hatte sie sie immer noch nicht dingfest gemacht. Aber da Lotta P. allmählich ins Buggyalter kam, sah ich den Fall nicht mehr so eng.

»Nicht einen Zentimeter, Klassikerin«, sagte Marian streng und begann seine Pülverchen in einer Tasse aus Danys geerbtem China-Service anzurühren. »Erstens steht es dir nicht. Zweitens brauche ich dich als Starmodel beim Straßenfest. Da schneiden wir dann vorsichtig die unterste Stufe raus.«

Er meinte das Rasputinplatzfest am 3. August. Es war als Straßenfest der Superlative angekündigt. Die Gewerbetreibenden im Kiez hatten zusammengelegt, um eine aufblasbare Hopsburg zu mieten. Die Kindertagesstätte veranstaltete Eierlaufen. Die Seniorenfreizeitstätte verkaufte Selbstgehäkeltes und Kaffee und Kuchen. Die Galerie »Zwischenräume« eröffnete eine Fotoausstellung mit dem Titel »Junges wildes Leipzig«. Hanna veranstaltete in ihrem Vorgarten ein Würstchengrillen, wozu Emma und ich ein paar Kilo Nudelsalat versprochen hatten. Für die musikalische Untermalung war die Untergrundcombo »Die grinsenden Säcke« engagiert. Der Höhepunkt sollte jedoch das Schaufrisieren des *Friseurs fürs Leben* sein.

»Wer wird außer mir noch frisiert?«

»Carmen sucht noch einen Teeny für Blocksträhnchen. Aber du bist der Star. Nach der Frisur macht Carmen dir ein Makeup für den Fototermin. Die Bilder gehen an alle Kiezblätter.«

Ich sah dem Horrortrip der Superlative entgegen. In allen Kiezblättern! Kein Mensch würde danach ein ernstes Buch bei mir kaufen.

»Kannst du nicht lieber Hanna fragen?«

»Hanna? Hanna sollte nur mit Hut auf die Straße gehen!«

Seine Arroganz ging mir auch auf die Nerven.

»Emma hat viele Haare.«

»Emma ist ein alter Zopf.«

Gnadenlos löffelte er mir Hennapampe auf den Kopf, umwickelte ihn mit Folie, unter der es kochend heiß wurde, und bedeckte das Ganze mit einem alten, fleckigen Handtuch. Dann nahm er die obligatorische Sektflasche aus dem Kühlschrank. Es klingelte. Marian stellte die Flasche zurück und ging zur Tür. Er hatte Pizzas bestellt, wahrscheinlich mit Sardellen und Spiegelei. Während ich nach dem Portemonnaie suchte, hörte ich eine weibliche Stimme im Flur. Vorsichtig streckte ich den Turban aus der Küchentür. Tanja! Was wollte Tanja bei mir?

Pettis Freundin trug ihr übliches schwarz-lila Aerobicoutfit. Über der Schulter hing ihr eine schwarze Nylonreisetasche, unter der sie fast zusammenbrach. Trotz ihrer Sonnenstudiobräune wirkte sie erschreckend blaß, bis auf einen breiten Streifen Mascara, der ihre rechte Wange verzierte. Sie sank mir um den Hals und brach in heftige, stoßartige Schluchzer aus. Während Marian den Pizzaboten bezahlte, der Tanja auf den Fersen gefolgt war, setzte ich sie auf einen Stuhl in der Küche, drückte ihr die Rolle Küchenkrepp in die Hand und ließ sie erzählen.

Ihrem wirren Gestammel zu folge, wollte sie zu Petti, hatte jedoch vergessen, das Petti bis um drei im Eiscafé arbeitete. Ein Freund hatte sie vor einer Stunde angerufen und ihr erzählt, daß Porsche-Ralfi, seit einigen Wochen definitiv ihr Ex, verhaftet worden sei, und sie solle sich vorsehen. Jede Minute könnten die Bullen vor der Tür stehen. Also hatte Tanja die wichtigsten Klamotten in eine Tasche gepackt und war aus der Wohnung geflüchtet. Dennis war, wie immer um diese Tageszeit, noch im Kindergarten. Sie wollte bei mir auf Petti warten, weil sie sich kaum auf die Straße traute.

»Klar«, sagte Marian. »Die Pizza langt für drei.«

Er verpaßte Tanja einen aufmunternden Klaps auf die Schulter und nahm zwei Teller aus dem Schrank, auf die er die Pizzas legte. Geschickt teilte er sie mit meinem schärfsten Messer in mundgerechte Achtel, zum Glück waren sie ohne Spiegelei.

»Kaffee oder Sekt?« fragte er.

»Kaffee natürlich«, sagte ich entrüstet. Die verstörte Tanja war wirklich kein Grund zum Feiern.

»Sekt«, sagte Tanja trotzig, warf ihre schwarze Löwenmähne in den Nacken und brach in hysterisches Gelächter aus. Mit dem Handrücken wischte sie sich die Tränen und die restliche Wimperntusche aus dem Gesicht. Sie wirkte schrecklich jung. Höchstens zweiundzwanzig.

»Weißt du, weshalb dein Ex verhaftet worden ist?« fragte ich.

Sie schüttelte den Kopf.

»Ich hab den seit Wochen nicht gesehen. Außer dem Kind ist nichts mehr zwischen uns. Mann, ich hätte den nach der Geburt auf Alimente verklagen und nie mehr über meine Schwelle lassen sollen. Aber alle sagen, ein Kind braucht seinen Vater.«

»Eine Frau wie du findet den doch mit links«, sagte Marian und ließ den Sekt in die Gläser sprudeln.

»Haha«, sagte sie bitter. »Alles schon probiert.«

»Und wieso hast *du* Angst vor der Polizei?« bohrte ich weiter.

»Als Mutter von seinem Kind bin ich doch die erste Adresse. Obwohl er offiziell nicht bei mir gewohnt hat. Offiziell bin ich alleinerziehend. Eigentlich habe ich überhaupt nichts mit dem zu tun, aber ...«

»Aber?« wiederholte ich. »Du weißt, was er alles so angestellt hat, nicht wahr?«

Ihre Augen füllten sich wieder mit Tränen.

»Hör auf, Joe«, befahl Marian. »Du bist hier nicht der Staatsanwalt.«

Er hielt Tanja ein Sektglas hin. »Trink einen Schluck. Weißt du eigentlich, daß du schöne Haare hast?«

Mißtrauisch musterte sie ihn über den Rand des Sektglases. Er trug sein Haar zur Zeit an den Seiten millimeterkurz und auf dem Kopf leicht stachelig. Es war silberblond gefärbt. Auf seinem T-Shirt stand »Keine Angst vor haarigen Angelegenheiten«. Er nahm eine Korkenzieherlocke von ihrer Schulter und wickelte sie sich um den Zeigefinger. Ich wußte, daß er Kollegen, die diese Pudelfrisuren verbrachen, zutiefst verachtete.

»Aber die Spitzen ...«, seufzte er.

Unwillig schob sie seine Hand weg.

»Ich weiß, ich muß zur Dauerwelle.«

Sie nahm ein Pizzaachtel vom Teller und biß herzhaft hinein.

»Bloß nicht!« protestierte der Friseur fürs Leben. »Das zerstört die Naturkrause. Repairpflege reicht völlig aus. Ich habe ein neues Mittel reingekriegt, ein spezielles Fluid für strapazierte Spitzen ...«

Während wir die zwei Pizzas weitgehend vertilgten und die Flasche Rotkäppchen leerten, gelang es ihm, sie dazu zu überreden, mit ihm in den Salon zu kommen und sich mit dem neuartigen Haarspitzenfluid behandeln zu lassen. Ich war erleichtert. Bis zu Pettis Rückkehr waren es noch fast zwei Stunden. Was sollte ich in der Zeit mit Tanja anfangen? Ich mußte mich geistig und seelisch auf den Besuch beim Notar einstellen, und im Zimmer nebenan sang meine Tochter bereits im Halbschlaf.

»Ich merke das doch, wenn du abgenervt bist, Klassikerin«, flüsterte Marian mir zärtlich ins Ohr, während Tanja im Badezimmer war, um »ihr Gesicht zurechtzumachen«. Als sie endlich abschoben, sah sie wieder wie eine um fünf Jahre gealterte Kreuzung aus Jennifer Rush und Michael Jackson aus.

»In zehn Minuten kannst du die Pampe rauswaschen«, sagte Marian zum Abschied.

Ich fluchte. Den Turban hatte ich total vergessen. Ich nahm Lotta P. aus dem Bett, drückte ihr den übriggebliebenen Pizzarand in die Hand und setzte sie auf den Klosettvorleger, während ich meinen Kopf unter die Dusche hielt.

Als ich abends von dem Notartermin zurückkam, klingelte ich bei Petti, um nachzufragen, wie es Tanja ging. Im Wohnzimmer plärrte der Fernseher. Henry lag davor auf dem Teppich und ließ Plastikindianer gegeneinander kämpfen. Enrico saß noch in Arbeitsklamotten auf der Couch und löffelte ein Fertiggericht aus der Aluminiumverpackung. Wo er saß, war die Couch vorsorglich mit einem alten Handtuch abgedeckt. Wie immer begrüßte er mich liebenswürdig und erkundigte sich ausführlich nach Lottas und Danys Befinden. Als ich Tanja erwähnte, wandte er sein Gesicht ostentativ der Talk-Show zu. Verlegen winkte Petti mich in die Küche.

»Enrico will in die Sache nicht reingezogen werden. Stell dir mal vor, hier tauchen die Bullen auf«, erklärte sie im Flüsterton.

»Hat ihr Ralfi denn so was Schlimmes ausgefressen?«

Petti zuckte mit den Schultern. »Seit Jahren liegen wir ihr damit in den Ohren, daß sie sich von dem Typ trennen soll. Sie sagte, sie haben ihn beim Autoknacken erwischt.«

»Wieso hat Tanja so eine Angst vor der Polizei? Sie hat doch damit nichts zu tun.«

Petti wiegte nachdenklich den Kopf. »Sie weiß mehr von seinen krummen Dingern, als sie zugibt. Früher hat sie auch schon mal bei was mitgemacht, bei was Harmlosem natürlich.«

Ich konnte mir nicht vorstellen, daß die kleine, verheulte Tanja Autos knackte, höchstens Spielzeugautos oder Kinderwagen. Wenn die kriminelle Vergangenheit ihres Ex-Ralfis sie so in Panik versetzte, mußte man sie schützen.

»Ich dachte, sie ist deine beste Freundin?«

Petti rang beide Hände.

»Dauernd hat sie Enrico als Spießer angemacht, und jetzt erwartet sie ausgerechnet von uns Hilfe ...«

»Schon gut«, sagte ich. Ich hatte eine anstrengende Sitzung in Sachen Firmengründung hinter mir und keine Nerven für Diskussionen. »Wo ist sie?«

»Wahrscheinlich in ihrer Wohnung.«

Petti kritzelte mir die Adresse und die Telefonnummer auf einen Zettel. Ich warf dem Henry-Maske-Foto im Flur einen bösen Blick zu und wollte gehen.

In der Tür hielt sie mich am Ärmel fest: »Übrigens habe ich herausgefunden, mit was für einem Wagen Danys Freundin Ostern da war. Enrico wußte es noch. Ein nagelneuer Lancia. Dunkelblau.«

Natürlich wußte Enrico das noch!

Oben probierte ich mehrmals Tanjas Telefonnummer. Entweder war sie nicht zu Hause oder sie traute sich nicht, abzunehmen. Als Dany im Badezimmer verschwand, gab ich schnell Marians Nummer ein.

»Shit«, sagte er. Soweit er es beurteilen konnte, war Tanja fest davon ausgegangen, wenigstens eine Nacht bei Petti zu bleiben. Ich gab ihm ihre Telefonnummer und Adresse. Tanja wohnte gar nicht so weit weg vom Rasputinkiez.

»Wenn sie irgendwie an den krummen Touren von ihrem Ex beteiligt war, sollte sie sich vielleicht mit einem Anwalt beraten, bevor die Bullen aufkreuzen«, überlegte ich laut.

»Ich wüßte da sogar einen«, sagte Marian und ließ seine Autoschlüssel eilfertig durch die Leitung klimpern. Hoffentlich wußte Tanja einen guten Friseur zu schätzen.

Elfter Monat

Das Rasputinplatzfest begann am Samstag um fünf in der Galerie »Zwischenräume« mit der Vernissage von »Junges wildes Leipzig«. Ich stand vor »Stilleben auf Kneipentisch«. Ein schwarz lackierter Fingernagel schwebte über einem kirschrot nachcolorierten Tampon, der gerade in einem Aschenbecher ausgedrückt worden war. Der Aschenbecher stand auf einem soliden Holztresen mit feuchten Bierringen. Im Hintergrund zapfte die schnippische Kellnerin des *Monokels* ein schaumloses Drei-Sekunden-Bier, während in der Küche die Dosensoljanka in der Mikrowelle köchelte. Ich köchelte auch. Überraschung, hatte Dany grinsend gesagt. Gute Überraschung. Ich stand da wie eine Idiotin, weil ich als einzige der anwesenden Gäste nicht gewußt hatte, daß es sich bei den wilden Leipzigern um das Fotografengespann Sabine Breth und Daniel Krollmann handelte. Der Kirschsafttampon war natürlich nicht von Dany, sondern von Sabine Breth. Danys Bilder waren dezent schwarzweiß. Er hatte sich an unverfänglichere Motive wie vom Rost zerfressene Doppel-T-Träger und eingeschlagene Fensterscheiben in von Abendsonne überfluteten Backsteinwänden gehalten. Ich ging zum nächsten Bild. Eine Punkerin kippte sich eine Bierdose über den Kopf. Im Hintergrund schimmerte symbolträchtig die Fassade des Leipziger Hauptbahnhofs. Sabine Breth.

»Archaische Haarpflege«, sagte Marian grinsend.

Natürlich gehörte er zu den ersten Besuchern. Hanna, Ede und Milena waren auch hier. Emma guckte sich mit Theo auf dem Arm die Doppel-T-Träger an. Sogar Petti wollte kommen. Der halbe Rasputinkiez und jede Menge kunstbeflissener Gäste aus dem restlichen Prenzlauer Berg feierten meinen Künstlerehemann, von dessen Existenz ich keinen blassen Schimmer gehabt hatte.

»Tolle Überraschung, was«, kicherte eine Stimme hinter mir.

Es war Annett. Sie balancierte ein Tablett mit Sektgläsern und Canapés vor sich her. Den Sekt und die Canapés hatte Foto-Klick spendiert, Sponsor der Ausstellung. Lutz, seit kurzem zum stellvertretenden Geschäftsführer der Fotokette avanciert, hatte gerade eine herzerwärmende Laudatio auf seinen besten Freund gehalten. Kein Zufall also, daß meine Kollegin Annett den Damen des Kulturvereins beim Verteilen der Canapés half. Natürlich hatte sie schon Bescheid gewußt, als wir uns vor Wochen bei Mara Moon getroffen hatten, aber sie hatte kein Wort verraten. Subtile Rache für unsere Begegnung am Buckower See? War hier eine Art Verschwörung im Gange? Außer den Canapés gab es mehrere Teller mit Leipziger Lerchen, die die Fotografin persönlich gebacken und mitgebracht hatte. Nachdem sie das Tamponbild gesehen hatten, griffen die Gäste eher zögernd zu.

»Na ja«, sagte ich säuerlich und nahm ein Glas vom Tablett. Rotkäppchen. Ich hatte die Nase voll von Rotkäppchen.

Marian nahm auch eins.

»Was für 'ne Überraschung?« fragte er.

»Wir haben ihr nicht verraten, daß Dany hier ausstellt.«

»Was für'n Dany?« fragte er.

Ich ergriff die Flucht. An einem der kleinen Tischchen im hinteren Zimmer saß Simona. Sie winkte mir zu. Simona und Jens waren eigens zur Vernissage aus Leipzig gekommen. Jens hatte sich mit der Kamera unters Publikum gemischt. Simona sah hinter ihrem Glas Orangensaft schwanger und glücklich aus. Schwangere haben die Aura, Mütter den Ärger, dachte ich neidisch und ließ mich auf den Stuhl neben ihr sinken.

»Stupsi wird schon als die Leipziger Cindy Sherman gefeiert«, zischte sie mir ins Ohr, »aber unter uns gesagt, ich finde diesen Tampon widerlich.«

»Stupsi«, wiederholte ich. Die Offenbarungen nahmen kein Ende. Sabine Breth alias Stupsi.

»Danys Bilder sind so poetisch«, sagte Simona.

Was war an Backsteinen und Doppel-T-Trägern poetisch?

Ich sah mich nach Sabine-Stupsi um. Sie stand umringt von Männern in der Mitte des vorderen Zimmers. Ich erkannte Lutz, den Vorstand vom Kulturverein, den Galeriebesitzer und einen breitnackigen, vollbärtigen Typen in Lederhosen, dessen Hand Stupsi hielt. Sie trug ebenfalls Lederhosen. Dazu eine hautenge, rote Bluse, die von ihren Brüsten fast gesprengt wurde. Ihr Haar war schulterlang, blond und glatt. Trotzdem sah sie dem Modell aufs Jens Spielerein mit der Linse auffallend ähnlich.

Dany bildete mit ein paar Damen vom Kulturverein eine eigene Gruppe. Er trug seine zerrissenen Jeans und hatte Lotta P. im Tragetuch an der Hüfte baumeln. Ihren verzückten Blicken nach zu urteilen, interessierten sich die Frauen mehr für die Vaterfigur als für die Doppel-T-Träger.

»Dany ist ein Naturtalent«, schwärmte Simona weiter.

»Ja«, sagte ich und beobachtete Stupsi. Sie warf den Kopf in den Nacken, wenn sie lachte. Sie hatte einen großen Mund, und ihre Zahnreihen blitzten makellos weiß. Dany würde niemals mit einer Frau schlafen, die Tampons in Kirschsaft tauchte. Sie konnte von Glück reden, wenn er ihr den Futon im Wohnzimmer ausgerollt hatte. Zweifellos hatten sie den Ostertag rein kollegial in der Dunkelkammer zugebracht und das junge, schamlose Leipzig entwickelt. Abends hatte sich die falsche Schlange heimlich mit Jens getroffen. Die Sache war geklärt. Über seine Kollegen hatte Dany mir noch nie viel erzählt, über seine Kolleginnen schon mal gar nicht.

»Seine Bilder haben Seele. Er muß unseren Sohn fotografieren, wenn er auf der Welt ist«, sagte Simona. »Jens wünscht sich das auch. Dany hat einen ganz anderen Stil als Jens.«

Da hatte sie leider recht. Jens und Stupsi paßten hervorragend zusammen. Arme, schwangere Simona. Zum Glück kam in diesem Moment Hanna an unseren Tisch. Sie stellte einen Teller mit Canapés ab, ließ sich auf einen Stuhl fallen und fragte: »Habt ihr das tolle Bild mit dem Tampon gesehen?«

»Igitt«, sagte Simona und schüttelte sich.

Dann entdeckte mich Petti und kam ebenfalls zu uns rüber. Sie schob Henry vor sich her, der beide Backen mit Leipziger Lerchen ausgestopft hatte. In den Händen hielt er auch welche.

»Irgendwie mußte ich ihn von den Fotos ablenken«, sagte Petti entschuldigend. »Ist ja nicht jugendfrei hier.«

Dann kam Emma mit Theo auf dem Arm. »Unser Figaro hat gerade die Künstlerin gefragt, ob das ihr eigener Tampon sei«, kicherte sie.

»Und?« fragte Hanna.

»Sie antwortete, das Bild gehe um weibliche Kreativität, wovon er mit Sicherheit keine Ahnung habe.«

Wir lachten.

»Geschieht ihm recht«, sagte ich mutig.

Emma musterte mich mit hochgezogenen Augenbrauen und fuhr fort: »Er erwiderte: ›Meine Freundin beschäftigt sich auch mit weiblicher Kreativität, ohne Tampons durch die Gegend zu schmeißen.‹ Dany stand genau daneben.«

Betretene Stille trat ein, bis Simona verkündete: »Ich glaube, mir wird schlecht.«

»Mir auch«, murmelte ich.

»Ich kann's euch beiden nicht verdenken«, sagte Hanna.

Als Henry schließlich auch schlecht wurde, weil er zu viele Lerchen in sich hinein gestopft hatte, ging ich hinüber zu Dany, befreite ihn von Lotta P. und machte mich mit ihr, Petti und Henry auf den Heimweg.

»Tja, das war sie«, sagte Petti.

Ich nickte. »Ich weiß. Sie ist übrigens wirklich eine Kollegin. Ich verstehe nur nicht, wieso du gesagt hast, sie sei so ein Typ wie ich. Kannst du dir mich in so einer Bluse vorstellen …«

»Doch nicht die Fotografin«, rief Petti, »die Schwangere!«

Simona? Schweigend gingen wir bis zur Hallandstraße sechs. Was könnte Simona mit Dany zu tun haben? Petti schloß die Haustür auf. Vor ihrer Wohnung verabschiedeten wir uns. Sie machte ein betretenes Gesicht.

»Glaubst du, das Kind ist von Dany?« flüsterte sie mit sensationslüsternem Unterton.

Ich stöhnte. »Petti, du irrst dich einfach.«

Entschieden schüttelte sie den Kopf. »Bei Gesichtern irre ich mich nie.«

Eine Ente und ein Lancia lieferten sich eine wilde Verfolgungsjagd zwischen Dresden und Berlin. In dem Lancia saß Jens. In der Ente Dany mit einer Frau, die ich nicht erkennen konnte. In einer Kurve geriet die Ente ins Schleudern. Plötzlich konnte ich die Frau auf dem Beifahrersitz erkennen. Es war überhaupt keine Frau. Es war Lotta P. in ihrem Babysitz. Ich fing an zu schreien und versuchte, mich vor den Lancia zu werfen. Es knallte fürchterlich, und Edes Stimme sagte aus dem Off: »Bis nächste Woche habe ich die Karre wieder flott.«

Ich tastete nach dem Wecker auf meinem Nachttisch. Es war die Badezimmertür gewesen, die geknallt hatte. Dany stolperte in Pyjamahosen auf das Bett zu und ließ sich ächzend neben mich auf die Matratze sinken. Das Leuchtzifferblatt des Weckers zeigte halb drei. Eine säuerliche Bierfahne breitete sich im Schlafzimmer aus.

»Was für ein Auto fährt Jens gerade?«

Überraschend klar kam die Antwort: »Einen dunkelblauen Lancia.« Dany kicherte in die Kissen. »'ne Familienkutsche. Die braucht er ja nun bald. Hicks.«

Ich richtete mich auf.

»Wo warst du?«

»Italienischer Biergarten. Mit Jens und Stupsi und Ede und Lutz und … hicks.« Das kam schon nicht mehr ganz so klar. Ich mußte zur Sache kommen, wenn ich Genaueres erfahren wollte, bevor er einschlief.

»Stimmt es, daß Jens eine Affäre mit Stupsi hatte?«

»Woher weiß'n du das?« kam es rübergenuschelt.

»Weibliche Intuition!«

»Weiblicher Sch-scheiß«, ächzte er und drehte sich auf die andere Seite.

Erbarmungslos rüttelte ich ihn an der Schulter.

»Weiß Simona davon?«

»Hm. Hat sie rausgekriegt. Weibliche Intui…«

»Und wie hat sie reagiert?«

Er setzte sich auf, knipste die Leselampe an und rieb sich die Augen.

»Was willst du eigentlich wissen?«

»Petti hat mir erzählt, daß Simona Ostern hier in dieser Wohnung war. Das hast du mir nie gesagt.«

Er gähnte. »Nee. Blöde Sache. Sie hatte das mit Jens und Stupsi geahnt und brauchte ... Trost. Da ist sie hierher gekommen, weil wir uns schon immer gut verstanden haben. Sie hat früher mal bei uns in der Agentur gejobbt. Und da ich Jens ja auch kenne ... jedenfalls konnte ich sie beruhigen. Das war nichts Ernstes zwischen Jens und Stupsi. Stupsis Mann war damals gerade im Ausland. Jetzt ist er wieder da. Hast du ihn gesehen? Mit dem will keiner Ärger, nicht mal Jens.« Er kicherte wieder albern und rutschte zurück in die Kissen.

Aha, der Ledervollbart.

»Das heißt, Simona kam zu dir, um sich über Jens abzukotzen. Und du hast ihr weisgemacht, daß zwischen Jens und Stupsi eigentlich gar nichts war, außer ... weiblicher Intuition.«

»Touché«, sagte er und zog die Decke bis zur Nase. »Außerdem haben Jens und Simona vor zwei Wochen in aller Stille geheiratet. Die kirchliche Trauung folgt im Mai in Italien. Ich bin Trauzeuge.« Er gähnte herzhaft.

»Du?«

»Simonas Wunsch.«

Er hatte sie eine ganze lange Nacht über die Seitensprünge ihres Zukünftigen hinweggetröstet. Er hatte sich schon immer gut mit ihr verstanden. Er war ihr Trauzeuge. Er sollte ihren Sohn fotografieren. Ich löschte das Licht, um zu prüfen, ob sein Heiligenschein im Dunkeln leuchtete. War nicht der Fall.

»Na ja, als Trauzeuge weißt du über eheliche Treue ja bestens Bescheid«, sagte ich vorsichtig.

Die Antwort kam mit einer halben Minute Verzögerung, aber messerscharf. »Solche Themen kannst du mit deinem Friseur diskutieren.«

Am Sonntag war das Wetter wunderschön. In der Rasputinstraße tummelten sich fröhliche Menschen. *Die grinsenden Säcke* hallten zwischen den Häuserwänden wider. Ich saß auf einer Decke auf dem Rasenstück vor Hannas Laden und hütete die Kleinen. In sicherem Abstand von den Krabbeldecken war der Grill aufgebaut. Ede drehte fachmännisch die Thüringer, während Emma kassierte. Unser Nudelsalat fand reißenden Absatz. Vom Grill zog ein köstlicher Duft herüber, aber ich war außerstande, einen Bissen zu mir zu nehmen. Als ich mich mittags mit Lotta P. aus der Wohnung geschlichen hatte, hatte Dany noch fest geschlafen. Er hatte den Leuten vom Rasputinplatz versprochen, Fotos vom Fest zu machen. Aber ich hatte nicht den Mut gehabt, ihn zu wecken. Von Ede, der auch etwas mitgenommen aussah, hatte ich erfahren, daß Marian an der feuchtfröhlichen Feier beim Italiener teilgenommen hatte. Ich traute mich nicht, nach Details zu fragen. Am liebsten wäre ich in den Erdboden versunken und in zwei Wochen wieder auferstanden. Damit hätte ich wenigstens das Schaufrisieren umgangen.

Lotta P. rief: »Dada Ball«.

Ich sprang auf und holte den Ball wieder, der auf den Gehsteig gerollt war. Er war rot mit weißen Tupfen. Ich setzte mich im Schneidersitz zwischen Theo und Lotta P. und ließ den Ball zwischen ihnen hin- und hertrudeln. Milena ging inzwischen um den Sonnenschirmständer herum, breitbeinig, mit eckigen Bewegungen, wie eine Mischung aus Tanzbär und Roboter. Vor zwei Tagen hatte sich dieses dicke, träge Kind, das sich zu kaum einer Krabbelbewegung bemüßigt gefühlt hatte, aufgerichtet und war losmarschiert. Seitdem lief sie stundenlang, bis sie vor Erschöpfung kollabierte. Vor lauter Gehen vergaß sie das Essen und zu Hannas Erleichterung sogar die Brust. Im September sollten Theo, Milena und Lotta P. alle zusammen in den Rasputinkindergarten kommen. Wir würden sie abwechselnd hinbringen und abholen, ein richtiges Geschäftsfrauenteam bilden. Wenn vorher die Welt nicht unterging. Emmas Maklerfreund hatte einen Laden in einer Parallelstraße zum Rasputinplatz an der Angel. Ein schöner, heller Verkaufsraum mit einem riesigen Hinterzimmer, wo wir in Notfällen zwei oder drei Kleinkinder unterbringen konnten. Emma war in heller Aufregung deswegen. Ich war eher in düsterer Stimmung. Wandelte ich am Rand eines Abgrundes? Hatte Dany mit Marian gesprochen. Hatte Lutz volltrunken Buckower Elegien zum besten gegeben?

»Was machst du für ein Gesicht?«

Hanna ließ sich neben mich auf die Decke plumpsen. In der Hand hielt sie einen Pappteller mit Kuchen, den sie am Stand der Seniorenfreizeitstätte gekauft hatte. Theo und Lotta P. verloren augenblicklich das Interesse an dem Ball und kamen zu uns gerobbt. Milena drehte unbeirrbar weiter ihre Runden um den Schirmständer.

»Als ob ihr jemand eine Batterie in den Hintern geschoben hätte«, sagte Hanna kopfschüttelnd. »Wo ist eigentlich dein Mann?«

Während sie den Kuchen stückchenweise an die Kinder verfütterte, erzählte ich ihr von unserem nächtlichen Dialog.

»Ich werde ihn spätestens wiedersehen, wenn er die Fotos von dem Schaufrisieren macht.«

»Vom Liebhaber frisiert, vom Ehemann fotografiert. Dir sollte man das Sorgerecht entziehen«, spöttelte Hanna.

»Ich glaube, ihr seid nicht auf dem Stand der Dinge«, mischte Emma sich ein.

Sie hockte sich zu uns ins Gras und pflückte ihrem Theo ein Stück Marmorkuchen mit Schokoglasur aus den dicken Fingern. »Ihr wißt doch, daß er von Süßkram Ausschlag kriegt!«

Sie bot Theo einen Vollkornzwieback an. Theo schmiß den Zwieback ins Gras und wandte sich wieder dem Ball zu.

»Welcher Stand der Dinge?« fragte Hanna.

»Vorhin hat unser Figaro so einer kleinen Dunklen eine Thüringer spendiert. Und am andern Ende angebissen.«

»Schön wär's«, seufzte ich.

»Die junge Frau führt ein interessantes Doppelleben«, sagte Emma. Mir war nicht ganz klar, ob sie Tanja meinte oder mich.

»Wir eröffnen heute die modische Herbstsaison mit einer exklusiven Show hier in der Rasputinstraße. Dazu darf ich Ihnen, meine Damen und Herren, zwei echte Trendsetter vorstellen, die sich bereit erklärt haben, an diesem wunderschönen Sommernachmittag ihre Köpfe äh … für uns hinzuhalten. Darf ich bitten? Joe!«

Hanna gab mir einen kleinen Schubs zum Rand der Bühne. Mit weichen Knien erklomm ich die beiden Stufen, ergriff die ausgestreckte Hand des jungen Conférenciers und ließ mich aufs Podium ziehen.

»Joe ist eine dynamische Geschäftsfrau aus unserem Kiez. Sie verkörpert den praktischen, sportlichen Typ. Unsere Top-Stylistin Carmen wird an ihr einen modischen Trend dieser Saison vorführen, das Blocksträhnchen. Ich bitte um Applaus für Joe und Carmen ...«

»Blocksträhnchen, Carmen?«

»Pst.«

»Unser zweites Modell ist Tanja, eine junge Mutter aus der hiesigen Szene. Sie verkörpert den romantischen, geheimnisumwitterten Frauentyp, der uns immer bezaubert, aber in der melancholischen Jahreshälfte ... äh ... besonders ... äh ... in die Glieder fährt. Tanja hat wunderschönes, dunkelbraunes, leicht gewelltes Haar. Haar, das besonderer Pflege und Zuwendung bedarf. Mit einer Pflanzentönung aus Walnußextrakt werde ich die Farbe betonen. Anschließend erlaube ich mir das einzigartige Vergnügen, aus diesem Haar eine Hochfrisur zu stecken, die einer Audrey Hepburn des Prenzlauer Bergs alle Ehre macht. Danach darf Carmen ihr Talent als Visagistin unter Beweis stellen. Sie wird Ihnen zeigen, wie ein perfektes Make-up unsere Tanja in eine Blume der Nacht verwandelt ...«

»Was machst du da, Carmen?«

»Ich rühre die Farbe an.«

»Was für Farbe?«

»Lila, für das Blocksträhnchen.«

»Nein!«

»Marian hat gesagt, du willst lila.«

»Nein!«

»Willst du lieber orange oder hellgrün?«

»Von Blocksträhnchen war nie die Rede ...«

»Von Blocksträhnchen war die ganze Zeit die Rede. Halt den Kopf still, Joe!«

»Perfekt! Symmetrisch vom Kopfmittelpunkt aus geschnitten. Eine richtige Schüttelfrisur. Bitte einmal schütteln, Joe ... wunderbar. Danke schön, Joe. Sehen Sie, alles sitzt. Eine moderne, pflegeleichte Frisur, abgestimmt auf Joes markante Züge und ihr energisches, äh ... zielbewußtes Wesen. Symbolisch aufgepeppt mit unserem Herbsthit, dem Blocksträhnchen. Meine Damen und Herren, liebe Freunde, dieses Blocksträhnchen können wir euch in den Farben Orange, Rot, Grün oder Violett machen. Joe hat sich für Lila entschieden, Lila als Symbol für die selbstbewußte, starke, emanzipi... äh, ihr wißt schon was, Powerfrau ...« Schallendes Gelächter aus dem Publikum übertönte den Conferencier. *Die grinsenden Säcke* spielten einen Tusch. Ich sprang von der Bühne.

»Im Einführungsmonat September kostet ein Blocksträhnchen dreizehn Mark ...«, brüllte Marian hinter mir her. »Kommt vorbei, probiert es aus. Es muß ja nicht Lila aus Überzeugung sein. Wir haben auch Orange, Pink und Hellgrün ...«

Ich klemmte mir die leuchtend lila Blocksträhne hinters Ohr und arbeitete mich durchs Getümmel. Niemand beachtete mich. Alle Augen waren auf die Bühne gerichtet, auf der jetzt Tanja vorgeführt wurde, die nicht mehr wie eine Kreuzung aus Jennifer Rush und Michael Jackson aussah, sondern wie Audrey Hepburn, und die die Topvisagistin Carmen gleich in eine Blume der Nacht verwandeln würde.

Ich rannte zu Hannas Laden. Der Würstchengrill war verwaist. Ich schnappte mir eine erkaltete Thüringer und eine Schrippe und ließ mich auf die Kinderdecke plumpsen. Es war nur noch ein Kind da, Lotta P. Sie schlief. Sie wurde von einem Mann bewacht, Dany. Er sah auch ziemlich müde aus. Neben ihm stand seine Kameraausrüstung.

»Nanu, fotografierst du nicht?«

Er schüttelte den Kopf. »Ich habe Ede mit der alten Kamera ins Gewühle geschickt. Er war ganz wild darauf.« Er deutete auf mein Haar. »Nicht schlecht, dein Friseur. »

»Friseurin«, verbesserte ich ihn. »Top-Stylistin.«

Er nickte. Die lila Strähne übersah er geflissentlich. Was auf Schwarz-Weiß-Fotos nicht auffiel, war sekundär.

»Wird Zeit, daß ich mit dir rede«, sagte er.

Ich biß in die Thüringer und nickte heftig. Es wurde wirklich Zeit. Ich bekam einen Hustenanfall. Ede mußte extrascharfen Senf besorgt haben. Die Tränen schossen mir in die Augen. Dany klopfte mir mit der flachen Hand auf den Rücken.

»Ich hätte es dir schon lange sagen sollen, aber die Situation war nie danach«, begann er, als ich mir die Tränen mit einer Serviette aus den Augen gewischt hatte. Ein Wurststück steckte in der Speiseröhre und drückte schmerzhaft auf die Brust. Er sollte endlich Klartext sprechen.

»Ich habe einen Job bei Foto-Klick. Sie eröffnen im November ein kleines Geschäft in der Schönhauser Allee. Lutz stellt mich als Filialleiter ein.«

Ich legte die Wurst ins Gras.

»Mensch, Dany!«

Fast wäre ich ihm um den Hals gefallen.

»Regelmäßige Arbeitszeiten, regelmäßige Bezahlung, regelmäßiges Familienleben. Freust du dich?«

»Ja« krächzte ich und mußte wieder husten.

Er legte beide Arme um meine Schultern und drückte mich an sich. Seine Nase verschwand in meinem Haar und verwuselte die Blocksträhne. Ich versuchte, ihn mir in einer Foto-Klick-Filiale vorzustellen, ein neonbeleuchteter Schlauch mit einem langen Tresen, hinter dem Fotozubehör in Regalen aufgereiht war. Auf der anderen Seite Berge von Videohüllen und Bilderrahmen im Sonderangebot, Stapel kitschiger Fotoalben und Ständer mit Postern und Glückwunschkarten. Die Leute strömten in Scharen hinein, um ihre Familienfotos entwickeln zu lassen oder nach Benjamin-Blümchen-Videos zu fragen.

»Glaubst du, es macht dir Spaß, da zu arbeiten?« fragte ich zweifelnd.

»Das Leben verlangt kleine Kompromisse«, sagte er und nahm den Arm von meiner Schulter. »Wenn ich es nicht aushalte, werde ich Hausfotograf bei den ›Vollen Hosen‹. Aber erst mal hält mir der Job den Kopf frei für meine künstlerische Arbeit.«

Ach ja, seine künstlerische Arbeit. Die hatte ich fast schon wieder verdrängt.

»Wenn das so ist, könnten wir da ja einen Sekt drauf trinken«, sagte ich.

Danys Miene verdüsterte sich. Er ließ seinen Blick über die im Rinnstein liegenden Bierdosen und Kaffeebecher gleiten.

»Champagner wäre gut. Aber woher nehmen?«

»Mal sehen«, antwortete ich.

Ich ging in Hannas Laden und holte den Ersatzschlüssel zum *Friseur fürs Leben* aus der Schublade. In Marians Kühlschrank stand eine eiserne Reserve von sieben Flaschen Rotkäppchen Spalier. Aus gegebenem Anlaß hatte sich eine Flasche Piper Heidsieck dazwischengeschlichen. Wahrscheinlich sollte damit die Blume der Nacht beträufelt werden. Ich nahm sie mit.

In der Woche nach dem Rasputinstraßenfest setzte eine Regenperiode ein. Alle Sandkästen waren überflutet. Lotta P. saß schmollend auf dem Wohnzimmerboden und versuchte, mit ihrer rosa Buddelschaufel die Birkenfeige auszugraben. Kleine Stückchen knochentrockener Blumenerde prasselten aufs Parkett. Es war mir immer noch lieber, als wenn sie sich über die Bücherregale hermachte. Als ob sie ahnte, daß sie ein echtes Buchhändlerinnenkind werden sollte, hatte sie vor zwei Tagen begonnen, systematisch die unteren Regalreihen meiner Bücherwand auszuräumen. Es beschäftigte sie genau fünfundzwanzig Minuten, die ich dazu nutzen konnte, in den Katalogen zu Fußbodenbelägen, Büromöbeln, EDV-Anlagen, Teppichen, Bücherregalen, Lampenschirmen etc., die sich auf meinem Schreibtisch stapelten, herumzublättern. Außerdem hatten sich schon vor Firmengründung zwei Aktenordner mit Geschäftsunterlagen angesammelt, die ständig zwischen Emma und mir hin- und herwanderten. Wir hatten beschlossen, den Laden in der Parallelstraße zum Rasputinplatz zum ersten September zu mieten. Der Laden gefiel uns, und zur Kindertagesstätte war es ein Katzensprung. Emma und ich würden in zwei Schichten arbeiten, eine zwischen zehn und drei, die andere zwischen eins und sechs. Die, die Frühschicht hatte, würde beide Kinder nachmittags aus dem Kindergarten abholen und das eine zu der Spätschichtkraft in den Laden bringen, wenigstens in der ersten Zeit. Wenn die Kinder sich an den Kindergarten gewöhnt hatten, könnten wir sie vielleicht länger dort lassen. Wenn eines der Kinder krank wurde, würden wir uns eine Aushilfe im Geschäft leisten. Ich hatte an Regula gedacht. Aber Regula war nicht zu erreichen. Seit unserem fröhlichen Theaterabend am Pfingstmontag hatte ich sie nicht mehr getroffen. Ich hatte mehrmals angerufen, um sie an unser Mittwochsfrühstück zu erinnern, aber immer nur den Anrufbeantworter erwischt. Marcels sonore Herrenstimme bat, eine Nachricht zu hinterlassen, während im Hintergrund »Alice doesn't live here anymore« dudelte. Mir schwante Böses.

Lotta P. ließ aus beiden Händen Blumenerde auf meine Fontane-Gesamtausgabe rieseln.

»Nein!« rief ich.

Wie immer motivierte mein lautes »Nein« sie zu breitem Grinsen und prompter Wiederholung der Untat. Blumentöpfe würde es in dem Laden jedenfalls nicht geben. Ich zog den Katalog mit den Teppichen hervor, um mich über pflegeleichte Bodenbeläge zu informieren, als es an der Wohnungstür klopfte. Lotta P. nahm die Schaufel zwischen die Zähne und robbte los. Sie schaffte es vor mir. Es war Petti mit einem strahlenden Henry an der Hand. Lotta P. kreischte begeistert auf. Sie liebte Henry inzwischen, und er sonnte sich in ihrer grenzenlosen Bewunderung.

»Wir haben so lange nicht mehr gequatscht«, sagte Petti etwas verlegen. »Ich habe Windbeutel in der Mikro.«

Enrico hatte sich vor drei Tagen einen Toyota gekauft und für Petti im Überschwang der Gefühle eine »Mikro« springen lassen. Ich war genau informiert, weil wir uns täglich mindestens einmal im Treppenhaus trafen. Wieso »so lange nicht mehr gequatscht«? Aber meine Tochter war bereits zum Treppenabsatz gekrabbelt und machte sich mit Henrys Assistenz an einen waghalsigen Abstieg. Ich zog die Wohnungstür ins Schloß und hechtete hinter ihr her.

Auf dem Dreisitzer in Pettis Wohnzimmer wartete eine Überraschung auf mich, Audrey Hepburn live. Sie hatte ihre Jogginghosen gegen einen schwarzen Stretchrock vertauscht und wippte angespannt mit ihrem seidenbestrumpften Füßchen, als ich hereinkam. Sohn Dennis wälzte sich vor dem Fernseher auf dem Teppich.

»Alle Kinder gehen mit mir in Henrys Zimmer spielen«, erklärte Petti energisch, schaltete die Glotze ab und zog den Jungen am Kragen hinter sich her. Die fröhlich brabbelnde Lotta P. klemmte auf ihrer Hüfte. Von Windbeuteln keine Spur.

»Ich habe ein neues Leben angefangen«, begann Tanja. Es war nicht zu übersehen. Ihr kastanienbraun getöntes Haar legte sich in sanften Wellen kinnlang um ihr schmales Gesicht. Es war auf dem besten Weg zu einem klassischen Pagenkopf. Ihre Augen leuchteten aus perfekt gebogenen schwarzen Wimpernkränzen. Wahrscheinlich hatte Carmen ihr die Wimpern gefärbt, damit sie sich keine Sorgen mehr um Farbstreifen auf ihren Backen machen mußte. Ihr einziges sichtbares Make-up bestand aus einem zartrosa Lippenstift.

»Er will, daß ich bei dir reinen Tisch mache.«

Ihre Unterlippe zitterte nervös, und ihre Finger versuchten, den glänzenden Stretchstoff über ihre schmalen Knie zu ziehen, was ziemlich aussichtlos war. Ich fragte mich, ob »er« von allen guten Geistern verlassen war. Als ich ihn vor ein paar Tagen angerufen hatte, hatte er mir erklärt, daß er für die nächsten zwei Wochen bis zum letzten Wickler ausgebucht sei. Danach werde eventuell bei Carmen was frei. Hatte er Tanja etwa in unser kleines Abenteuer am See eingeweiht? Konnte ein guter Friseur so unsensibel sein?

»Es tut mir so leid, Joe«, wisperte sie. Tränen schwammen in ihren Augen, ohne daß sich Farbe ablöste. Sie hatten ihr tatsächlich die Wimpern gefärbt.

»Es braucht dir nicht leid tun. Für mich ist das alles total okay.«

Sie wischte sich mit dem Handrücken über die laufende Nase und schüttelte energisch den Kopf.

»Es ist nicht okay. Es ist eine Riesensauerei. Aber ich kann es nicht rückgängig machen.«

Ich erhob mich aus dem Sessel und rutschte neben sie auf den Dreisitzer.

»Laß dir bitte nichts erzählen, Tanja. Ich bin glücklich verheiratet. Petti kann dir das bestätigen. Marian war einfach ein guter Freund. Könnte er noch sein, wenn er nicht die beleidigte Leberwurst spielen würde.«

»Hä?« Sie starrte mich aus weitaufgerissenen Augen an.

»Es geht doch nicht um Marian«, sagte sie. »Es geht um den Kinderwagen. Ich hätte den nie mitgenommen, wenn ich gewußt hätte, daß es deiner ist. Zumal Ralfi mir sowieso die ganze Knete dafür abgenommen hat. Ich hatte nur den Streß und sonst gar nichts ...«

»Jetzt wird's ja interessant«, sagte ich. »Wo bleiben eigentlich die Windbeutel?«

Tanja hatte im Herbst letzten Jahres bei verschiedenen Kinderärzten im Prenzlauer Berg drei Kinderwagen geklaut. Zusammen mit Ralfi hatte sie sie in die Wohnung von Ralfis Vater nach Tiergarten geschafft, die leer stand, weil der Vater fast immer in seinem Schrebergartenhäuschen lebte. Mein Kinderwagen war der letzte in der Serie gewesen. Kurze Zeit nach dem Deal mit Emma war Ralfis Vater zum Überwintern in seine Wohnung zurückgekehrt. Er war es gewesen, der meinen Kontrollanruf entgegengenommen hatte. Da er seinen Gauner von Sohn schon ein paar Jährchen kannte, war er stutzig geworden. Tanja hatte inzwischen von der ahnungslosen Petti erfahren, daß sie versehentlich meinen Kinderwagen geklaut hatte. Als sie bei der Eröffnung von *Rasputinchen* Emma in die Arme gelaufen war, hatte sie fast der Schlag getroffen.

»Da war mir klar, daß ich die Beziehung mit Ralfi beenden mußte. Ich konnte mich ja in meinem eigenen Kiez nicht mehr auf der Straße blicken lassen!«

»Der Junge sitzt ja nun glücklich hinter Schloß und Riegel«, sagte ich und schob meiner Tochter etwas mit Sahne gemischte Rote Grütze aus dem Windbeutel in das gierig aufgesperrte Mäulchen.

»Und ich fange ganz von vorne an«, sagte Tanja. »Ich mache eine Ausbildung beim *Friseur fürs Leben.*«

»Du und arbeiten. Das will ich sehen«, sagte Petti.

»Wir ziehen in seine Wohnung. Er steht total auf Dennis. Am Wochenende fahren wir alle zusammen ins Grüne.«

»Im Trabbi«, sagte Petti naserümpfend. »Beim Auto hast du dich verschlechtert, das mußt du zugeben.«

Zwölfter Monat

Berlin, 1. September

Liebe Bianca,

Vielen Dank für Deinen Brief aus dem Allgäu. Annes Zeichnung von den glücklichen Kühen ist toll! Ich hoffe, Du hast den Urlaub genossen, obwohl es in diesem Kaff kein Biogemüse gab und Euch der Bauer jeden Morgen mit »frischen Eiern für die Kinder« tyrannisiert hat. Daß Kai früher abgefahren ist, um noch eine Woche zu segeln, finde ich nicht schlimm. Das Leben verlangt kleine Kompromisse (sagt Dany).

Danke auch für die Geburtstagsglückwünsche. Leider ging mein Geburtstag in Kinderkrankheiten unter. Dany und ich wollten eigentlich zu zweit bei unserem Stammgriechen feiern. Da waren wir zum letzten Mal an meinem Geburtstag im vorigen Jahr, als Lotta P. noch in meinem Bauch war.

Lutz und Annett hatten sich als Babysitter angeboten, aber es kam alles anders. Als ich Lotta P. morgens aus dem Bett holte, waren ihre Augen verklebt. Da Emma und ich einen wichtigen Termin bei unserer Versicherungsgesellschaft hatten, dachte ich nicht weiter darüber nach, sondern brachte sie zu meiner Freundin Hanna in den Kinderladen. Der Versicherungstermin dauerte fast bis um eins. Als ich Lotta abholte, hatte sie geschwollene, rote Augen, der Eiter klebte im ganzen Gesicht, und Hanna meinte, sie hätte Fieber. Ich bin sofort mit ihr zur Kinderärztin gerannt. Die diagnostizierte einen Infekt im Hals und eine bakterielle Bindehautentzündung, gegen die sie Augentropfen verschrieb, die ich stündlich geben sollte und die Lotta P. nicht haben wollte. Sie kniff die Augen zusammen, schlug um sich und biß mich in die Hand. Als Dany um sechs kam, waren wir fix und fertig. Meinen Geburtstag hatte ich inzwischen vollkommen vergessen, aber um acht standen die Babysitter vor der Tür. Natürlich konnten wir Lottchen in dem Zustand nicht allein lassen. Als sie um halb zehn endlich schlief, bestellten wir ein paar Pizzas und machten uns einen gemütlichen Abend zu viert, an dem nur über »Foto-Klick« geredet wurde, die Firma, in der Dany jetzt auch arbeitet.

Zum Ausgleich habe ich tolle Geschenke gekriegt! Hanna und Emma haben mit Dany zusammengelegt und mir ein Bild von der »neuen Cindy Sherman aus Leipzig« gekauft. Auf dem Foto ist ein Tampon in einem Aschenbecher. Ich werde es über meinen Schreibtisch bei *Bunt & spannend* hängen. Meine Mutter hat mir ein Seidentuch von Hermès geschickt. Ich habe mir vorgenommen, es zum zehnjährigen Firmenjubiläum von *Bunt & spannend* zu tragen. Danys Mutter hat mir eine Küchenmaschine anliefern lassen. Da ich ja »unbedingt arbeiten will«, bräuchte ich diese Erleichterung im Haushalt dringend. Du siehst, meine Schwiegermutter wird Deiner immer ähnlicher.

Zum Schluß möchte ich Dir herzlich zu Deiner Schwangerschaft gratulieren. Natürlich habt Ihr Platz für ein drittes Kind!!! Du stellst die Wiege einfach in Kais Arbeitszimmer. Soll er doch auf seinem Boot arbeiten, wenn er ungestört sein will (vielleicht kann er es dann von der Steuer absetzen!).

Alles Liebe
Deine Joe

Geburtstag

Am Mittwoch, dem 15. September, gab ich Lotta P. Punkt acht Uhr im Kindergarten ab. Sie befand sich in ihrer zweiten Eingewöhnungswoche, in der sie von acht bis um zwölf dort blieb. Bis jetzt fiel ihr das neue Arrangement leichter als mir. Ich fühlte mich in den Stunden ohne sie immer noch wie amputiert. Emma ging es ähnlich. Wir flüchteten uns geradezu in die Einrichtungsarbeiten im Laden.

Während Lotta P. zielsicher zu der Holzkiste mit den Gummidinos krabbelte, überreichte ich der Erzieherin eine mit Smarties und Marzipanbärchen verzierte Biskuittorte. Den Kuchen hatte Petti mit Hilfe meiner neuen Küchenmaschine hergestellt. Als Dank hatte ich ihr die Maschine bis auf weiteres ausgeliehen.

Danach ging ich nicht wie sonst zwei Straßen weiter in die Buchhandlung *Bunt & spannend*, wo gerade die Tapeten trockneten, sondern zurück in die Hallandstraße. Ich tuschte mir die Wimpern, klemmte die verblaßte lila Strähne hinters Ohr, nahm die Autoschlüssel von der Kommode und fuhr mit der Ente in die Stadt. Um halb zehn war ich mit Regula im *Schwarzen Café* in Charlottenburg verabredet.

Berlin war in weiche, dunstige Morgensonne getaucht. Die Blätter an den Bäumen hatten zwar schon gelbe Ränder angesetzt, aber es war noch mild. Der Herbst ließ sich Zeit. Gestern hatte Regula aus heiterem Himmel angerufen und mich an unser Mittwochsfrühstück erinnert. Sie hatte kein Wort darüber verloren, wo sie die ganze Zeit gesteckt hatte. Als ich ihr sagte, daß ihr LAP den Anrufbeantworter mit »Alice doesn't live here anymore« bespielt habe, hatte sie nur gelacht und gesagt: »Ist er nicht ein Herzchen?« Es hatte nicht besonders leidenschaftlich geklungen. Sie hatte mich in ihre Lieblings-Sushibar einladen wollen, aber Sushibars öffnen erst mittags, und ich mußte um zwölf schon wieder am Kindergarten sein.

Ich fand auf Anhieb einen Parkplatz in der Kantstraße. Im *Schwarzen Café* roch es nach kaltem Rauch und aufgebackenen Croissants. Ich kletterte die Treppe hinauf in den ersten Stock, setzte mich an einen Dreiertisch vor einem weit geöffneten Fenster und bestellte Obstsalat auf Sahnejoghurt und Milchkaffee. Ich blickte auf die Autoschlange in der Kantstraße, auf Büromenschen, die mit flatternden Übergangsmänteln zur Arbeit eilten und auf die verspiegelten Fenster der Bank gegenüber. Während ich den sahnigen Joghurt löffelte, machte sich in meinem Unterleib ein feines, unmißverständliches Ziehen breit. Auf meiner Armbanduhr waren es nur noch wenige Minuten bis zum Blasensprung.

Vor genau einem Jahr hatte ich um diese Zeit in der Hallandstraße auf dem Futon gesessen und aus türkisblauer Wolle einen Strampelanzug für Lotta P. gestrickt. Der Strampler war meines Wissens nie fertig geworden. Und die Wolle? Wo war die Wolle gelandet? Ich hatte versucht, das Ziehen in meinem Unterleib zu ignorieren und dabei über Regula nachgedacht. Unser letztes Mittwochsfrühstück hatte in einem Café am Prenzlauer Berg stattgefunden. Wir hatten gestritten. Regula hatte ausgerechnet mich für das Scheitern ihrer Affäre mit Lutz verantwortlich gemacht. Unsere langjährige Frauenfreundschaft stand ernsthaft auf der Kippe. Sie hatte mich in dem gutbesuchten Café angeschrien und als blöde, trächtige Kuh bezeichnet. Kein Wunder also, daß ich, als es plötzlich an der Wohnungstür klingelte, angenommen hatte, es müsse Regula sein, die gekommen war, um sich zu entschuldigen. Aber als ich die Tür öffnete, stand da nicht Regula, sondern meine Schwester Marianne. Meine Gebärmutter zog sich in einem ersten, heftigen Krampf zusammen, und die Fruchtblase platzte …

»Hi, Joe«, sagte Regula. Neben ihr stand Marianne. Sie setzten sich auf die beiden freien Stühle. Regula drapierte umständlich einen geschlitzten Rock um ihre langen Beine. Marianne trug einen Parka über ihren orangefarbenen Latzhosen, in dem sie schon etliche Schafe über die Weide gejagt hatte. Wenigstens klebte ihr kein Heu in den Haaren. Regula zog einen Umschlag aus ihrer Handtasche und legte ihn neben meine Joghurtschale.

Es war eine Doppelkarte darin, sorgfältig mit Computerdruck beschriftet. Auf der ersten Seite stand. »Zum ersten Geburtstag übernehmen wir die Patenschaft für die Mutter Johanna Seidel-Krollmann. Sollten ihr die Mutterpflichten an ihrer Tochter Lotta-Paulina große, kleine, lösbare und unlösbare Probleme bereiten, wende sie sich prompt an Regula und Marianne.« Auf der gegenüberliegenden Seite stand: »Zum ersten Geburtstag übernehmen wir die Patenschaft für Lotta-Paulina Krollmann. Liebe Lotta P., sollte Dir Deine Mutter Joe große, kleine, lösbare und unlösbare Probleme bereiten, so wende dich ohne zu zögern an Marianne und Regula.«

Die Rührung schoß mir prompt in die Augen.

»Scheiße«, rief Regula. »Das tropft auf den Druck.« Hastig riß sie mir die Karte aus der Hand.

»Ihr habt Nerven«, flüsterte ich und wischte mir das Wasser aus den Augenwinkeln.

»Jawohl«, sagte Marianne und streckte ihre Hand über den Tisch. »Die Schlüssel, Schwester!«

Einen Moment lang wußte ich nicht, ob sie mich oder Regula anredete. Aber sie meinte tatsächlich mich und die Autoschlüssel der Ente. Sie wollte Lotta P. mittags vom Kindergarten abholen, damit Regula und ich ausgiebig feiern konnten.

»Kriegst du das auch hin?« fragte ich zweifelnd.

»Vor einem Jahr habe ich es ganz gut hingekriegt, oder?« gab meine Schwester schnöde zurück, schnappte sich den Schlüssel und klapperte mit ihren Holzclogs die Treppe runter.

»Und wir zwei«, sagte Regula, »machen uns auf den Weg in meine Lieblings-Sushibar. Dann erzähle ich dir eine Geschichte aus dem wirklichen Leben.«

Wolfdietrich Schnurre

Als Vaters Bart noch rot war

Ein Roman in Geschichten. 318 Seiten. SP 2454

»Als Vaters Bart noch rot war« ist Wolfdietrich Schnurres berühmtestes Buch. In diesen leisen, poetischen Alltagsgeschichten über ein eigenwilliges Paar, den arbeitslosen und alleinerziehenden Vater und seinen gewitzten Sohn Bruno, läßt Schnurre das Berlin der zwanziger und dreißiger Jahre wiederauferstehen. In anrührender Unmittelbarkeit erzählt er von Rummelplätzen, Hinterhofmusikanten, Osterspaziergängen oder von einer Tanne, die zu Weihnachten aus einer öffentlichen Parkanlage »ausgeliehen« wird. Diese Geschichten zeichnen aber auch ein Bild vom Berlin der Weltwirtschaftskrise, von der drükkenden Arbeitslosigkeit und vom Heraufkommen der Nazi-Herrschaft.

Als Vater sich den Bart abnahm

Erzählungen. Aus dem Nachlaß herausgegeben von Marina Schnurre. 202 Seiten. SP 2316

Mit Wolfdietrich Schnurres Vater - und - Sohn - Geschichten ist eine ganze Generation herangewachsen. In seinem Nachlaß fanden sich noch weitere Geschichten – die Schnurres Verleger seinerzeit allzu »leger«, zu liberal, zu anstößig fand. Sie sind in dieser Fortsetzung versammelt. In den widerborstig liebenswürdigen, unangepaßten Szenen findet sich nicht nur Schnurres erzählerischer Schwung wieder, in Charme und Delikatesse des Tons übertreffen sie manchmal gar die bekannten Geschichten.

»Da ist er wieder, dieser unverkennbare Schnurre-Ton: leise, ironisch und voll von menschenfreundlicher Melancholie. Ein Mann steht im Mittelpunkt, der sich nicht verbiegen läßt – aller Arbeitslosennot und allen politischen Versuchungen zum Trotz. Gerade dafür wird er von seinem Sohn geliebt.«

Brigitte

SERIE PIPER

Uwe Bork

Väter, Söhne und andere Irre

127 Seiten. SP 2530

Eigentlich sind sie eine ganz normale Familie: ein Vater, eine Mutter, ein Sohn, eine Tochter und eine Katze. Aber genau diese Mischung reicht aus, um dem alltäglichen Wahnsinn und dem familiären Chaos schutzlos ausgeliefert zu sein. In zweiundzwanzig Miniaturen erzählt ein nichtsdestotrotz leidenschaftlicher Vater und Ehemann von dem Zimmer seines Sohnes, das einer offenen Baustelle gleicht, oder den wallenden Klamotten in der Größe XXL, ohne die der das Haus nicht mehr verläßt. Doch keiner der Beteiligten möchte eine Minute auf dieses nervenaufreibende, aber liebevolle Familienleben verzichten. Nur einmal wäre es fast zur Scheidung gekommen, als der Vater die Idee hatte, sich einen Motorroller anzuschaffen… – Väter, Söhne und andere Irre: Was in dieser Familie passiert, ist durchaus kein Einzelfall. Es kommt in den besten Familien vor.

Arno Makowsky

Hausmann mit Tochter

123 Seiten. SP 2279

Als Arno Makowsky den Erziehungsurlaub antrat, um seine Tochter zu versorgen, nahm ihn niemand ernst. Er blieb dennoch zu Hause. Seine Frau ging arbeiten, und er kümmerte sich um Laura. »Urlaub?« Mitnichten! Herzerfrischend zu lesen, wie unser Hausmann entdeckt, daß ein einziger Nachmittag mit Kind anstrengender ist als ein ganzer Tag im Büro. Und wenn dann noch die Waschmaschine ausläuft und das grüne Nilpferd verschwunden ist, weiß mann was frau gewöhnlich zu Hause treibt. Arno Makowsky hat ein Jahr lang mitgeschrieben. In herrlichen Glossen, die wöchentlich in der »Süddeutschen Zeitung« erschienen sind, schildert er den Alltag mit Tochter, in dem er die ganze Skala von Freud bis Leid seitens der kleinen Laura kennenlernte und seinerseits die Bandbreite von echtem Vergnügen bis zur völligen Entnervung durchlebte.